등대지기

조창인 장편소설

등대지기

산지

등대지기 개정판을 내며

'등대지기'는 가시고기를 이은 두 번째 밀리언셀러였습니다.
판매량이 작가의 수준과 작품의 품격을 의미하진 않겠고, 문리에
어두운 저에겐 문득 마주한 행운에 가까웠습니다. 자고할 까닭이
없었습니다.

'어디로든 가야 하고 어디로도 갈 수 없을 때, 이제껏 걸어왔던
길을 돌아봐라. 그곳이 다시 걸어갈 새로운 길이다.'
첫 작품에 등장하는 구절입니다.
지금, 제 심정이 딱 그렇습니다. 가시고기에 이어 등대지기를 개
작하는 이유이기도 합니다.

흰발산 기슭에서, 조창인

목차

제1장. 갈매기

1.

구명도는 머나먼 섬이다.

남도의 끝자락 영산에서 꼬박 3시간 난바다를 헤쳐나가야 닿을 수 있다. 뭍과 구명도를 잇는 뱃길은 따로 없다. 이틀에 한 차례 운항하는 여객선은 15해리 밖 차물도에서 회항한다. 멀기도 하려니와 여객선을 이용할 만한 주민이 없다는 뜻이다.

그렇다고 무인도로 섣불리 단정하면 곤란하다.

머나먼 섬 구명도에 네 명의 사내들이 살고 있고, 재우도 그들 중 하나이다.

재우는 해양수산청 산하 항로표지과 기능직 공무원이다. 등대를 삶의 터전으로 삼으며, 등대를 지키며, 등탑에 불을 밝히는 등대원이다.

등대지기.

사람들은 흔히 그리 부른다. 동료들은 영 못마땅한 기색이다. 문지기, 산지기, 청지기니 하는 '지기'에 담긴 일그러진 시선 때문이리라. 재우로선 어찌 불리든 별다른 유감은 없다.

"왜 하필이면 등대지기니?"

그렇게 물었던 여자가 있다. 마악 등대에 발을 들여놓았을 즈음이었다.

재우는 침묵했다. 하많은 이유들이 자신을 등대까지 보낸 듯했다. 그걸 일일이 헤아려 대답할 자신이 없었고, 그럴 의욕도 진작 사라졌다.

외딴섬 등대지기, 8년.

그 세월이 사무치도록 길었는지, 한바탕 꿈인 양 속절없었는지 모르겠다. 시간은 물리적 잣대일 뿐 마음의 흐름까지 잴 수 없는 법. 어쨌든 세월은 흘러갔으며 재우도 제법 이력이 붙은 등대지기가 되었다.

그녀가 똑같은 질문을 던진대도, 여전히 침묵할 것이다. 아직도 하많은 이유들이 남아 있기 때문은 아니다. 8년의 세월은 어느덧 그 모든 이유들을 마모시켰고 걷어냈으며, 종래 아무런 흔적조차 남기지 않은 느낌이다.

다만 재우는 생각하고 있다.

우리네 삶이 뭐 그리 유별날까. 어느 길을 가려 걷든 어차피 기쁨

과 애달픔과 안타까움과 간절함 따위가 뒤섞인 채로 흘러가기 마련
이다. 때로는 넘어져 깨진 무릎을 무연히 바라보겠고, 때론 급류에
떨어진 가랑잎처럼 두둥실 떠밀려 내려가겠지. 삶이란 계획과 각오
에서 얼마나 자주, 멀리 비켜나는가.

결국 어찌어찌 살아지는 게 인생이리라. 등대지기도, 외딴섬에서
보낸 세월도 유난스러울 리 없었다.

* * *

망망한 바다 위 무리에서 쫓겨난 한 마리 새처럼 떠 있는 외딴섬.

외딴섬 언덕 위 하얀 등탑.

영산 지방 해양수산청 구명도 항로표지 관리소.

"세상에 고달픈 직업은 많겠지. 하지만 고달프면서 고독하기까
지 한 직업은 흔치 않아. 구명도 등대지기가 바로 그래."

재우에게 업무를 인계하며 떠난 선임의 말이었다.

수시로 악수를 나눠야 하는 삶은 분명 아니다. 어깨를 부대끼며
걸어야 할 분주함도, 누군가를 소리쳐 부를 필요도, 사람을 가려 사
귀어야 할 까닭도 없다.

세상은 멀찍이 떨어져 있다. 마음의 거리는 더더욱 멀다.

재우는 어느 순간부터 그 아득한 거리를 애달파하지 않기로 했다.

외로움이란 언덕 저 위에서 이쪽으로 굴러 내려오는 눈덩이와 같
았다. 품고 있을수록 스스로 덩치를 부풀리는 그런 것.

등대지기는 가슴에 많은 걸 담아두지 말아야 한다. 과거의 회한도, 먼 미래를 향한 기약도 부질없다. 애오라지 오늘을 살아낼 따름이다.

해피라는 이름의 개가 있다. 4월이면 번식을 위해 괭이갈매기들이 날아온다. 절벽의 틈새에서 풍란은 해마다 잎새를 더하고, 이따금 쇠돌고래가 등판을 드러낸 채 구명도를 에돌아간다.

그리고 진종일 지켜봐야 하는 등대가 있다. 서로의 안부 따위를 묻지 않아도 속내까지 훤히 들여다보이는 동료들이 있다.

더 무엇을 바라겠는가.

"등대지기는 울지 않는다. 행여 울고 싶거든 갯바위에 부딪혀 산산이 부서지는 파도를 바라보라. 그럼 된 거고, 그게 등대지기의 삶이다."

구명도에서 보낸 첫해, 등대장 정필곤 소장에게서 들은 말이었다.

어찌 갯바위에 제 살을 부수며 통곡하는 파도뿐이랴. 구명도 도처에는 울음이 흘러넘쳐서 구태여 등대지기가 또다른 울음을 보탤 까닭이 없다. 동백나무숲으로 들어가 흐느끼는 해풍, 짝을 잃은 갈매기의 구슬픈 노래, 안개 속에 울려 퍼지는 무적의 깊고도 처연한 떨림……

훗날 구명도를 떠올리는 것만으로도 왈칵 눈물이 솟아날까. 모르겠다. 울어선 안될 등대지기로서 당장 만나는 세상의 전부가 외딴섬 구명도이다.

3천5백 평의 구명도.

한껏 게으름을 부리며 구불구불 돌아 걸어도 10분이면 일주할 수 있는 거리. 재우가 살아가는 공간의 전부이다.

3천5백 평이 0.75평 독방에서 징역을 사는 무기수인 양 턱없이 비좁게 느껴지곤 한다. 그때마다 돌려 생각한다. 시속 7백 킬로미터로 비행하는 제비갈매기의 날갯짓도 광막한 우주에서는 한 점에 불과하다. 하루 종일 배밀이를 해도 고작 몇 십 미터에 불과한 민달팽이의 이동을 그 누구라고 덧없노라 함부로 판단하겠는가.

그러니까 모두 마음먹기 나름이다.

마음먹기 나름.

혼자 있어서 외로운 게 아니다. 혼자 있지 못해 외로운 것이다.

8년 동안 등대를 바라보며 자족하는 법을 배웠노라고, 재우는 믿고 있다.

2.

"쉬엄쉬엄 하게나."

등탑의 유리창을 닦던 재우는 소리를 좇아 고개를 돌렸다. 등탑 아래, 등대장 정필곤 소장이 두 손에 종이컵을 나눠 든 채 서 있었다.

재우는 걸레를 물통에 던져 넣고 스물여덟 칸의 철제 사다리와 백아흔아홉 개의 나선형 계단을 밟으며 등탑을 내려갔다.

"철용이한테 시키면 될 일을 자네가 왜 직접 나섰는가?"

"아무나 하면 어때요."

등탑 청소는 등대원 경력이 짧은 자의 몫이다. 지난해 등대에 발을 들여놓은 송철용이 막내였다.

송철용은 대학을 졸업하고 7급 공무원 시험에 몇 차례 떨어지면서 9급인 등대원이 되었다. 그렇다고 마음마저 7급에서 멀어진 것은 아니었다. 등대원은 하나의 과정일 뿐이라며 여전히 시험을 준비하고 있다고, 어느 날 술자리에서 고백했다.

구명도가 무슨 고시원이라도 되나. 저런 썩어빠진 정신으로 등대를 지키겠다니……. 6년 경력의 이길성은 송철용을 노골적으로 비난했다. 지나치다 싶을 정도로 많은 잔무를 떠넘겼다. 그러나 기회가 주어진다면 언제든 떠날 태세인 건 이길성 역시 마찬가지였다.

3년 동안 구명도에 머물다 뭍으로 발령이 나며 등대지기의 삶도 내려놓은 사내가 있었다. 주방용품을 생산하는 중소기업체 사장이 된 사내는 구명도의 혹독했던 생활이 자신의 현재를 가능케 했노라 말했다.

오늘의 삶이 단지 내일의 성공을 위한 징검다리라는 발상에 동의하고 싶진 않았다. 물론 비난할 마음도 없었다. 송철용의 시험 준비 역시 따로 신경 곤두세울 바가 아니었다.

정 소장이 고개를 한껏 젖혀 등탑을 올려다봤다.

"자네가 매사에 그런 식이니까 새까만 후배가 만만하게 여기는 걸세."

"새까만 후배 커피 심부름이나 하는 소장님도 별로 다르진 않습니다."

서열로 따지자면 정 소장 다음의 위치가 재우인 셈이다. 그러나 서열이니 관례니 하는 것에 얽매여 지내고 싶지 않았다. 딱히 후배의 입장을 고려해서도 아니었다.

재우는 자신이 결코 관대한 사람이 아니라는 사실을 알고 있다. 원만한 대인 관계에도 영 소질이 없다. 다만 서열 따위에 연연하다 보면 구명도는 한층 더 좁아지고, 스스로 치사하고 처량한 존재가 되어버리는 듯한 느낌이 싫었다.

"자네가 몸 바쳐 일해봤자 아무도 알아주지 않아."

정 소장이 등탑 입구의 시멘트 바닥에 앉았다.

재우는 정 소장의 맞은 편에 자리를 정했다.

"소장님께서 알아주지 않습니까?"

"나야 어차피 떠날 사람이 아닌가."

말해놓고, 정 소장은 허리를 굽혀 시멘트의 갈라진 틈새로 고개를 내민 잡초를 뽑아냈다. 등탑 주변은 언제나 새로 손질한 겉옷처럼 말끔해야 된다고 믿는 정 소장이었다.

"요즘 부쩍 생각한다네. 열아홉 나이에 시작한 등대살이가 줄창

그리워만 하다가 끝이 난 거라고. 뭍을 그리워하다, 사람을 그리워
하다, 스쳐 지날 따름인 배들을 그리워하다, 그렇게 종을 친 거라
고."

정 소장의 백발이 소슬바람에 불불이 일어났다.

"이젠 뭘 더 그리워해야 할지 모르겠네. 그것이 참 난감해."

그것이 참 난감해…….

퇴임을 앞둔 정 소장이었다. 등대가 이 땅에 생긴 이후 최장기 근
무 기록이라는 42년의 외길 인생. 그 기나긴 세월 동안 애오라지
등대를 지키며 살아온 뒤 난감해 하고 있었다.

"오늘로 꼭 일주일이 남았네요."

"허허, 구명도와의 질긴 인연도, 이제 끝인가."

영산 해운항만청 산하에 세 개의 유인등대가 있다.

장기포, 소리도, 구명도.

장기포는 뭍에 있고, 주민 3백여 명이 거주하는 소리도는 외부와
의 소통이 원활한 편이다. 구명도만이 외딴섬이다.

항로표지과 소속의 등대원들 대부분 구명도 근무를 기피한다. 머
나먼 거리탓도 있지만 3개월 동안 완벽하게 바깥 세상과 차단된 채
지내야 하기 때문이다.

가족이 딸린 기혼자의 경우 구명도 근무는 곤욕스러운 노릇이었
다. 항로표지과에서도 미혼자 우선으로 발령했다.

2년 주기의 순환 근무가 원칙이었다. 하지만 정 소장도, 재우도

구명도 근무를 자원해 왔다. 딱히 뭍에 인연이 없는 재우로선 그렇다 치더라도, 구명도가 자신의 유일한 가족을 데려갔음에도 정 소장은 고집을 부려온 셈이었다.

정 소장이 품에서 담배를 꺼내며 물었다.

"자네, 이 생활이 몇 년째지?"

재우는 히죽 웃고 말았다. 어차피 대답을 기대한 물음이 아니었다. 굳이 애쓰지 않아도 서로에 대해 숨기고 가릴 바가 없었다.

"자네가 처음 구명도에 왔을 때가 생각나는군. 히멀건한 얼굴에 양복까지 척 차려입고 선착장에 내린 자네를 보고 무슨 생각을 했는지 아나? 기껏해야 석 달. 그 이상은 절대 못 배겨낼 거라고 장담했다네."

등대가 재우의 첫 직장은 아니었다. 방위산업체에서 군복무를 대신해 선반공으로 일하며 수년을 보낸 뒤였다.

등대원이 사무실에 앉아서 서류나 뒤적거리진 않을 테지만 첫 출근만은 양복 차림이 마땅하다고 생각했다. 낙도라고 해도 명색이 공무원이지 않은가. 구명도에 도착해서야 얼마나 우스꽝스러운 몰골인지 알았다. 재우를 맞이한 등대원들은 작업복이거나 헐렁한 운동복을 입고 있었다.

그만큼 등대에 대해 무지했다. 등대원의 삶이 어떠한지, 등대에 불을 밝히는 의미조차 생각지 못했다. 그저 마지막 비상구를 여는 심정으로 무작정 등대원이 되었다.

"석 달 근무하고 휴가 나갈 때 자네와는 끝이라고 생각했다네. 자네는 말 붙이기도 겁날 정도로 얼굴을 찌푸리고 있었으니까. 보름 후에 다시 돌아오더군. 그래서 또 생각했지. 잘하면 반 년쯤은 버틸지 모르겠다고. 벌써 팔 년이 지났다니, 자네도 참 어지간한 친구야."

처음, 재우의 머릿속에는 오직 한 가지 생각밖에 없었다.

등대지기는 나한테 어울리지 않아. 그만 때려치우자. 여긴 사람이 살 곳이 아니다.

재우는 기능직 공무원이었다. 그러나 기능직이라는 말이 민망할 정도로 업무의 대부분은 단순 노동에 가까웠다. 사람들을 피해 들어온 외딴섬의 고요함은 오히려 그리움의 올가미였다. 하루에도 수차례 몸바꿈을 시도하는 바다도 진력나는 풍경일 뿐이었다. 걸핏하면 머리 위에 배설물을 뿌려대는 갈매기들도 불길하고 고약한 저주처럼 느껴졌다.

당치도 않은 일을 직업으로 택했고, 몹쓸 곳에 유배되어 있다는 생각을 떨쳐낼 수 없었다. 석 달 내내 그랬다.

아마 실어다 줄 배만 있었다면 일주일도 버티지 못했을 것이다. 구명도를 벗어나는 즉시 사표를 내던지리라 작심하며 방광에 차오른 오줌을 참아내듯 도리 없이 석 달을 견뎠다.

뭍에 발을 내딛는 순간, 생각을 바꿨다. 보름의 휴가까지 자진해 포기할 이유는 없다는 얄팍한 계산을 앞세웠다.

재우는 바다에 복수라도 하듯 배낭을 메고 산으로, 산으로 쏘다녔다.

그러나 구명도가, 칠흑의 바다를 비추던 등대의 불빛이 머릿속에서 떠나지 않았다. 기이한 노릇이었다. 해가 저물면 등댓불을 밝혀야 한다는 생각에 공연히 마음이 분주해졌다. 뭍에서 올려다본 밤하늘은 오래 사귄 여자와 막 이별을 하고 돌아선 양 쓸쓸하고도 허전했다. 안개 낀 날이면 등댓불 대신 길잡이 역할을 하는 무적이 귓가에 저절로 울려 퍼졌다.

어느덧 등대에 길들여져 있었을까.

머릿속에 들어와 박힌 등대의 잔상과 싸우면서, 한편으로는 자신을 외딴섬으로 내몰았던 세상과 화해를 시도했다. 부질없었다. 보름을 지낸 후 백기를 든 병사처럼 재우는 구명도에 투항했다.

정 소상이 담배 연기를 연거푸, 한숨처럼 길게 품어냈다.

"등대원으로 청춘을 몽땅 바치겠다? 다른 일을 찾아보게나."

"언제는 저더러 타고난 등대지기라고 하시더니, 섭섭합니다."

"그리 말했다면, 아마 자네를 부려먹을 욕심이었을 걸세."

정 소장은 소리 내어 웃더니 이내 정색하며 덧붙였다.

"등대지기는 너무 많은 것들을 포기하게 만들지. 자네는 아직 젊어. 어디를 가든 지금 같은 열심만 있다면 환영을 받을 걸세."

정 소장은 과묵한 사람이다. 군말을 늘어놓거나 살갑게 구는 법이 없었다. 재우에게만은 어쩌다 속내를 드러냈다. 임지를 옮기는 다른 동료들과 달리 8년째 구명도 정 소장 곁에 머문 탓이리라.

한 사람을 제대로 알기까지는 만만치 않은 세월이 필요했다. 어느 순간부터 재우는 정 소장을 가슴 깊이 받아들였고, 문득문득 한 번도 받아보지 못한 부정의 따스함마저 느끼곤 했다.

아버지.

특용작물 재배의 실패로 빚더미에 올라앉은 순간 스스로 세상을 버렸단다. 그리고 꼭 석 달 열흘 만에 재우가 태어났다.

"등대지기란 말일세, 처음에는 그저 직업이었다 어느 순간부터는 숙명이 되지. 그때는 발버둥쳐도 벗어날 수 없어."

후배의 장래를 염려하는 정 소장이었다. 하지만 차마 밖으로 내지 못한 말까지 재우는 넉넉히 들을 수 있었다.

자네만이라도 남아야 하네. 다들 등대를 버리고 떠나도 자네만은 숙명으로 여기며 남아주길 바라네.

"걱정 마십시오. 소장님의 최장기 근무 기록에 도전해 보겠습니다."

재우는 슬며시 웃고는 자리에서 일어섰다. 채 닦지 못한 등탑의 유리창이 자꾸만 마음에 걸렸다.

더 멀리, 더 환한 빛을 뿌리기 위해 등탑 유리창에 티끌 한 점 남겨둬서는 안 된다.

정 소장은 그렇게 가르쳤고, 재우는 착한 학생처럼 배운 대로 실천했다. 그 말이 반드시 옳기 때문은 아니었다. 등명기에서 쏟아대는 20만 룩스의 광도에 유리창의 먼지쯤 문제 될 리 없었다. 그럼에도 재우는 매번 등탑에 매달렸다. 티끌 한 점을 닦아내기 위해 곡예에 가까운 몸짓을 하면서 생각했다.

나는 등대지기다. 어느 순간 직업이 아닌 숙명이 되었다. 등대를 사랑치 않는 것은 내 자신을 송두리째 부정하는 꼴이다.

정 소장도 다르지 않았으리라. 그러므로 정 소장의 후회 섞인 말은 오랜 세월 등대를 사랑해 온 뒤 잠시 느끼는 허탈감으로 이해하고 싶었다.

정 소장의 손에서 흉하게 일그러진 종이컵을 받아들며 재우는 말했다.

"퇴직하시더라도 자주 오십시오, 소장님."

"악담을 하게. 마흔두 해 동안 꼼짝을 못하고 등대에 묶여 지냈네. 이센 지겨울 만도 하지 않은가. 팔도 유람이나 해야지. 지치면 아무 데서나 쉬고 기운 차려 또 떠나면서, 헐렁헐렁 살겠네."

재우는 빙긋이 웃었다.

그러십시오. 당신은 그래도 됩니다. 그럴 자격이 충분히 있습니다.

막 등탑으로 오르는 계단에 발을 내딛을 때, 정 소장의 목소리가 들려왔다.

"이런 정신 좀 보게나. 어서 내려가 보게. 전화가 왔었네."

본청의 지시를 받기 위해 설치된 행정전화는 구명도와 뭍을 잇는 유일한 연락 수단이다. 때때로 동료들은 전화로 가족의 안부를 묻고, 걸려온 전화로 뭍의 소식을 들으면서 자신이 세상의 한 구성원임을 확인한다. 어느 때는 이곳의 생활이 등대를 중심으로 이뤄지는 것이 아니라 전화가 구심점인 양 착각마저 일게 한다.

애석하게도 구명도의 전화는 좀처럼 울리지 않는다. 어쩌다 걸려오는 전화라고 해봤자 행정전화의 본래 목적이기 일쑤였다. 한 통의 사적인 전화라도 받은 날이면, 아무리 고달픈 시간을 보냈어도 성공한 하루가 되는 셈이다. 세상에서 잊혀진 존재가 아니라는 사실에 안도했으리라, 아마도.

"자네한테 전화가 다 오고, 하여간 별일일세. 혹시 숨겨둔 애인이 있었던 거 아닌가? 아니면 예전에 왔던 그 아가씨인가?"

그 아가씨……

재우는 심장을 꺼내 얼음 덩어리에 올려놓은 듯 어깨를 떨었다.

정 소장이 재우의 얼굴을 유심히 쳐다보더니 말을 이었다.

"철용이 말로는 한 시간 뒤에 다시 전화 걸겠노라고 했다니 지금 내려가면 될 걸세."

3.

시간은 더디게 흘러갔다. 세상의 모든 시계들이 살바도르 달리의 그림처럼 축 늘어져 나뭇가지에 걸려 있는 듯했다.

진난희.

연락처를 알고 있는 사람은 난희밖에 없다. 뭍에서 간간이 안부를 물어오던 유일한 사람이다.

마지막 전화가 언제였더라. 벌써 이태가 흘렀다. 구명도에서 나흘을 머물다 떠난 후, 잘 도착했다는 연락이 끝이었다.

- 나도 너처럼 살 수 있을까. 너처럼 살 수 있다는 확신이 들면 전화할게.

난희는 긴 한숨을 여운처럼 남기고 사라졌다. 난희의 침묵을 이해하고 싶었고, 한편 당연하다는 생각마저 들었다.

삶은 확신으로 살아지지 않는다. 미명의 안개 속에서 낯선 길을 찾아 나선 것과 같다. 그저 살아보는 것이다. 뚜벅뚜벅, 혼돈과 불안을 누르며 저 미지의 땅으로 가보는 것이다. 산을 만나면 넘어서고, 물이 가로막으면 건너고, 막다른 길과 마주치면 이제껏 걸어왔던 그 길이 바로 되짚어가야 할 길이다.

재우는 사무실에 앉아서 전화를 기다렸다.

무턱대고 기뻐하지 말고, 딱히 반가운 기색도 드러내지 않은 채 차분하게 전화를 받을 작정이었다.

참고 견뎌야 하는 일에는 어느덧 익숙했다. 기다림에도 어지간히 단련되었다. 그러므로 인내하며 기다렸다고 분개하거나 초조해할 까닭은 없었다. 2년이었다. 그 세월에 비하면 지금의 기다림은 병정개미의 더듬이만도 못한 짧은 시간이 아닌가.

"두 시간이 지나도 감감무소식이네요. 하여간 시간에 묶여 사는 사람들이 시간 약속은 더 안 지키더라고요."

송철용이 위로인지 비아냥거림인지 분간키 어려운 말을 중얼거렸다.

재우는 본청에서 보내온 석 달 분의 신문을 뒤적이다 자리에서 일어났다. 맥없이 전화를 기다리고 있는 자신이 초라해져 견디기 힘들었다.

사무실을 나서자 해피가 커다란 꼬리를 설렁설렁 흔들며 다가왔다. 바닷가를 들쑤시고 다니다 너울 파도라도 뒤집어썼는지 북실북실한 털에서 툭툭 물기가 떨어졌다.

해피는 세인트버나드 종의 수캐다.

빨간 지붕을 얹은 개집과 함께 행정선 편으로 구명도에 왔다. 갓 어미젖을 뗀 강아지였지만 목걸이에는 구조견답게 나무로 만든 위스키통이 매달려 있었다. 위스키통에 딱지처럼 접혀 들어 있던 난희의 편지.

해피라고 정했어.

흔하고 촌스럽지만, 그래도 꼭 해피라고 불러 줘. 네가 해피를 부를 때마다 잠깐씩이라도 행복해졌으면 좋겠다는 생각이 들었거든. 행복은 소리쳐 부르는 사람만을 골라서 찾아가는 법이래.

해피!

난희의 말은 옳았다. 해피를 소리쳐 부를 때마다 재우는 난희를 떠올렸고, 얼마쯤은 행복했다.

해피는 재우의 등대 생활의 연륜만큼 산 셈이었다. 10년 넘게 살았으니 개의 평균 수명에 비춘다면 이미 황혼의 시기였다.

얼마 전 해피는 왼쪽 송곳니 하나를 잃었다. 휑하니 비어버린 송곳니 자리를 볼 때마다 재우는 몹쓸 죄라도 짓고 있는 느낌이었다. 주인을 잘못 만나 외딴섬에서 전 생애를 마감해야 하는 쓸쓸함을 해피는 알고 있을까.

재우는 해피의 큼직한 콧잔등을 쓰다듬어 주고는 등탑을 향해 걸음을 옮겼다.

구명도의 가장 높은 곳에 자리한 등탑. 수면 높이 123미터, 등탑 자체 높이 34미터.

사무실에서 등탑까지 3백여 미터. 바위와 동백나무가 어우러진 오솔길을 올라야 한다. 중간 지점부터 동백나무숲이 끝나고 완만한 구릉지가 서쪽 바다를 향해 흘러내린다.

오솔길을 벗어나 구릉지로 접어들면 두 사람이 어깨를 잇대고 앉을 만한 벤치가 있다. 억새와 구절초가 벤치를 감싸듯 한껏 키를 높이는 중이다.

"자그마한 벤치가 있었으면 좋겠어. 상상해 봐. 우리 둘이 벤치에 앉아 커피를 마시면서 낙조를 바라보면 얼마나 근사하겠니?"

난희가 떠난 뒤 재우는 서둘러 벤치를 만들었다.

난희의 바람과는 달리 벤치는 줄곧 재우만의 자리다. 커피를 마시며 낙조를 바라보는 것도 재우만의 몫이다. 동료들은 좀처럼 오솔길을 벗어나 구릉지로 들어서는 일이 없다. 벤치에 앉아 바다를 바라보는 일 따위는 더더욱 하지 않는다.

바다는 구명도 어디에서든 보인다. 익숙한 것은 오히려 관심 밖으로 내몰리기 마련일까, 바다에 에둘러 지내며 따로 시간을, 마음을 내주지 않는다.

재우는 일부러라도 익숙함에 안부를 묻듯 자주 벤치를 찾았다. 불쑥불쑥 난희가 손톱 밑에 박힌 가시의 통증처럼 되살아나곤 했다.

재우는 벤치에 앉아 먼 바다를 고요히 바라볼 참이었다. 전화 때문에 분주해진 마음을 수평선 너머로 몰아내고 싶었다.

막 구릉지로 접어드는 순간이었다.

"왔어요, 왔어."

송철용이 사무실 입구에서 손사래를 쳤다. 해피가 컹컹거리며 재우를 향해 꼬리를 흔들어댔다.

***

"구명도 항로표지관리소 유재우입니다."

– 재우야, 재우가 맞구나.

재우는 먼저 자신의 귀를 의심했다. 뜻밖에도 남자의 목소리였다. 한순간 맥이 풀렸고, 뒤따라 들려온 말에 뒤통수를 호되게 얻어맞은 듯했다.

– 형이다.

재우는 사무실 천장에 매달린 형광등과 송철용 뒤로 반쯤 열린 문을 바라보았다.

그래, 나에게도 형이 있었지.

– 재우야, 대답해라. 형 목소리도 잊어버린 거냐?

재차 자신의 이름이 수화기 저편에서 들려오고 나서야 재우는 입을 열었다.

"오랜만이네."

– 네 연락처 알아내려고 얼마나 고생했는지 몰라. 도대체 이게 뭐냐? 이러고도 우리가 한 핏줄을 나눈 형제라고 할 수 있겠니?

재우는 잠자코 검지에 수화기의 선을 감았다가 다시 풀었다.

8년 동안 잠잠하다 뒤늦게 찾은 이유가 무엇일까. 형제의 인연을 끊자고 선언한 쪽은 형이었고, 재우는 선언대로 따랐을 뿐이다.

재우는 한 차례 헛기침을 토해냈다.

"잘 지냈어?"

– 나야 잘 지내고 있다만, 넌 도대체 어떻게 된 거냐? 거기가 어디고, 또 거기서 무엇을 하고 있어?

"여긴 섬이야."

- 섬이라고? 섬에는 뭐 하러 가 있어?

"등대에서 일해."

- 그럼 그 뭐냐, 등대지기란 말이야?

처음으로, 등대지기란 호칭이 마음에 걸렸다. 누구의 입에서 흘러나왔느냐에 따라 그 의미가 달라지는 모양이었다.

- 사내자식이 할 일이 없어서 등대지기를 해?

형은 억지를 부리고 있었다. 아직 여자 등대원은 없으므로 남자만의 직업인 셈이다.

재우는 형의 말 속에 담긴 의미를 무시해 버렸다.

"형은 잘 지내고 있나 봐. 하나도 안 변했네."

형은 아직도 제멋대로군. 자신만이 정당하다는 그 억지는 세월이 가도 어쩔 수 없나 봐.

재우는 속말을 삼켰다. 스스로 여전히 과거의 기억에 사로잡혀 있는 듯해 씁쓸했다.

형 앞에선 오로지 복종이었다. 재우는 길들여졌다. 복종만이 현명한 처사임을 어린 시절부터 머리보다 몸이 먼저 알아버렸다. 형의 명령에 말대꾸를 하거나 거부하는 것은 얻어맞기로 작정한 짓이었다. 그저 얌전한 개처럼 납작 엎드리거나 아예 형의 눈 밖으로 줄행랑을 쳐야 했다.

형보다 머리 하나 웃자란 뒤에도 그랬다. 형을 마지막으로 본 그날을 제외하고는 내내…….

- 넌 어째 그리 매정하냐? 어머니가 많이 걱정하셨다.

어머니를 아주 잊은 건 아니다. 세상에는 외면하려 발버둥쳐도 도무지 뜻대로 되지 않는 일이 있다. 어머니를 완벽하게 잊는 일도 그 중의 하나였다.

"어머니는……."

- 내가 모시고 있다.

"좋아하시겠네."

- 장남이 모시는 게 당연하지. 그건 그렇고, 지나간 사연을 전화로 시시콜콜 이야기할 수는 없는 노릇이니 일단 만나자.

"무슨 일이지?"

- 꼭 일이 있어야만 만나겠다는 말투군. 언제까지 하늘에서 뚝 떨어진 것처럼 너 혼자서 살 테냐? 우리도 이제 남들처럼 왕래하면서 살아야 하지 않겠어?

내게는 돌아갈 집이 없었고, 나의 가족은 오래 전에 날 버렸다. 아니, 버린 쪽은 나였을지도 몰랐다.

이유야 어쨌든 재우는 외톨박이로 살아왔다. 자신이 감당해야 할 숙명처럼 여겼다. 이제 와서 느닷없이 형이 손을 내밀고 있었다.

- 어머니께서 막내를 보고 싶어 하신다.

설마, 그럴 리가?

재우는 목구멍까지 올라온 말을 겨우 참아냈다.

- 만나서 따로 상의할 일도 있고.

우리 사이에 과연 상의할 만한 일이 아직 남아 있을까. 무슨 일이냐고 재우는 물었다.

— 어머니 문제다.

"어디 불편하신 거야?"

— 건강하시다. 식사도 잘하시고, 잠도 잘 주무셔……. 하여튼 당장 서울로 올라와라.

"형 말대로 나는 등대지기야. 함부로 자리를 비울 수 있는 형편이 못 돼."

— 그래서 안 올라오겠다는 거냐?

"여긴 아주 먼 곳이야. 또 이제 와서 형이나 어머니를 만난다는 게 솔직히……."

— 솔직히 뭐냐?

마음 편한 일은 아냐. 두렵기도 하고. 재우는 한숨을 내쉰 후 달리 말했다.

"전화로 이야기하면 안 될까?"

형에게선 대꾸가 없었다.

구명도가 얼마나 머나먼 섬인지 형이 알지 못하듯, 재우 자신 역시 형의 심정을 제대로 이해 못한다는 생각이 들었다.

8년은 기나긴 세월이었다. 모난 부분을 쳐내 조약돌을 만드는 물살과도 같지 않던가, 세월은. 형의 독선을 반듯하게 정리했을 수도, 깡그리 사라져버린 가족의 정리를 죽은 땅에서 새싹을 키우듯 소생

시켰을 수도 있었다.

4.

공원의 벤치는 젖어서 앉을 수도 없다.

내년까지는 모든 것이 끝장이다.

벤치는 젖어 있고 나뭇잎의 색은 변하고,

뿔피리는 울리고 싶을 만큼 울렸도다.

벤치는 밤이슬로 축축하게 젖었다. 재우는 젖은 벤치에 앉아 라 포그르의 시 '겨울이 오다'를 떠올렸다. 깊어 가는 봄밤, 겨울의 절 망을 노래한 시를 군이 읊조릴 이유가 없었다.

한때 수많은 시를 외우고 다녔다. 밤새워 시를 쓴답시고 쓴 적이 있었다. 재우에게도 무엇이 되고자 소원한 바가 있었다면, 시인이 었다. 당시 자신의 내부에서 들끓는 감정을 시 외에 달리 표현할 줄 몰랐다. 이젠 낡은 앨범 속 흑백사진을 보듯 퇴색한 꿈의 한 갈피에 불과했다.

인문계 고등학교와 국문과를 거쳐 시인이 되고 싶었다. 시인인 담임선생이 제시해 준 길이었다.

어머니는 실업계 고등학교로 진학하길 원했다. 재우는 시인이 될 겁니다. 담임선생이 반대했다. 무익한, 어머니의 고집을 꺾을 수 없는 무모한 반대였다. 시와 시인이 도대체 무엇에 소용되는지 알지도 못하고 관심도 없던 어머니였다.

"한 집안에서는 한 사람만 성공하면 된다. 그러면 사돈의 팔촌까지, 나머지는 다 먹고 살 길이 자연스레 생기는 법이다."

그 한 사람이 형이었다. 형의 성공을 위한 조력자로 만족하라는 뜻이었다.

재우는 공업고등학교 기계과에 지원했다. 어머니는 당연하게 받아들였고, 형은 안심하는 눈치였다. 난희만이 재우의 선택을 안타까워했다.

재우는 어머니 몰래 입시를 준비했다. 시인의 꿈 때문이 아니었다. 근심해준 난희가 고마웠다.

난희와 같은 대학에 응시했다. 국문과에 지원한 재우는 합격했지만 영문과를 택한 난희는 이듬해를 기약해야 했다.

"입학금만 대 주세요. 그 다음에는 제가 알아서 하겠습니다."

재우의 말에 어머니는 단호했다.

"정히 공부하고 싶거든 나중에 해라. 형이 잘 되고, 그때 해도 늦지 않다."

결국 입학금 납부 기한을 넘겼다. 재우는 학교에서 추천해준 방위산업체에 취직을 했다. 대학 입시에 매달릴 기회는 오지 않았다.

시를 아예 쓰지 않은 것은 아니다. 하지만 시를 쓰는 것과 시인이 된다는 것은 자신에게 전혀 무관한 일처럼 여겨졌다. 지친 영혼이 잠시 기댈 언덕 같은 거였는지도 모른다, 시는. 슬픔이 격해져 눈물이 되듯 말이다.

어머니는 형이 법관이 되길 원했다. 어머니의 고단한 생활을 견디게 하는 힘이 바로 형이었다. 몰락한 집안을 다시 세울 수 있는 희망이었다. 어머니가 희망으로 삼기에 충분히 영리한 형이었다.

형은 초등학교부터 고등학교를 마칠 때까지 전교 1등을 놓치지 않았다. 최고의 수준이라고 일컬어지는 대학의 법학과에 입학했으며, 2학년 때 사법고시 1차를 통과해 어머니를 감격하게 했다.

딱 거기까지였다. 이후 6년 동안 형은 번번이 2차의 관문을 통과하지 못했다.

어느 날 형은 사법고시를 포기하겠노라고 선언했다.

"취직을 하겠어요. 어머니를 더 이상 고생시키고 싶지 않아요."

"그게 어디 너 하나 잘 되겠다고 시작한 일이었더냐. 더 해라. 난 손톱만치도 고생스럽지 않다."

"이젠 재우 볼 낯도 없고요."

"재우도 이 어미랑 같은 생각일 거다. 넌 아무 걱정 말고 공부만 하면 된다."

어머니는 둘째 아들의 동의 따위는 묻지 않았다. 재우의 생각은 달랐지만 중요치 않았다.

어느 순간부터 형은 스스로 꿈을 저버렸다. 형은 재우의 월급과 어머니의 고된 노동의 대가를 유흥비로 탕진하고 있었다. 고시원에 틀어박혀 있는 대신 당구장과 기원과 술집을 전전했다. 재우가 선반공으로 언제 손가락이 잘려나갈지 모를 상황에서 쇠를 자르고 주무르는 동안, 어머니가 새벽부터 밤 늦은 시간까지 남의 집 살림을 해주는 고단한 일과를 보내는 동안, 형은 딴짓에 열중했다.

울화통이 터질 노릇이었지만 모른 척하고 말았다. 어머니의 애달픈 희망의 종말을 재우 편에서 먼저 인정하고 싶지 않았다. 아니, 형의 엇나감에서 야릇한 쾌감마저 느꼈을까. 혹은 당신이 틀렸다는 사실을 어머니 편에서 시인할 때까지 기다렸는지도 모르겠다.

그러나 대체로, 형이 취직을 해서 정상적으로 살기를 바랐다. 법관이 곧 형의 행복을 보장해 주지 못하듯 취직이 불행으로의 전락을 의미하진 않을 테니까. 무엇보다 형의 안정된 생활이 어머니를 고된 노동으로부터 벗어나게 하는 일이라고 믿었다.

형은 어머니의 반대에도 불구하고 취직을 했다. 그러나 재우의 기대와는 달리 어머니의 고단한 생활은 계속되었다.

＊＊＊

4년 전이었다.

어머니의 회갑을 며칠 앞둔 날이었다. 누구도 회갑이라고 연락해

오지 않았다. 한 가닥 그리움으로 재우는 스스로의 등을 떠밀었고, 먼발치에서나마 어머니의 모습을 확인하리라 마음 먹었다.

어머니는 시장 한구석에서 허름한 식당을 꾸려가고 있었다. 붉은 페인트로 순대국, 곱창구이, 머리고기라고 써놓은 유리문을 열고 들어갔을 때, 어머니는 설거지라도 하는지 등을 보인 채였다.

"뭘 드시겠수?"

어머니가 돌아보는 순간까지 재우는 어머니의 굽은 등을 향해 속말을 중얼거렸다.

어머니, 저 왔어요.

어머니는 10초쯤 재우를 바라보았다. 그보다 더 긴 시간이었는지도 모른다. 수년 만에 만난 어머니였고, 어머니가 먼저 손을 내밀어주길 바랐다. 적어도 어머니의 눈빛에서 반가움이나 안타까움 따위를 읽고 싶었다.

아무런 감정도 실리지 않은 듯한 목소리가 들려왔다.

"앉아라."

재우는 어머니가 턱을 내밀어 가리킨 자리로 갔다.

네 개의 탁자 중 한 탁자를 차지한 두 사내가 묵묵히 술잔을 비워냈고, 어머니는 설거지에 열중했으며, 재우는 속절없이 어머니의 굽은 등만 쳐다봐야 했다.

사내들이 떠나고 어머니가 재우 쪽으로 다가와 바로 놓였던 의자를 슬쩍 돌려 앉았다. 어머니는 옆얼굴을 보인 채 유리창 너머로 퀭

한 눈빛을 던졌다.

"잘 지내셨어요?"

어머니는 대꾸 대신 한 차례 고개를 끄덕였다.

전 잘 지내지 못했어요, 어머니.

재우는 입안에 맴도는 말을 끝내 토해내지 못했다.

외로웠다. 세상의 변방으로 내몰려 외톨박이로 지냈다. 그리고 지쳤다. 잠시만이라도 어머니의 품에서 안식하고 싶었다. 그게 가능하다면 말이다.

부질없었다. 그들 사이의 벽은 세월의 무게로도 무너지지 않는 느낌이었다. 그 완강함에 재우는 어쩔 줄 모르고 있었을 뿐이다. 어머니도 그러했을까. 모르겠다, 모르겠어.

어머니는 아무것도 묻지 않았다. 집나간 아들이 어디에서 살았는지, 무엇을 하며 지냈는지, 하다못해 왜 왔는지조차 궁금해 하지 않았다.

"가야겠어요."

한없는 침묵이 이어진 후 재우는 자리에서 일어섰다. 어머니는 여전히 유리창 너머로 시선을 못박아둔 채 말했다.

"이왕 왔으니 순대국이나 한 사발 먹고 가라."

무럭무럭 김이 솟아나는 순대국이 앞에 놓였다. 숟가락질하기도 버거울 만큼 맥이 풀렸다. 그러나 최후의 국물까지, 재우는 머리를 처박고 알뜰하게 먹어치웠다. 정확히 말해 입안에 털어 넣었다.

꾸벅, 고개를 숙여 보이고는 식당을 나섰다. 어머니의 회갑을 위해 마련한 쌍가락지를 끝내 탁자 위에 올려놓지도 못한 채로. 어머니가 멀어져 가는 자신의 뒷모습을 보았는지는 알 길이 없다.

그날 밤 재우는 쌍가락지를 되팔아 정신이 혼미해지도록 술을 퍼마셨다. 숙취에 시달린 채 남도행 열차에 몸을 실으며 다짐했다. 다시는 돌아오지 않겠노라.

고통도 어느 순간에 이르러 스스로를 보호하려는 이치처럼 이젠 자신이 변하기를, 어머니로 인해 더는 애달파하거나 야속해하지 않기를, 미워하는 일마저 씻어낼 수 있기를 바랐다. 무엇을 더 기대할 것인가. 어머니는 어머니의 삶을, 재우는 제 나름의 생활을 살아가면 족했다.

어머니가 보고 싶어 하셨노라고, 형은 말했다.

사실일까. 믿어도 될까. 단지 동생의 무심함을 어머니에 빗대 탓하고 싶었던 것인가.

***

엄지손톱을 깎아 매달아 놓은 듯한 그믐달이 수평선 너머로 나타났다.

등댓불은 12초 주기로 어깨를 넘어와 바다에 빛을 뿌리고 있었다. 등댓불이 등 뒤로 사라진 순간 수평선에 드문드문 떠 있는 고깃배의 불빛이 잠깐씩 위태롭게 반짝였다.

밤이슬에 젖은 어깨가 으슬으슬 떨려왔다. 그만 일어서자고, 재우는 스스로를 채근하면서도 냉큼 구릉지를 벗어나 관사로 돌아가지 못했다.

잠드는 것이 괴로울 때가 있었다. 잠든 사이 의지와 상관 없이 만나야 할 꿈과, 그 꿈속에서 대면해야 할 어머니의 모습이 안타까웠다. 아니, 정직하게 고백하자. 어머니와 자신 사이에 자리한 벽을 새삼 확인하게 될지도 모른다는 두려움이었다.

형의 요청에서 비켜서고 싶었다. 어머니의 일을 상의하자는 것이 도대체 무엇인지, 모른 척 흘려버리고 싶었다.

이제껏 외면하고 살아온 것처럼 앞으로도 그럴 수 있다. 깊은 상처에도 마침내 생살이 돋듯 세월은 어떠한 고통도 거기서 빠져나갈 만한 길을 제시해 주기 마련이다.

끼룩 끼룩…….

지난 가을 이후 들어보지 못한 갈매기의 울음소리였다.

재우는 차가운 물을 뒤집어쓴 기분으로 재빨리 고개를 들었다. 등댓불이 탐조등처럼 구명도 주위를 훑고 지났다. 바다는 텅 빈 채였고, 소리의 정체는 어디에도 보이지 않았다.

재우는 어둠을 향해 귀를 열어두고 갈매기 소리가 재차 들려오기를 기다렸다. 환청이었을까. 갯바위에 부딪히는 파도소리 말고는 적막한 세상이었다.

구명도에서 보낸 세월 동안 갈매기가 어디서 날아오고 또 어디로 날아가는지 목격하지 못했다. 어느 날 새벽 갑자기 구명도 전체가 소란스러웠고, 갈매기들은 정수리 위에라도 둥지를 틀려는 양 재우를 에워쌌으며, 또 어느 날 눈을 떴을 때 한 마리의 갈매기도 보이지 않았다.

대학의 탐조 동아리에서 활동했던 난희의 말에 의하면, 구명도에 날아오는 갈매기는 괭이갈매기였다. 한반도에 서식하는 텃새로 알려져 있긴 하지만 어디서든 날아오고 또 어디로든 날아갔다. 가까이는 남해 곳곳에서 멀리는 캄차크 반도까지가 갈매기들의 서식 반경이었다.

갈매기들이 하필이면 먼바다 외딴섬을 택했을까.

"네가 너무 적적할까봐."

난희는 하얗고 가지런한 이를 드러내며 웃고는 덧붙였다. 사람들의 횡포로 인해 차츰차츰 뭍에서 멀어져 결국 구명도까지 밀려났으리라고.

갈매기는 등대지기의 벗이다.

그러나 구명도에 아주 터를 정한 채 살아가는 갈매기는 없다. 구명도는 단지 산란과 포란, 부화의 장소다. 어린 갈매기가 날개에 힘을 얻으면 어미와 함께 훌쩍 떠난다. 어느 녀석은 돌아오겠고, 어느 녀석은 구명도가 아닌 곳에 둥지를 틀 것이다.

봄이 깊어지면 재우의 시선은 자주 북쪽 바다를 향하곤 했다. 오래 사건 벗을 맞이하듯 갈매기의 귀환을 기다렸다.

끼룩 끼룩.

이번에는 의심할 여지가 없는 분명한 갈매기 울음소리였다. 재우는 주위를 두리번대다 북쪽 해안 기슭을 맴돌고 있는 한 마리의 갈매기를 찾아냈다.

무리에 앞서 홀로 서둘러 날아든 것일까. 재우는 벤치를 박차고 일어났다. 구릉지를 벗어나 기슭으로 갈매기를 향해 내려갔다.

무수한 갈매기들이 앞서거니 뒤서거니 수면에 닿을 듯 낮은 비행 자세로 바다를 건너오고 있었다. 등댓불이 수면을 비출 때마다 하얀 몸통들이 일제히 손짓을 하듯 공중으로 솟아올랐다. 마치 등댓불로 자신들의 목적지를 확인하고 환호하는 몸짓처럼 보였다.

갈매기들은 냉큼 섬에 내려앉지 않았다. 고단한 비행을 서로 격려하려는 양, 뒤처진 동료를 위로하려는 듯 섬 주위를 분주히 날아다녔다.

재우는 갈매기의 귀환을 가슴 벅찬 감격으로 지켜보았다.

갈매기가, 갈매기가 돌아왔어. 좋은 징조야.

꼬박 밤을 지새웠다. 하지만 몸도 마음도 사뭇 가벼워진 느낌이었다. 어머니 역시 가벼운 마음으로 만날 수 있을 성싶었다.

5.

아파트에 들어섰을 때, 형뿐만 아니라 누나까지 있었다.

3남매가 한 자리에 모인 적이 언제였던가. 기억조차 아득했다.

다부지게 처신하자고 미리 다짐했건만 재우는 자꾸만 눈 주위가 스멀거렸다. 형이든 누나든 혈육의 정을 일깨워준다면 왈칵 눈물을 흘리게 될지도……

악수도 포옹도 없는 밋밋한 재회였다. 사나흘쯤 떨어져 있던 것처럼 데면데면 재우를 맞이했다.

"어머니는 어디에 계셔?"

재우의 물음에 형이 말했다.

"어머니 뵙기 전에 먼저 알아둘 게 있다."

형수가 석 잔의 차를 가져 왔으므로 3남매는 소파에 자리를 잡았다.

재우는 집안을 둘러보며 물었다.

"아파트가 참 좋아. 몇 평이나?"

"사십육 평이에요, 도련님."

첫 대면한 형수의 대꾸였다. 평수도 넓고 게다가 강남이었다. 형은 부자가 된 모양이었다.

갯바위의 따개비처럼 다닥다닥 붙어 지내던 단칸방 시절이 떠올랐다. 네 명이 나란히 누우면 더는 움직일 공간조차 없을 지경의 작은 방이었다.

아랫목은 형의 차지였다. 그 다음엔 재우, 누나, 어머니 순서로 누워 잠을 자곤 했다. 어느 날 잠버릇이 험한 재우가 뒤척이다 형의 뺨을 때렸던 모양이다. 화가 난 형이 잠든 재우를 마구 두들겨 팼다. 그 후 재우는 맨 끝자리로 밀려났다. 물론 잠버릇이 고쳐지진 않았을 테지만 잠결에 얻어맞을 일은 없었다.

팔짱을 끼고 미간을 찌푸린 채 재우를 쏘아보던 누나가 입을 열었다.

"등대지기인가 뭔가를 하고 있다고 들었다. 사실이냐?"

"맞아."

"세상에 할 일이 얼마나 많은데……, 당장 그만둬."

"무슨 말이야?"

"집안 망신이다, 망신."

집안에 등대지기가 있다면, 망신인가? 그리고 언제부터 집안을 들먹일 만큼 가족에 대한 누나의 애착이 커진 거지?

재우는 되묻고 싶었다. 모처럼의 재회였다. 낯을 붉히며 언성을 높이고 싶지 않았기에 웃고 말았다.

누나는 결혼한 이후 집과 거리를 두고 살았다. 이해했다. 명문세도가의 맏며느리가 되면서 서둘러 과거의 기억을 벗어버리고 싶었을 테니까. 지긋지긋한 가난과 보잘것 없는 가족 내력까지 송두리째.

"네 매형한테 얘기해 일자리 하나 마련해 볼 테니까, 구질구질하게 섬 구석에 처박혀 있지 말고 올라와라."

"사양하겠어. 누나 시댁에까지 망신살이 뻗치면 곤란하잖아."

재우는 누나의 반응을 기다리지 않고 형에게로 눈길을 옮겼다.

"알아둘 게 뭐야?"

"어머니께서……. 얼마 전부터 노망기가 있다."

형은 푹 한숨을 내쉰 뒤 덧붙였다.

"처음에는 연세가 들면 다 나타나는 증상이려니 했다. 헛말을 자주 하고 건망증도 심해져 병원에 갔더니 알츠하이머병이라고 하더구나."

"알츠하이머라면?"

"간단히 말해 치매인 셈이지."

기억력만큼은 비상한 어머니였다. 학교 문턱에도 가본 적이 없지만 혼자 글을 깨쳤고, 교회에 출석하면서 성경 한 권을 통째로 줄줄 외웠다. 그런 어머니인데, 그런 어머니가 치매라니…….

"면목이 없다. 장남으로서 어머니를 더 잘 모셨어야 했는데……."

형은 말해 놓고 탁자 위의 찻잔을 집어 들었다.

"당신이 면목 없을 일은 아니잖아요."

형수가 형의 곁에 앉으며 말했고, 재우에게 슬며시 미소를 지었다.

"이이가 어머니께 워낙 지극 정성이에요."

결혼해 자식을 낳으면 부모 심정을 이해한다고 했던가. 어느덧 두 아이의 아버지가 된 형이었으므로 지극 정성이라는 형수의 말은 사실일지도 몰랐다.

재우는 형에게 물었다.

"지금 어머니 상태는 어때?"

"치매에 대해서 얼마나 알고 있냐?"

기억력과 사고 능력이 떨어져 기이한 행동을 하는 일종의 정신적 퇴행. 재우가 알고 있는 정도였다.

형이 한동안 막막한 눈길로 재우를 건너다보았다.

"사람을 잘 알아보지 못하신다. 나조차도 몰라보실 때가 있어. 철부지 아이가 되셨다고 생각하면 돼. 일곱 살짜리 손자랑 같은 또래처럼 행동하신다. 장난감을 서로 차지하겠다고, 먹을 것을 놓고 싸우신다."

형은 두 손을 펼쳐 얼굴을 가렸다.

"평생 고생만 하신 어머니가 아니냐. 이제 손자 재롱이나 보며 여생을 즐길 만하니까 이런 꼴이 되셨으니, 억장이 무너진다."

억장이 무너진다…….

재우에게는 먼 하늘에 떠가는 한 조각의 구름처럼 덧없게 들려왔다.

"놀랐냐?"

형의 물음에 재우는 앞머리를 쓸어 올렸다. 차라리 담담했고 자신과는 무관한 일로만 여겨졌다. 속이 상하느냐고 물었다면 다른 느낌이었을지도 모른다는 생각이 들었다.

재우는 한 차례 헛기침을 토해낸 후 물었다.

"언제부터야?"

"치매가 하루아침에 진행되는 건 아니니까, 정확히 단정할 수는 없다. 내가 어머니를 모시기 시작하면서 눈에 띄게 나빠졌다."

어머니는 어느 순간까지 홀로 지냈던 것인가. 3남매가 제 길로 뿔뿔이 흩어진 후 쓸쓸함과 난감함으로 병을 얻은 셈일까.

"너무 염려하진 마라. 다른 데는 아무 이상 없으시다. 연세에 비해 아주 건강하신 편이야. 워낙 강단이 있으신 분 아니냐."

재우는 고개를 끄덕였다. 강단보다는 냉정이라 표현해야 더 어울릴 성싶긴 했지만.

"치매에 걸리면 난폭해지거나 대소변을 못 가린다지만 그 지경은 아니다. 어느 때는 정말로 치매일까 싶을 만큼 정신이 말짱하시기도 해. 병원에서도 치매 초기라네. 회복은 불가능해도 잘 보살펴드리면 크게 나빠지진 않을 거라더군. 그만하길 다행이지."

"어차피 재우도 바로 알고 있어야 하는 거 아니냐? 그래야 제대로 처신할 수 있겠고……."

누나가 못마땅한 눈길로 형을 쏘아보며 덧붙였다.

"병원에서 뭐라고 하든, 내가 보기에는 엄마 병은 이미 깊어진 상태야. 앞으로도 계속 악화될 것이고."

"누나는 마치 어머니가 더 나빠지길 바라는 것 같아."

"치매 시아버지를 삼 년씩이나 간병했으니 나도 웬만큼 알아."

"치매는 개인차가 심한 병이야. 누나 시아버지의 경우로 어머니까지 단정하지 마."

"현실적인 이야기를 하자는 거야. 그리고 명우, 네가 언제부터 엄마한테……."

누나는 뒷말을 삼킨 채 윗니로 아랫입술을 깨물었다. 그런 누나를 향한 형의 눈빛이 날카로웠다.

예전부터 형과 누나는 영역 다툼에 나선 두 마리의 들고양이처럼 으르렁댔다. 자신의 의견을 조금도 양보하지 않았고, 대화를 나눈다기보다는 서로의 허점을 찾아내 상처 주기에 열중하는 양 느껴졌다.

재우는 어느 쪽에도 섣불리 끼어들지 않았다. 중립지대가 아니라 변방으로 물러나 아예 존재를 드러내지 않는 편을 택했다. 다시 그런 일이 벌어진다 해도 예전처럼 자신과 무관한 일인 양 외면하리라.

재우는 자리에서 일어섰다.

"어머니를 뵙고 싶어."

* * *

형은 거실을 지나 현관 옆에 딸린 방으로 가 멈췄다.

방문 손잡이 위에 커다란 자물쇠가 달려 있었다.

"달리 생각하지는 말아라. 어머니께서 느닷없이 집을 나가시곤 한다. 잘 돌아오시면 아무 문제가 없는데, 번번이 길을 잃고 헤매셔. 파출소 신세를 지는 것도 한두 번이라서 별 수 없이 조치를 취한 거다."

잠금 장치를 풀고 막 문을 열려는 순간, 형이 생각난 듯 다시 말했다.

"오해할지 몰라서 미리 말해 두는데, 나와 네 형수는 어머니께 최선을 다해왔다. 그래도 네 눈에는 마땅치 않은 구석이 많을 거다. 치매에 걸린 노모를 모시는 게 쉬운 일은 아니더구나."

나한테 일일이 설명할 필요 없어. 형도 잘 알잖아. 솔직히 난 오래전에 버려진 자식인 걸. 이제 와서 어머니의 형편에 대해서 이러구러 관심 갖고 형에게 따질 처지가 아냐.

재우는 속말 대신 형의 어깨를 슬쩍 손으로 짚었다.

문이 열렸다. 재우는 숨을 멈췄다. 지난 가을에 묻어둔 김장독의 김치를 한여름이 돼 꺼낸 듯 시큼하고 텁텁한 냄새가 코를 찔렀다.

이부자리만이 덩그러니 바닥에 깔린, 가구 하나 없는 방이었다.

벽에 허리를 기댄 채 푹 고개를 떨구고 있는 백발의 노인. 어머니였다. 그럼에도 선뜻 어머니라는 느낌이 들지 않았다.

"어머니, 재우 왔어요."

형이 어머니 앞으로 재우의 손을 잡아끌었다.

어머니는 아무런 반응을 보이지 않았다. 깊고 혼곤한 잠에 빠졌을까. 아니면 당신 특유의 무심함을 그리 나타내는 것일까. 결코 다정한 어머니가 아니었다. 특히 둘째 아들에게는 따뜻한 말 한마디, 너그러운 눈길 한 번 준 적이 없었다.

"어머니!"

형이 어깨를 흔들자 어머니는 천천히 고개를 들었다.

수년 동안 기억 속에 남아 있던, 때로는 슬픔이었고 안타까움이었지만, 끝내 떨쳐내려 안간힘을 냈던 어머니의 그 눈빛을 재우는 다시 보았다. 아무런 표정을 담고 있지 않은 듯한, 시선은 분명 향해 있지만 반드시 이쪽을 보고 있다는 생각이 들지 않는 퀭한 눈빛.

왜 다른 어머니들처럼 따뜻하고도 넉넉한 눈길로 자식을 바라보지 못하는 것일까. 어머니의 천성, 혹은 삶의 무게에 짓눌린 탓이리라. 이해하려 애쓰면서도 재우에게는 오랫동안 상처였다.

"어머니께서 그렇게 찾던 재우예요."

어머니는 두 눈을 더디게 감았다 뜨고는 여전히 무감한 눈으로 재우를 바라보았다.

어머니!

재우는 소리 내어 부르지 못했다. 늙고 병들고 추레해진 어머니의 모습에 가슴이 아려왔다. 아니다. 화가 났다. 아니, 아니다. 억울해 견딜 수가 없기에 재우는 고개를 돌렸다.

어째서 이런 모습인가요. 남의 집 더부살이에서부터 시장바닥의 아귀다툼까지 온몸으로 맞서며 억척스레 살아온 당신이 아니었던 가요. 자식이 집을 나간다고 선언해도 눈 하나 꿈쩍하지 않던 매정한 모습은 어디로 갔나요.

"재우를 알아보시겠어요, 어머니?"

어머니의 눈빛이 다소 시무룩해졌다. 형이 어머니와 재우를 번갈아 보며 다시 물었다.

"누군지 말해 보세요."

"몰라, 몰라. 알 게 뭐야."

형이 난처한 표정으로 재우를 향해 어깨를 으쓱 들어올렸다.

"재우, 재우 밤낮으로 노래를 하시더니 왜 그래요. 잘 생각해 보세요. 정말 모르시겠어요?"

"재우 죽었어."

둘째 아들은 진작 당신 가슴속에서 지워진 존재라는 뜻일까. 재우는 웃었다. 들끓고 아우성치는 감정을 달리 드러낼 길이 없었다.

"재우가 죽긴 왜 죽어요. 어머니, 재우가 틀림없어요. 똑바로 보고 생각해 봐요."

"몰라, 몰라."

그때까지 문턱을 밟고 서 있던 누나가 앞으로 나섰다.

"그럼 엄마, 난 누구야?"

"미숙아! 밥 좀 줘. 나 배고파."

"아이고, 울 엄마 기특하셔라. 딸 이름은 잘도 외우고 계시네."

갓난아이를 대하듯 어머니의 뺨을 두 손으로 어루만시던 누나가 재우를 쏘아보았다.

"엄마 기억이 오락가락한 탓도 있지만 재우, 네 잘못이 크다. 엄마가 둘째 아들 얼굴을 본 게 도대체 몇 년 만이냐."

형이 끼어들었다.

"다 지나간 일이야. 재우도 일부러야 그랬겠어."

그날의 일을 형과 누나가 알고 있을 터였다. 누구의 탓인지, 왜 재우가 집을 떠날 수밖에 없었는지, 과연 지나간 일로 간단히 묻어 둘 만한지…….

재우는 침묵을 택했다. 뒤늦게 따지고 싶지 않았다. 둘째 아들만을 유독 알아보지 못하는 어머니의 이상한 기억력도 이제 와 어쩌겠는가.

"배고파. 미숙아, 밥 좀 줘."

형수가 방안으로 들어서며 어머니의 말을 받았다.

"어머니 진지 잡수신 지 얼마나 됐다고 그러세요?"

"이년아, 밥 구경 석 달 열흘 못했어. 네 년은 배 터지게 처먹으면서 난 굶겨 죽일 거냐?"

"형님이야 다 아시니까 그렇다고 치더라도 도련님 앞에서까지 저를 몹쓸 며느리로 만드시네요."

형수가 폭 한숨을 내쉰 뒤 재우를 향해 말했다.

"치매에 걸리면 욕심이 많아진대요. 특히 먹는 데에 욕심이 한이 없다고 하더니, 어머니께서 꼭 그 짝예요. 며칠 전에는 잠시 한눈을 파는 사이에 밥통에 가득 든 밥을 한꺼번에 다 드셨어요."

"이 썩어 문드러져 죽을 년아, 개소리 작작 씨부렁대고 밥이나 내놔."

며느리에게 욕설을 퍼붓는 어머니를 보고 있자니 재우는 기가 막혔다.

품위나 고상함과는 무관한 어머니이긴 했다. 그러나 타인의 시선을 병적이다 싶을 만큼 신경을 썼다. 꼭 필요한 말 외에는 군말을 하지 않았고, 욕설이나 일삼는 어머니는 더더구나 아니었다.

치매가 단순히 정신적 퇴행만을 의미하지 않는 모양이었다. 한 인간이 지닌 가치 기준마저 무너뜨리고 있다는 생각이 들었다.

재우는 형에게 화가 치밀었다.

이런 꼴을 보이려 불러들인 것인가. 이제껏 서로에 대해 모른 척 지내왔다면, 내내 그리 살 수도 있지 않았냐고 묻고 싶었다.

"넌 어째서 옛날이나 지금이나 뚝뚝하기가 매한가지냐. 큰절은 아니더라도 손이라도 한 번 잡아드려야지."

옳은 말이었다. 하지만 재우는 우두커니 선 채, 물끄러미 어머니의 손만 내려다봤다.

관절염이라도 앓고 있는 양 굵은 마디의 손이었다. 평생 거친 노동에 시달린 흔적이 고스란히 남아 있었다.

간간이 꿈속에서 어머니를 만나곤 했다. 어느 때는 허공을 향해 손사래만 쳤고, 또 어느 때는 어머니의 손을 잡고 흐느끼다 깨어나기도 했다.

지금, 흐느끼지 않더라도 한 방울 눈물을 흘려도 좋다고 재우는 생각했다. 그러나 어머니의 손조차 냉큼 잡지 못했다.

"어머니!"

재우는 뒷말을 잇지 못했다.

구명도를 떠나오는 순간부터 숱한 말들을 준비해 놨다고 생각했다. 거기엔 해명도 용서도 항의도 있었다. 어머니와 자신을 가로막았던 벽을 허물 수 있는 작은 틈새라도 찾아낸다면, 재우는 먼저 용서를 구하겠노라고 다짐했다.

아들조차 알아보지 못하는 당신에게 어떤 말을 건넬 것인가. 당신과 떨어져 있던 나날들, 그 하많은 사연을 이야기한들 또 무슨 소용이 있을까.

"배고파 죽겠어. 나 밥 좀 줘."

처음으로 재우를 겨냥한 어머니의 말이었다. 처음이라는 의미에 재우는 잠시 가슴이 먹먹해졌다.

"밥 말고 드시고 싶은 게 뭐예요?"

"많아, 많아."

"말씀해 보세요."

"음…… 밥."

"조금 전 드셨다면서요."

"안 먹었어. 저 년이 밥을 안 줘."

어머니의 입에서 며느리를 향한 푸념 섞인 욕설이 한동안 이어졌다. 마치 재우에게 며느리의 푸대접과 멸시에 대해 동조를 구하는 듯한 말투였다.

재우는 어머니의 어깨에 손을 얹었다. 이내 어머니는 진저리를 치며 손을 밀쳐냈다. 예전 어머니에게서 맛보았던 냉담함과 재차 대면하는 느낌이었다.

＊

"한동안 어머니 곁에서 떠나 있어야 한다."

다시 거실로 돌아와 소파에 앉자 형이 말했다.

"회사에서 뉴욕 지사로 발령을 냈어. 어머니 때문에 포기하고 싶다만, 차마 그럴 수가 없네. 어머니를 이유로 대는 게 회사에 먹힐 리도 없고, 한편 윗사람들 눈 밖에 날까봐 솔직히 두렵다. 구조 조정으로 하루아침에 실업자가 되는 실정인데, 나라고 예외일 순 없어서."

"뉴욕에는 얼마나?"

"일 년. 긴 시간은 아니지."

형은 1년을 긴 시간이 아니라고 단정했다. 재우는 비로소 형이 자신을 찾은 까닭을 알 듯했다.

어머니를 치매 환자를 위한 요양원에 보낼 의도였고, 가족의 동의를 구하려는 모양이었다. 단순한 동의에 그치진 않을 터였다. 자식 된 도리를 앞세워 비용을 분담케 하려는 형의 얄팍한 계산까지 짐작할 만했다.

재우는 형과 누나를 번갈아 쳐다보았다. 가족의 울타리 속에 자신을 포함시켜준 걸 고마워해야 할까. 그래서 요양원 행을 군말 없이 찬성해야 옳을까.

"누나와는 이야기를 해봤는데……."

이미 둘은 요양원을 결정했군. 반대치 않을 생각이었고, 반대한다손 들어줄 리도 없었다. 그러나 뜻밖의 이야기가 형의 입에서 흘러나왔다.

"당분간, 네가 어머니를 모셔야겠다."

재우는 웃었다. 형은 농담을 하고 싶은 게다. 혹은 요양원 행의 반대를 지레 누그러뜨리려는 의도가 숨어 있으리라.

"너한테 어머니를 떠넘긴다는 생각은 마라. 장남으로서 어머니 여생까지 모실 각오를 하고 있다. 힘든 일이겠지만, 일 년만 네가 어머니를 돌봤으면 한다."

재우는 손깍지로 뒤통수를 감싼 채 소파 깊숙이 등을 묻었다.

생각할 시간이 필요했다. 아니 달리 궁리할 건 없었다. 대꾸할 말은 이미 준비되어 있었고, 단박에 형의 제의를 거부하기가 민망할 따름이었다.

"어머니야 당연히 우리가 모셔야죠. 그게 도리에 맞고요. 하지만 당장 형편이 여의치 못하니까, 도련님께 부탁드린다고 생각해 주세요."

형수가 부탁이라는 말에 힘을 주었고, 형이 받았다.

"이 사람 말대로 부탁이다, 부탁. 내가 언제 너한테 이런 식으로 부탁한 적이 있었냐?"

없었다. 결코 부탁 따위를 할 형이 아니었다. 재우는 형의 몸종이었다. 몸종에게 내려졌던 그 가혹한 명령을 새삼스레 형의 기억에서 되살려줘야 할까. 부질없는 노릇이었다.

누나가 짧게 한숨을 토해냈다.

"너도 알게 모르게 엄마 때문에 마음고생이 심했겠지. 그래서 말인데, 엄마와 지내보는 것도 괜찮다고 생각해. 둘 사이 좋지 않은 기억들을 떨쳐버릴 기회 아니겠어?"

"누나의 말에 나도 전적으로 동감한다. 영원히 등 돌리고 살 수는 없는 일이잖냐. 간단하게 생각하자. 길어야 일 년이다."

재우는 죽었어. 어머니는 혼미한 정신 속에서 진실을 말했으리라. 그 진실을 형과 누나에게 돌려줘야 할 때였다.

＊＊＊

재우는 손깍지를 풀고 등을 곧추세웠다.

"다른 방법을 찾아보는 게 좋겠어."

누구도 선뜻 대꾸하지 않았다. 침묵 속에서 형은 당황하는 기색이었고, 누나는 어이없다는 듯 외면했으며, 형수는 낙담한 듯 한숨을 내쉬었다.

마침내 형이 입을 열었다.

"다른 방법이 없어서 너한테 부탁하는 거잖아."

"어머니를 모시고 가. 여기나 뉴욕이나 갇혀 지내는 건 마찬가지일 텐데, 뭐가 문제야?"

"말이 되는 소리를 해. 난 여행이 아니라 전쟁을 하러 가는 거다. 낯선 땅에서 목숨을 걸고 살아남을 방법을 찾는 거라고. 그리고 무엇보다 회사에서 허락하지 않는다."

회사를 그만두지 그래? 아니면 형수를 어머니 곁에 남기고 형만 떠났다 돌아오던지?

그러나 형을 막다른 골목으로 몰아대고 있는 듯해 재우는 묻지 않았다. 대신 누나를 향해 입을 열었다.

"누나가 모시면 어때?"

"여자는 출가외인이야. 아들이 둘씩이나 있는데, 시집간 딸한테 떠맡기려 드는 생각 자체가 웃기네."

누나다운 발상이었고 말이었다. 누나의 냉정함은 예전에도 지겹도록 겪었으므로 재우는 씁쓸히 웃고 말았다.

누나는 5년 동안 직장생활을 하며 단 한 푼도 가족을 위해 내놓지 않았다. 결혼 자금을 마련한다는 명목이었다. 막상 결혼 준비로 빤한 처지의 살림살이를 더 알량하게 만들었다.

누나와는 벌써 이야기가 끝난 듯 형은 다시 재우에게 매달렸다.

"만일 네가 결혼이라도 했다면 다른 방법을 찾았겠지. 장남도 아니면서 치매에 걸린 시어머니를 모신다면 좋아할 며느리가 세상에 어디 있겠어. 지금은 홀몸이잖니? 또 섬에 있다니 어머니 모시기에는 한결 수월할 듯싶고."

"무슨 근거로 하는 말이지?"

"일단 외딴섬이니 이런저런 눈치를 안 봐도 될 것이고……. 또 등대지기가 일이 많으면 얼마나 많겠냐. 등대야 매일 돌아가는 거니까, 바다나 바라보면서 시간을 죽이면 될 테지."

"형의 눈에는 등대가 저절로 돌아가는 것처럼 보이겠지. 하지만 등내를 지기기 위해서 밤잠을 설쳐야 하는 사람이 있다는 걸 알기나 해? 빗물을 받아 식수로 사용하는 외딴섬의 생활을 짐작이나 해 봤어? 멋대로 생각하지 마. 정상적인 사람도 견디기 힘든 곳이야. 소화제 하나 구하려 해도 한 달을 기다려야 해. 어머니가 계실 곳이 못 돼. 그리고……."

재우는 재깍 후회했다. 이런저런 이유를 들먹일 필요조차 없었다.

"난 어머니를 모시고 싶지 않아."

정말이지 한시라도 빨리 이 피곤한 상황에서 벗어나고 싶었다. 재우는 형을 똑바로 쳐다보며 말을 더했다.

"어머니 때문에 고통 받고 싶은 생각은 조금도 없다는 뜻이야. 어머니가 치매이건 아니건, 상관없어. 난 어머니와 함께 있고 싶지 않아. 어머니 역시 틀림없이 원하지 않을 테니까. 어머니가 날 자식으로나 취급할까, 솔직히 궁금해."

형은 아랫입술을 내밀어서 윗입술을 덮었다. 오래된 습관이었다. 재우는 형의 그 습관이 무엇을 의미하는지 알고 있었다. 형 뜻대로 일이 되지 않다는 표시였고, 곧 자신의 성질을 못 이겨 폭발하고 말리라는 경고였다.

무수히도 맞고 자랐다. 이래서 얻어맞고, 저래서 걷어차였다. 재우는 형의 스트레스 해소용 오락기였다. 주먹 단련을 위한 샌드백이었다.

어머니는 관객이었고, 방관자였다. 아니 형을 응원하고 격려하는 매니저쯤 되었다면 적당할까.

아버지 없는 집안에 맏이라도 엄격해야 한다. 때리는 형보다 무심히 지켜보는 어머니가 더 원망스러웠다.

울화통을 터뜨릴 줄 알았던 형이 하소연하듯 입을 열었다.

"그럼 어쨌으면 좋겠다는 거냐, 넌?"

"아무도 어머니를 모실 수 없다면, 결론은 분명하네."

"말해 봐라."

"일 년 동안 요양원 같은 곳에서 지내시게 하는 수밖에. 돈 문제라면 나도 얼마간 부담할 각오가……."

누나가 재우의 말허리를 자르며 소리쳤다.

"요양원은 절대 안 돼."

"왜지?"

"선거가 코앞이다."

매형은 국회의원 선거에서 두 번 낙선했다. 누나에게는 고통이었으리라. 재우는 차라리 다행이라고 생각했다. 돈은 있고, 달리 할 일은 없는 사람이었다. 국가나 민족 하다못해 지역 주민에 대한 애정마저 없는, 오직 개인의 영달만을 노린 속물이 국회의원이 되겠다는 자체가 가소로운 노릇이었다.

"어머니 문제와 선거가 무슨 상관이지?"

누나는 말썽을 일삼는 철부지를 앞에 둔 양 재우를 향해 고개를 흔들다가 대꾸했다.

"이번 선거에서는 무슨 일이 있어도 당선돼야 해. 출마 예상자들 중에서 당선 가능성이 가장 높고, 자신도 있어. 그런 만큼 상대의 공격이 예사롭지 않을 거야. 너희 매형을 흠집 내기 위해 벌써부터 혈안들이다. 사돈의 팔촌까지 뒷조사를 하고 있는 모양이야. 이런 상황에서 엄마를 요양원에 맡겼다는 게 알려지기라도 하면, 집요하게 물고 늘어질 게 뻔하다."

재우는 토악질이라도 하고 싶은 심정이었다.

* * *

누구도 정당한 이유를 갖지 못했다.

누구도 어머니를 진심으로 염려하지 않았다.

서로에게 떠넘기려 신경을 곤두세우고 있을 뿐, 모두 병든 어머니를 짐스러워했다.

어머니가 온전한 정신이었다면 자식들의 빤히 들여다보이는 속셈에 어떤 기분이었을까. 치매가 당신을 위해선 차라리 잘된 일인지도…….

어머니!

둘째 아들만 당신의 뜻에서 벗어났노라 생각했겠죠? 둘째만 제멋대로 품에서 떠났다고 믿었겠죠? 천만에요. 당신은 돼먹지 못한 자식들을 둔 겁니다. 3남매 전부. 따지고 보면 원망할 일도 아닐 테죠. 당신이 그 꼴로 가르친 탓이니까.

베란다 너머 하늘은 금방이라도 비를 흩뿌릴 듯 잔뜩 흐려 있었다. 재우는 하늘을 건너다보며 생각하고 또 생각했다.

세상 사람들은 어떻게 부모와 자식의 봄볕처럼 따스한 사랑을, 형제의 돈독한 정을 주고받는 것인가. 배우고 연습하고 몸에 익혀야 할 것이라면, 우리는 왜 진작 그럴 만한 기회를 얻지 못했을까.

어머니의 문제로 서로의 골이 더 깊어지리라. 다시는 서로의 안부조차 묻지 않게 될지도 모른다.

그거야 좋다. 이미 그렇게 살아왔으므로 새삼스레 애달파할 일도 아니다.

형과 누나는 차례를 정해놓기라도 한 듯 번갈아 입을 열었다. 부탁과 설득과 협박에 가까운 말들이 너무 무성해 귀가 따가울 지경이었다.

묵묵히 듣고 있던 재우는 자리를 박차고 일어섰다. 형의 얼굴이 애처로울 지경으로 일그러졌다.

"무슨 결론을 내야지. 회피한다고 될 일이 아니잖냐?"

"회피? 내 생각을 분명히 밝혔어. 결정은 형하고 누나가 해. 이제껏 나 없이도 잘들 해온 것처럼 말이야."

"엄마의 일이야. 남 이야기를 하는 게 아니다. 좀 신중하게 생각할 수 없냐?"

맞는 말이다. 그러나 누나 역시 언성을 높일 만큼 어머니의 입장에 신중한지 의심스러웠다. 설사 이마를 맞댄 채 골똘히 생각한다고 결론에 도달할 이야기도 아니었다.

"너 혹시……."

형이 한동안 쏘아보더니 남겨놓은 말끝을 이었다.

"난희 때문에 아직도 어머니를 원망하고 있냐?"

재우는 형을 굽어보며 웃었다. 웃을 도리밖에 없다고 생각하면서도 가슴에 묵직한 납이라도 매단 듯 무거웠다.

"한 달 전쯤 우연히 만났다. 네 연락처도 그때 알아냈고."

형이 재우를 힐끔거리며 덧붙였다.

"곁에 남자가 있더라. 꽤 다정한 사이로 보이던데, 이제야 노처녀 신세를 면할 모양이더라. 아직도 난희한테 미련이 남았다면 깨끗하게 단념해라. 어머니를 원망하지도 말고."

재우는 누구에게도 인사하지 않은 채 현관을 향해 걸어갔다. 막 신발을 신으려는 찰라였다.

"가지 마."

어머니의 목소리였다. 어머니가 열린 문 사이로 야윈 손을 내밀어 흔들었다.

"가지 마, 가지 마."

재우는 뒤꿈치에 걸린 신발을 바로 신기라도 하려는 양 허리를 굽혔다. 바른 정신일 때는 붙잡기는커녕 아쉬운 기색조차 없던 어머니. 그런 어머니에게 콧잔등이 시큰해진 모습을 들키고 싶지 않았다.

"재우야, 드디어 널 알아보시는 모양이다."

형이 말했고, 누나가 검지를 곧게 펴 재우를 가리키며 물었다.

"엄마, 누구야?"

"몰라, 몰라. 밥 줘."

재우는 서둘러 어머니에게서 눈길을 돌렸다.

"웬만하면 방에 텔레비전이라도 갖다 놓지 그래."

말해 놓고, 재우는 뒤축이 접힌 신발을 질질 끌고 서둘러 밖으로 나왔다.

제 2 장. 수평선

1.

생각하라 저 등대를
지키는 사람의

누구는 목이 메어 가사를 더듬거렸고, 또 누구는 일부러 목청을 높였다.

정 소장의 퇴임식은 본청에 마련될 예정이었다. 최장기 근무자에 대한 예우로 제법 성대한 자리를 준비했다. 정 소장이 구명도를 고집했다. 항로표지과의 책임자인 손기호 과장은 전례를 들먹이며 반대했지만 당사자가 생각을 바꾸지 않는 이상 도리 없었다.

41년 10개월 17일.

정 소장이 퇴임사에 밝힌 근무 기록이었다. 열아홉 살에 들어선 등대를 예순에 떠나는 셈이었다. 손 과장이 대독한 청장의 치사에서 그 세월을 숭고한 희생이라고 표현했다. 정 소장은 미련스러울 정도로 기나긴 세월이었다고 말했다. 그리고 노래는……

거룩하고 아름다운
사랑의 마음을

정 소장은 따라 부르지 않았다. 노래의 시작부터 줄곧 고개를 떨군 채였다.

울지 않는 것이, 울어선 안 된다는 것이 등대지기의 삶이라던 정 소장. 그 고단한 짐을 내려놓는 순간, 그러나 정 소장의 어깨가 가늘게 흔들렸다. 속울음으로 참으며 고작 노래 한 소절로 지난 42년의 등대살이를 어림잡아 볼지도 모를 일이었다. 한 사내의 인생을 고스란히 등대에 묻은 채로.

노래가 끝나자, 어둠이 스멀스멀 밀려드는 기슭에서 길게 뱃고동이 들려왔다. 행정선이 떠날 때를 알리고 있었다.

그래, 끝이었다.

끝이라고 아무도 선언하지 않았지만 모두들 알고 있었다. 이제 각자의 길로 흩어지면 그만이었고, 한 등대지기의 역사는 머지않아 잊힐 것이었다.

정 소장은 퇴임을 축하하기 위해 모여든 사람들에게 일일이 악수를 청했다.

부웅. 다시 뱃고동이 들려왔다. 정 소장은 행정선이 정박해 있는 선착장을 힐끗 쳐다봤다.

"다들 바쁜 줄 알지만, 잠시 등탑을 둘러 보겠소이다."

정 소장이 오솔길을 향해 발걸음을 떼어놓았다. 재우는 정 소장의 어깨 위에 잠시 머물다 멀어져 가는 등댓불을 좇으며 생각했다.

아직도 무슨 미련이 남아 있을까. 그 긴 세월 동안 미처 풀어내지 못한 애착의 끈은 도대체 무엇일까.

지난해까지 구명도에서 함께 근무했던 박명환이 재우 곁으로 다가왔다.

"그동안 단 한 차례도 구명도 등댓불을 꺼뜨린 적이 없었다지. 달랑 발전기 하나에 의지하던 시절이었건만. 생각해 보면 정말로 대단한 양반이야."

지금은 축전지도, 예비 발전기도 준비되어 있다. 주력 발전기가 고장이 나도 재깍 대체가 가능하다. 그럼에도 다른 지역에선 어쩌다 등댓불을 밝히지 못하는 사고가 일어나곤 한다.

"그런들 무슨 소용이겠어. 청춘은 다 날아갔고, 잘난 등대 하나 껴안고 있다 가족마저 잃었으니……."

박명환의 말에 절로 눈살이 찌푸려졌다. 되새기고 싶지 않은 기억이었다. 무엇보다 정 소장의 퇴임 자리 아닌가.

재우는 정 소장의 굽은 등을 바라보다 홀로 보내선 안 된다는 생각에 서둘러 뒤따랐다.

"정 소장 따까리."

동료 중 누군가 재우를 겨냥해 중얼거렸다. 그러거나 말거나 재우는 잰걸음을 옮겼다.

정 소장은 오솔길이 꺾이는 지점에 멈췄다. 뒷짐을 진 채 발치 아래 까마득한 절벽을 굽어보았다. 절벽 틈새에 둥지를 튼 괭이갈매기의 울음이 들려왔다. 재우는 재빨리 손을 내밀어 정 소장의 팔을 잡았다.

삶과 죽음의 간격은 좁다. 구명도에서는 특히 그렇다. 생각 한 번 달리 하면 언제든 삶의 이편에서 죽음의 저편으로 건너뛸 수 있다.

재우는 다른 한 손으로 정 소장의 허리를 감싸안았다.

정 소장이 고개를 들자 등댓불이 주름진 이마를 어루만지듯 지나갔다.

"내가 등대를 지킨 게 아니라 등대가 나를 지켜줬다는 생각이 드네. 어느 순간부터……."

정 소장이 차마 잇지 못한 뒷말에 재우는 가슴이 저렸다.

***

재우가 등대 생활을 시작한 이듬해였다.

그날은 정 소장의 쉰다섯 번째 생일 하루 전이었고, 뭍에서 아내와 아들이 오기로 되어 있었다. 정 소장은 말끔하게 면도를 하고 머리까지 반듯하게 빗은 채 자주 북쪽 바다를 건너다보았다.

오후로 접어들면서 바람이 심상치 않았다. 주의보가 내린 상태는 아니었지만 이따금씩 돌풍이 몰아쳤다. 지속적인 바람보다 돌풍이 더 위험하다는 것을, 바다를 지척에 두고 사는 이들은 알고 있었다.

정 소장은 저녁 무렵 아내에게서 전화를 받았다. 출발을 알리는 연락이었다.

바람이 예사롭지 않으니 오지 않는 편이 좋겠다며 만류했다. 그러나 아내는 듣지 않았다. 영산에는 바람 한 점 없으며 이미 배도 마련해 놓았다는 것이다. 게다가 서울에서 대학을 다니는 아들까지 아버지의 생일에 맞춰 영산에 도착해 있었다.

남편의 아침상에 미역국을 올려놓고 싶었겠지. 그래서 하루 전 영산을 떠났으리라.

구명도에 오기 위해선 한 달에 한 차례 운항하는 행정선이거나, 낚시꾼을 실어 나르는 낚싯배를 이용해야 한다. 혹은 차물도까지 여객선으로 와서 어선을 얻어 타는 방법이 있다.

정 소장 아내는 낚싯배를 대절했다. 알량한 남편의 월급으로 제법 무리를 한 셈이었다. 그러나 3.5톤의 소형 낚싯배는 끝내 구명도에 닿지 못했다.

그날 밤도 등댓불은 어김없이 켜졌다.

그날 밤도 등명기는 12초 주기로 돌아가며 수평선 멀리까지 빛을 던졌다.

그날 밤도 등대장 정필곤 소장은 세상의 배들에게는 잘도 길잡이 노릇을 했다. 하지만 정작 자신의 아내와 아들에게는 아무런 소용이 되지 못했다.

좌초된 배의 잔해가 구명도 10해리 밖에서 발견되었다. 정 소장의 쉰다섯 번째 생일날이 저물 즈음이었다. 사흘간의 수색에도 실종자를 찾아내지 못했다.

등대의 불빛은 20해리까지 도달한다.

정 소장의 아내와 아들은 좌초해 가는 배에서 남편이, 아버지가 켜놓은 등댓불을 보았겠지. 남편을, 아버지를 애타게 불렀으리라. 등대지기인 남편을, 아버지를 원망하면서도 마지막 순간까지 깜박이는 불빛에서 눈을 떼지 못했으리라. 그리고 아내와 아들을 삼킨 텅 빈 수면 위를, 등댓불은 태연하게 비췄을 것이다.

그 이후 정 소장은 장기포 등대로 옮겨갔다.

동료들은 정 소장이 다시는 구명도로 돌아오지 않을 것이라고 단정했다. 곧 등대원조차 그만둘 거라며 장담하는 이들도 있었다.

6개월 남짓 지났을 때 정 소장은 구명도로 돌아왔다. 동료들은 또 수군거렸다. 냉정하고 무서운 사람이라고.

언뜻언뜻 새치가 보이던 머리가 완전 백발이 된 것 외에는, 돌아온 정 소장에게서 딱히 변한 모습은 보이지 않았다. 예전처럼 빈틈없고 엄격한 등대장이었다.

오래지 않아 재우는 정 소장의 변화를 읽어냈다.

정 소장의 유일한 취미는 낚시였다. 낚시라도 벗하지 않으면 견디기 힘든 게 등대 생활이라며, 재우에게 낚시를 가르쳐 준 장본인이기도 했다.

구명도의 물밑이 어떤 꼴로 이뤄져 있는지, 어느 포인트에서 어느 종류의 물고기가 노니는지, 물때에 맞춰 무슨 미끼와 채비로 낚시를 해야 하는지 훤히 꿰고 있었다.

구명도로 복귀하면서 정 소장은 낚싯대를 잡지 않았다. 재우는 몇 번인가 낚시를 권했다. 그때마다 웃어넘기거나 서둘러 화제를 바꿨다.

어느 날 재우가 공룡바위 부근에서 60센티급 돌돔을 낚았다. 횟감이 생기면 사무실에 딸린 주방에 둘러앉아 소주잔을 기울이곤 했다. 등대원이 누릴 수 있는 호사였다.

정 소장은 숭덩숭덩 썰어놓은 돌돔을 입에 대지 않았다. 삼성돔, 참돔, 흑돔도 좋지만 최고는 돌돔이라던 정 소장이 아니었던가. 소주만 몇 잔 들이키고는 자리에서 일어섰다.

정 소장이 낚싯대를 잡지 않는 이유를 비로소 짐작했다. 실종된 아내와 아들의 시신이 바다 어딘가에 가라앉았다. 사나운 물고기들이 그들의 몸뚱이를 물어뜯었을지도 모르는 일. 정 소장은 그 물고기들을 천연덕스럽게 낚아낼 수도, 입에 댈 수도 없었던 것이다.

정 소장은 등탑 아래에서 뒷짐을 진 채 밝은 빛을 허공에 흩뿌리는 등명기를 올려다보고 있었다.

일정한 방향 없이 불어오는 바람에 정 소장의 백발이 불빛에 마른 풀잎처럼 흔들렸다. 아내와 외아들을 한몫에 떠나보낸 지 한 달 만에 검은 머리카락을 찾아볼 수 없을 지경으로 하얗게 세어버렸다고 했다.

정 소장이 몸을 돌려 절벽에서 물러났다. 재우는 잡고 있던 정 소장의 팔을 놓았다.

"그만 내려가시죠."

정 소장은 등댓불의 궤적을 따라 몸을 돌리며 말했다.

"한밤중에 볼일 보러 나와서도 말이야, 저 등댓불이 제대로 돌고 있는지 확인을 하고 나서야 오줌이 나와."

정 소장이 빙긋이 웃으며 물었다.

"희한하지 않나?"

재우는 잠자코 고개를 주억거렸다.

서글펐다. 파블로프의 개가 떠올랐다. 먹이를 줄 때마다 종을 쳤더니 나중에는 종소리만 듣고도 침을 흘렸다는 개의 조건반사처럼 정 소장은 그렇게 등대에 길들여졌다. 구명도를 떠난 뒤 정 소장이 한밤중에 어찌 소변을 볼지, 재우는 당치 않게도 그게 자꾸만 마음에 걸렸다.

***

"자, 이리 좀 모여요."

손 과장이었다.

"또 무슨 돼먹지 못한 소리를 지껄이려는 거야. 등대에 대해서 쥐뿔도 모르는 게 터진 입이라고 이래라 저래라, 웬 간섭은 그리 많은지…… 저 꼴 보기 싫어서라도 때려치워야지."

말해놓고, 장기포 등대의 박명환이 발치의 돌멩이를 걷어찼다.

"오늘같이 뜻 깊은 자리에서 이런 말을 하기가 마음에 걸립니다. 그렇지만 대다수 항로표지과 직원들이 모였으니 하겠습니다."

손 과장은 주머니에서 손수건을 꺼내 훤히 벗어진 앞이마를 닦았다. 으슬으슬 어깨가 떨릴 만큼 차가운 날씨에 땀이 났을 리 없었다. 망설이고 있다는 표시일 테지만 재우의 눈에는 초년 배우의 연기처럼 어설펐다.

"아직 결정된 사항은 아닙니다. 그래도 여러분 모두의 일이니 미리 알고는 있어야 할 듯합니다. 요즘 다시 구조 조정의 열풍이 거세지고 있습니다. 공직 사회라고 예외일 수는 없겠죠. 해양수산부에서도 각 지방청에 구조 조정안을 요구해 놓은 실정입니다. 물론 항로표지과를 책임지고 있는 본인으로선 우리 부서의 구조 조정은 절대 불가하다고 청장님께 수차례 말씀드린 바 있습니다. 그러나 본인이 제아무리 동분서주한다고 해도 시대적 추세를 피하긴 힘든 상황입니다."

여기저기서 동료들의 술렁거리는 소리가 들려왔다.

"영산 해안수산청에서 항로표지과보다 열악한 조건에서 근무하는 부서가 어디에 있습니까. 가족을 마음 놓고 만날 수 있나, 퇴근이 정해져 있나, 그렇다고 수당이 많기를 하나⋯⋯. 특히 구명도의 경우는 한 번 근무에 들어가면 석 달 동안 징역살이와 매일반 아닙니까. 공무원 사회 전체를 놓고 봐도 우리 같은 처지는 없을 겁니다. 인원 충원을 해줘도 부족할 판에 구조 조정이라니, 기가 막힐 노릇입니다."

"고양이 쥐 생각해 주고 있군."

박명환이 재우의 귓전에 대고 낮게 속삭였다.

불쾌한 노릇이었다. 손 과장은 자신과 동료들을 우리로 뭉뚱그려 말할 자격이 없었다. 사무실에 앉아 공연한 트집이나 잡고, 등대의 상황을 무시한 지시나 일삼아 왔다. 그건 그렇다고 치자. 어차피 항로표지과에 뿌리 내릴 사람이 아니었다. 한직이나 다름없는 항로표지과에서 한시라도 빨리 벗어나길 희망할 터였다.

손 과장은 다시 손수건으로 이마를 훔치고 말을 이었다.

"애석하게도, 구조 조정의 조치에 따라 우리 영산 해안수산청 산하 세 개의 유인등대 중 하나는 무인등대로 전환될 가능성이 높습니다."

일순 숨소리조차 들리지 않았다. 어디서 날아온지도 모를 돌멩이에 뒤통수를 얻어맞은 양 모두들 멍한 낯으로 손 과장만 응시했다.

"어느 곳을 무인등대로 할 것인지는 아직 검토 단계입니다. 어디가 되었든 인원 감축은 불가피하겠죠."

"자기들 멋대로 결정해도 되는 건가."

혼잣말인 양 낮은 목소리가 들렸다. 어둠 탓에 누구의 목소리인지 분명치 않았다. 손 과장은 소리의 행방을 찾으려는 듯 두리번거렸다. 동료들 역시 주위를 살폈는데, 다분히 자신의 결백을 입증하려는 몸짓처럼 여겨졌다.

재우는 손 과장 쪽으로 다가섰다.

"일방적으로 결정할 일이 아니잖습니까? 먼저 당사자들의 의견을 들어보는 것이 순서라고 생각합니다."

손 과장은 실눈을 뜨고 재우를 노려보았다. 또 자네인가, 하는 기색이 역력했다.

지난해 비품 문제로 언성을 높은 이후부터 줄곧 엇나간 사이였다. 손 과장은 노골적으로 재우에게 무리한 지시를 내렸고, 그러거나 말거나 재우는 자신의 일에만 몰두했다.

"일방적으로 결정하겠다고 말한 적이 없는데, 지나친 과민 반응을 보이고 있구먼. 유재우 씨는 언제나 자기 멋대로 판단해 앞서 나가는 게 문제란 말이야."

"지금 감원 결정을 통보하고 있는 거 아닙니까?"

"누가 통보 했다고 그래? 사람 잡을 소리를 하네."

마치 동의를 구하려는 듯 손 과장은 주위를 휘휘 둘러본 후 덧붙였다.

"내가 왜 대외비에 가까운 이야기를 하는지 생각 좀 해봐요. 다 여러분을 위해서 이런 겁니다. 만일의 경우를 대비해서 미리미리 생각해 두라는 뜻이죠."

"상의라면 몰라도, 대비라는 그 말 속에는 이미 결정된 바가 있다는 뜻이잖습니까?"

"유재우 씨! 나한테 불만이 있는지는 익히 알고 있지만, 이런 자리에서까지 사적인 감정으로 말꼬리를 잡고 늘어질 필요는 없지 않겠어."

언제 왔는지, 정 소장이 재우의 소매를 잡아끌었다. 재우의 말을 막으려는 듯 입을 열었다.

"떠나는 사람이 주제넘게 나설 문제가 아닙니다만, 그래도 어쩌겠습니까. 노파심과 미련이 남은 탓으로 이해해 주십시오. 오랜 세월 지켜온 바로는, 손 과장님만큼 등대원의 처우 개선 문제에 신경을 써 준 분은 없었죠. 고맙습니다."

정 소장은 등탑에 눈길을 준 채, 마치 등탑에게 전하듯 말을 이었다.

"이제껏 우리 등대원들을 위해 헌신적으로 애쓰신 것처럼 구조 조정 문제도 임해주셨으면 합니다. 무인등대로의 전환은 특별히 신중을 기해 주시기 바랍니다. 자동화 시스템으로 전환도 나름 이유가 있겠죠. 그러나 등대는 생명체와 다를 바 없습니다. 살아 숨을 쉽니다. 사람의 손길이 닿아야 제 모습으로 움직입니다. 이 점을 부디 잊지 말아 주십시오. 정말 부탁드립니다."

정 소장은 손 과장을 향해 비굴하게 느껴질 만큼 깊숙이 허리를 굽혔다.

마지막 순간까지 손 과장의 비위를 건드리지 않으려는 정 소장의 태도를, 재우는 이해하기 힘들었다. 차라리 외면하고 싶었다. 이리 밀리고 저리 걷어차이는 등대원의 무력한 처지 역시 그랬다.

2.

해피가 바닥에 길게 배를 깔고 제 앞다리에 턱을 괸 채 잠들어 있었다.

커다란 머리통 위에 19미리 스패너를 올려놓아도 해피는 자못 태평하다. 잠결에도 주인의 장난을 알아챈 탓이었다.

재우는 스패너를 공구함에 던져 넣고 무신호실을 나왔다.

등탑에서 30여 미터 떨어져 있는 무신호실은 무적을 울려주는 곳이다. 무적은 4개의 에어 탱크를 거쳐 압축된 공기가 가죽으로 된 울림판을 쳐 만들어진다.

빛을 비추는 광파 표지와 무적을 울리는 음파 표지로, 등대는 항로를 알린다. 등대마다 각기 약속된 신호 방식이 있다. 구명도 무적의 신호 방식은 30초에 한 차례씩 4초간의 울림이다.

광파 표지 역시 그렇다. 구명도는 12초, 장기포와 소리도는 10초와 11초 주기이다. 항해하는 배들이 그 주기를 통해 현재의 위치를 분별해낸다.

머지않아 사나흘에 한 번 무신호실에서 밤을 지새워야 한다. 4월부터 6월까지 구명도 인근 해역에는 안개가 잦다. 짙은 안개 속에서 등대의 불빛은 길잡이 노릇을 제대로 하지 못한다. 대신 무적을 울려줘야 한다.

태양이 등탑을 15도쯤 지나 있었다. 무신호실에 들어가기 전 등탑 좌측에 걸려 있었으니 서너 시간을 에어 탱크와 씨름한 셈이었다.

단순한 점검에 그쳐도 될 일을 에어 펌프의 각 부품까지 해체해 꼼꼼히 손질했다. 무엇에든 열중하고 싶었다. 몸을 괴롭혀 마음의 수선함을 가라앉힐 수 있다면, 얼마쯤은 성공했다.

잔뜩 움츠린 채 작업에 매달린 탓인지 등과 허리가 저렸다. 재우는 팔베개하고 잔디밭에 누웠다.

갈매기 서너 마리가 등탑 주위를 부리나케 맴돌고 있었다.

이제 구명도는 온통 갈매기 세상이 됐다. 수만 마리의 갈매기들은 3천5백 평의 공간을 용케 나눠 짝짓기를 마쳤다. 암컷은 산란과 포란에 들어갔다. 곳곳이 갈매기 둥지이므로 등대원들은 오솔길을 함부로 벗어날 수 없었다.

어슬렁어슬렁, 무신호실을 빠져 나온 해피가 재우 곁으로 다가왔다. 허리춤을 파고드는 꼴이 다시 잠들 태세였다.

"해피야, 넌 그 큰 머리로 도대체 무엇을 생각하냐?"

해피가 대꾸를 하듯 혀를 내밀어 재우의 뺨을 핥았다.

재우는 요즘 머리를 진흙탕 속에 집어넣고 있는 듯한 기분이었다. 서울을 다녀온 지 일주일이 지났건만 두통은 좀처럼 사라지지 않았다. 가슴은 납을 매달아 놓은 듯 무거웠다. 그리고 순간순간 어머니의 목소리가 이명처럼 들려왔다.

＊＊＊

가지 마, 가지 마아.

그 예전에도 어머니가 그렇게 붙잡았다면, 재우는 등대를 삶의 터전으로 삼지 않았을지도 모른다. 구명도라는 지명조차 생소했으리라. 등대지기가 아닌 자신의 삶은 과연 어떤 식으로 흘러갔을까.

그때, 그러나 어머니는 잡지 않았다.

처음으로 형제간 주먹질을 해대는데도 어머니는 입을 굳게 닫고 있었다. 코피가 나고 입술이 터진 형이 마침내 과도를 집어 들었다. 죽여 버리겠어. 재우 코앞에까지 칼을 휘둘렀지만 어머니는 한 마디 말도, 막으려는 몸짓조차 보이지 않았다.

형은 제풀에 과도를 방바닥에 내동댕이쳤다. 심약하면서도 약삭빠른 형의 성격을 어머니가 모를 리 없었으리라. 하지만 야속한 어머니였다. 그 야속함은 형의 칼 대신 재우의 가슴팍 깊이 꽂혔다. 오래도록.

"너 같은 녀석이랑 한 핏줄을 나눴다는 자체가 불쾌하다. 날 형이라고 부르지도 마. 지금 이 순간부터 너와는 인연을 끊겠다. 꺼져 버려!"

"어머니도 꺼져버리면 좋겠어요? 말씀해 보세요."

어머니는 끝내 재우를 향해 눈길 한 번 옮기지 않았다.

재우는 무작정 집을 나왔다.

공사판에서 등짐을 져 날라 주머니에 몇 푼 생기면 여비 삼아 어디로든 떠돌았다. 희망도, 하다못해 내일에 대한 계획조차 없는, 무력함만이 감기 끝 미열처럼 달라붙어 있었다.

한 술꾼을 만난 것은 영산항 선착장의 허름한 술집에서였다.

그에게서 참치잡이 어선의 이야기를 들었다. 그는 마지막 출항에서 오른손을 인도양에 떼 놓고 왔다고 했다. 철선으로 된 그물의 줄이 그의 팔을 휘감아버린 탓이었다. 이젠 누구도 써주지 않는 처지가 되었건만 바다를 영영 떠날 수는 없노라고 했다. 이유를 묻는 재우에게 사내는 말했다.

"바다에는 자유가 있어."

바다는 대지의 끄트머리까지 밀려난 인간이 마지막으로 자유를 느끼는 곳이라고 했던가. 재우는 정말이지 자유롭고 싶었다. 인연의 끈과, 그 인연이 만들어내는 그리움과 안타까움과 절망 따위를 떨쳐내고 싶었다.

한 번 출항하면 1년 가까이 인도양 해상에 떠 있다는 참치잡이 어선을 타기로 마음먹었다.

영산의 해양수산청을 찾았다. 원양어선을 타기 위해선 선원수첩이 필요했다. 그러나 당시 선원수첩을 손에 쥐는 것은 결코 쉬운 일이 아니었다. 제법 큰 액수의 웃돈이 필요하다는 이야기까지 들려왔다.

포기하고 돌아서려는 순간, 게시판에서 항로표지과 9급 공무원 시험 공고를 보았다. 요구하는 자격증은 이미 갖고 있었으므로 재깍 응시 지원서를 제출했다. 시험을 따로 준비하진 않았다. 안 되면 그만이라고 생각했다.

어머니를 모시지 않겠다는 재우에게 누나는 말했다.

"넌 아직도 엄마를 원망하고 있어. 그래서 구질구질한 섬 구석에 처박혀 등대지기로 썩고 있는 것도 다 엄마 탓으로 돌리려는 속셈이라고."

"등대지기로 썩고 있다……. 분명히 말해 두겠는데, 후회 따위는 하지 않아. 등대지기가 된 걸로 누구를 원망해 본 적도 없고."

진심이었다. 인생이 폭풍우의 바다에 떠 있는 조각배 같던 나날이었다. 그 어떤 운명의 이끌림에 따라 등대에 도달했노라, 재우는 생각해왔다.

물론 부임 초기 혼돈과 갈등이 없었던 것은 아니다. 여전히 두고 온 세상과의 불화로 밤잠을 설쳤다. 세상을 잊기 위해서라도 등대에 매달리려 애썼다.

어느 순간부터 등대는 세상의 전부가 되었다.

등대와 자신의 삶을 따로 떼어놓을 수 없었다. 사람은 누구든지 자신이 감당해야 할 몫이 있다고 한다면, 등대야말로 재우가 서 있어야 할 자리라고 믿었다.

그런데, 이제 와서 등대를 떠나야 될지도 모른다.

3.

정 소장의 자리는 채워지지 않았다.

11명의 등대원 가운데 물망에 오른 이는 두 명이었다. 14년 경력의 동기였기에 누가 소장 사령장을 받을지 장담할 수 없었다. 그러나 신임 소장의 발령은 유보되었다. 구조 조정과 무관치 않은 듯했다.

손 과장은 당분간이라는 단서를 달며 이길성에게 소장 직무 대행을 맡겼다.

구명도 세 명의 등대원 중에서 선임자를 가린다면 재우였다. 관행을 무시한 처사를 탓하고 싶진 않았다. 다만 구조 조정을 앞둔 미묘한 시기라는 점이 마음에 걸렸다.

결국, 무인화 계획을 추진하려는 모양이었다. 세 군데 등대 중 하나가 무인등대로 바뀐다면 소장 발령 자체가 무의미했다.

재우는 고개를 돌려 북쪽 바다를 바라보았다. 차물도가 수평선에 올려놓은 고깔모자처럼 떠 있었다.

정 소장은 차물도 남쪽 해안에 거처를 정했다. 자그마한 고깃배까지 장만했다. 몸은 구명도를 떠났지만 마음마저 냉큼 가져갈 수 없었던 모양이다. 깜박이는 등댓불을 먼발치에서나마 지켜보고 싶었으리라.

송철용이 잔뜩 낯을 구긴 채 다가왔다.

"심란해 일이 통 손에 잡히질 않네요."

아침에 본청에서 내려온 공문에 대해 이야기하고픈 눈치였다.

퇴직을 희망하는 직원에게는 1년치의 급여를 별도로 지급한다는 내용이었다. 명예퇴직 신청을 2명으로 제한하므로 신청하는 순서에 따라 결정될 가능성이 높다며, 마치 선심이라도 쓰는 양 덧붙여놓았다.

"몇 시간째 무신호실에 계시던데, 선배님은 아무렇지도 않아요?"

"이미 방침을 정해놓고 밀어붙이는 걸 어쩌겠어."

"결정하셨어요?"

재우는 웃고 말았다.

다만 생각했다. 퇴직을 신청하지 않겠다. 구명도를 떠나고 싶지도 않다. 하지만 시냇물에 떨어진 나뭇잎처럼 어디론가 흘러가야 한다면 그 또한 도리 없다.

송철용이 사무실 쪽을 힐끗거렸다.

"이선배는 심각하게 고민하는 눈치더라고요."

이까짓 등대지기 노릇 때려치운다고 굶어죽기야 하겠어, 라고 입버릇처럼 말하던 이길성이다. 막상 기회가 오니 망설여지는 모양이었다.

"아……, 날은 바야흐로 화창한 봄날인데 마음은 한 겨울이네요."

송철용이 혼잣말처럼 중얼거리며 손을 뻗어 해피의 목덜미를 쓰다듬었다. 해피가 낮게 으르렁대며 송철용의 손길을 피했다.

"이 자식은 도대체 친해질 수가 없단 말이야."

매일 마주하는 얼굴들이었다. 재우 외에도 곁눈을 줄만 하건만 해피는 좀처럼 다가가지 않았다. 아무리 기름진 음식이라도 반드시 재우 손을 거쳐야 입을 댔다.

송철용이 재우 곁에 앉았다.

"제 판단으로는 신청자가 꽤 많겠어요."

"왜 그렇게 생각해?"

"직업에 대한 만족도 때문이겠죠. 명색이 공무원이지, 우리가 어디 사람 꼴이나 하고 사나요. 교도관 생활 십 년이면 징역이 오 년

이래요. 등대원은 그보다 더하죠. 십 년이면 그 세월이 전부 징역살이인 셈이니까요. 등대지기, 저는 별다른 미련이 없어요."

송철용의 등대원 생활은 고작 1년 남짓이었다. 등대를 온전히 사랑하기에는 턱없이 짧은 세월이었다.

"이번에 신청하면 되겠군."

"기회로 여기고 싶어요. 아니, 틀림없이 좋은 기회죠. 그렇다고 막내로서 덥썩 신청하자니 눈치가 보이네요."

"그럴 필요 없어. 마음이 가는 대로 하라고."

안도의 뜻일까, 송철용이 짧게 한숨을 내쉬었다.

"무인등대로 전환한다면, 아무래도 구명도가 대상이 되겠죠?"

"글쎄……."

본청의 지시가 시작만 요란할 뿐 제대로 마무리된 적이 있었던가. 끝까지 두고 볼 일이었다. 그러나 이번만큼은 송철용의 짐작대로 흘러가는 느낌이었다.

"선배님께 섭섭하게 들리겠지만, 저는 구명도가 맞겠다고 생각해요."

송철용이 머뭇대다 말을 이었다.

"구명도는 근무 여건이 너무 열악해요. 외롭고요. 여기서 지내다 보면, 뭐랄까 세상으로부터 버림받은 기분이에요."

재우는 고개를 젖혀 등탑을 바라보았다.

사람과 멀어져서 외로운 게 아니다. 물리적 거리는 마음의 거리와는 무관하다.

구명도에서 지낸 세월이 깊어지면서 재우는 알았다. 구명도라서 버림받은 게 아니었다. 오히려 이미 버림받은 자를 두 팔 벌려 품어 준 구명도였고, 등대였다.

등대지기는 등댓불을 바라보는 자가 아니었다. 그건 세상 사람들의 몫이었다. 등댓불을 흩뿌리는 등탑, 애오라지 거기에만 눈길을 주는 것이 등대지기의 숙명이었다. 그게 등대를 온전히 사랑하는 길이었다.

"구명도가 무인화로 전환된다면, 선배는……."

송철영이 말끝을 흐렸다.

버림받은 기분이겠지. 재우는 속말을 중얼거리며 일어섰다.

등탑으로 향하는 오솔길로 접어드는 순간, 뱃고동이 울려왔다. 1천 톤 급 어선이 남쪽으로 뱃머리를 향한 채 구명도 곁을 지나고 있었다.

짧으면 3개월, 길면 6개월을 먼 바다에서 지내야 할 원양어선이었다. 잘 다녀오겠노라, 뱃고동으로 인사를 남긴 거였다. 저편에서 알아볼 리 없건만 재우는 손을 흔들었다. 잘 다녀오시라고.

등대는 생명체다. 정 소장의 말이 옳았다. 등대를 사랑하는 자들은 안다. 등대는 사람의 손길이 함께 할 때 비로소 살아 꿈틀댄다. 세상의 잣대로는 차마 헤아릴 수 없는 등대와 바다, 그리고 뱃사람과의 교감이 있다.

무인화를 반대해야 한다. 하지만 어떻게, 누구와 함께…….

등대원 직업을 선택했을 때, 난희는 말했다.

"너는 문제가 뭔지 알아? 싸워야 할 때 싸우지 않는 것. 달아나 머리카락이나 쥐어뜯는 것."

재우는 줄곧 침묵했다. 승패가 빤해서, 싸움이 두려워서도 아니었다. 싸우고 싶어도 싸울 수 없는 경우였다.

더 이상 싸워서 안 될 이유란 없다. 승산이 없을지라도 싸워보기라도 해야 할 순간이다.

4.

DD: 0.5

M/S: 2

V: 8

W: 2

HW: 1

N: 1

귀밑머리를 가벼이 흩날릴 정도로 북동풍이 불었다.

바다에는 물고기 비늘 같은 잔물결이 일었다. 구름은 서쪽 수평선에서 발달하고 있지만 비를 몰고 올 정도는 아니었다. 시정 거리는 차물도 좌편 국도까지 또렷이 보이니 20킬로미터 이상으로 양호했다.

재우는 일기 상태를 약속된 숫자로 기상보고 작성표에 옮겨 적었다. 팩스를 열고 A4 용지를 올려놓자, 무쇠 신발을 신고 양철판 위를 걷는 듯한 기계음이 이어졌다.

기상보고는 엄밀히 말해 등대원이 관여할 바가 아니었다. 기상청이 해양수산청에 기상 관측을 의뢰한 이후 등대원의 업무로 자리를 잡았다. 6시간에 한 차례씩, 기상청과 연결된 전화와 팩스로 일기를 보고했다. 간편한 걸로 따지면 전화였지만 재우는 줄곧 팩스를 고집했다.

"유 형! 오후에는 철용이랑 기름 작업을 해야겠어."

이길성이었다. 동갑이므로 진작부터 말을 놓고 지내는 사이였으니 따로 마음 상할 건 없었다. 다만 직무 대행을 맡은 이후 이길성은 아예 선임자 행세였다.

재우는 잠자코 사무실을 나섰다.

- 자네도 좀 융통성 있게 처신하라고. 그게 뭔가, 후배한테 자리나 내주고.

어젯밤 걸려온 정 소장의 전화였다.

- 손 과장의 처사야 괘씸하지만 어쩌겠나. 아부까지는 아니더라

도 제발 고분고분한 척이라도 하게. 윗사람한테 잘 보여서 나쁠 건 없지 않은가.

정 소장의 오해였다. 직무 대행 문제로 손 과장과 언성을 높였던 게 아니다.

재우는 차물도를 흘끔 바라본 후 등탑 쪽으로 고개를 돌렸다.

오솔길에 주저앉아 담배를 피우고 있는 송철용의 모습이 눈에 들어왔다. 배수로를 정비하다 잠시 땀을 식히는 중이었다. 재우는 유류창고로 향했다. 홀로 감당하기엔 벅찬 작업이었지만, 내처 걸음을 옮겼다.

8년 전 재우가 구명도에 도착했을 때였다. 막 인사를 마친 재우에게 정 소장이 대뜸 물었다.

"지게질 해봤는가?"

"못 해봤습니다."

누군가 고생문이 훤하다며 혀를 찼다. 또 누군가는 서울샌님이 왔다며 비아냥거렸다. 정 소장은 무뚝뚝한 목소리로 잘라 말했다.

"앞으로 많이 하게 될 걸세."

등대원과 지게질이 무슨 상관이란 말인가. 오래지 않아 정 소장의 말을 온몸으로 실감했다. 등댓불을 밝힐 주 발전기와 보조 발전기에 등유를 채워야 했다. 지게 외에는 등유를 옮길 수단이 없었다.

재우는 지게를 지고 선착장으로 이어진 비탈길을 내려갔다. 곳곳에 바위가 솟아오른 좁고 가파른 내리막이지만 눈을 감아도 훤히 새겨진 길이었다.

행정선이 실어온 등유를 보관하는 창고는 선착장 한쪽 기슭에 있었다. 선착장에서 구명도 정상 해발 123미터에 자리한 발전실까지 다섯 차례를 반복해야 했다. 고된 작업이었다. 50리터의 등유를 지게로 옮겨야 할 거리는, 마라톤 선수가 숙명적으로 달려야 할 42.195킬로미터처럼 아득했다.

재우는 창고 앞에 지게를 내려놓고 심호흡을 했다. 벌써부터 어깨와 허리가 무지근한 느낌이었다.

하얀 점 하나가 눈에 들어왔다. 나비였다. 수면에 닿을 듯 낮게 나풀나풀 날고 있었다.

어쩌자고 예까지 왔니?

구명도는 머나먼 섬이다. 나비의 여린 날갯짓으로 바다를 건너올 만한 곳이 아니다. 안간힘을 내 도착해도 온통 바위투성이로 주린 배를 달래줄 변변한 꽃도 없다.

나비가 섬의 남쪽으로 사라졌다. 어쨌든 기슭에 내려앉아야 하리라. 남쪽으로 계속 날아간다면 바위섬 하나 만나지 못할 망망한 바다였다.

창고를 열자 기름 냄새가 와락 코를 찔렀다. 창고에 터를 잡은 갯강구들이 인기척에 놀라 허겁지겁 기름 탱크 밑으로 숨어들었다.

네 번째 비탈길을 오를 때 차물도와 와우도 사이 수평선에 새끼손톱만한 크기로 배가 떠 있었다. 마지막 작업을 위해 비탈길을 내려올 즈음, 배는 구명도를 향해 잔물결이 이는 바다 위를 미끄러져 다가왔다.

오후 4시가 넘었다. 그물을 걷기에도 내리기에도 물때가 맞지 않았다. 차물도의 고깃배가 아닌, 영산에서 출발한 낚싯배로 보였다.

영산 근해에도 낚시 명당으로 알려진 곳이 많았다. 구태여 머나먼 구명도까지 올 까닭이 없었다.

어쩌다 구명도 남쪽 절벽 감성돔 포인트를 노리는 낚시꾼이 있긴 했다. 마냥 반길 수는 없었다. 안전사고를 염두에 둬야 하기 때문이었다. 물론 등대원이 낚시꾼의 안전까지 따로 책임질 이유는 없었지만 어쨌든 구명도에 발을 내딛은 사람이었다.

지난여름, 재우는 자칫 목숨을 잃을 뻔했다.

바다에는 세상의 예보가 알려주지 못하는, 바다만의 일기가 있다. 고요했던 바다에 갑자기 돌풍이 몰아쳐 순식간에 파도의 폭이 깊어지곤 한다.

그날도 그랬다. 재우는 창을 요란하게 흔드는 바람 소리에 잠이 깼다. 밤이 깊어지면서 일기가 돌변해 있었다. 비바람이 몰아치고 파도가 거칠게 일어섰다.

저물 무렵 남쪽 직벽에 자리한 두 명의 낚시꾼이 떠올랐다. 몸을 피할 만한 공간이 만만치 않은 곳이었다.

재우는 정 소장을 깨워놓고 로프를 어깨에 둘러메고 달렸다. 예상대로 두 사내는 절벽에 매달려 안간힘을 쓰고 있었다. 파도에 당장이라도 휩쓸리고 말 듯했다.

로프를 바위에 고정시켰다. 로프가 바람에 속절없이 나부껴 사내들의 자리까지 닿지 않았다. 초들물이 시작되고 있었다. 시간이 지날수록 상황은 점점 나빠질 게 빤했다.

정 소장이 자신의 허리에 로프를 둘러매려 했다. 재우는 정 소장을 밀쳐내고 절벽을 내려갔다.

두 사내가 무사히 절벽 위까지 올라간 것을 확인한 찰나였다. 정강이까지 닿았던 파도가 거칠게 일어섰다. 재우는 속수무책 파도에 휩쓸렸다. 아니, 뭍에서 바다로 휘익 내던져진 느낌이었다.

기를 쓰고 팔을 내저어도 도무지 기슭까지 닿을 수 없었다. 점차 파도에 맞설 기력이 떨어지면서 정신마저 몽롱해졌다. 이렇게 죽는구나 하는 생각이 드는 순간 큰 파도가 재우를 기슭으로 밀어냈다. 파도에 몸을 맡긴 것이 살아날 방도가 된 셈이었다.

생명의 은인이니, 죽을 때까지 은혜를 잊지 않겠다느니, 한 달에 한 번은 기필코 찾아오겠다느니, 수선을 떨던 그들을 다시 만나진 못했다.

어찌 그들뿐이랴. 선상 폭행을 견디지 못해 구명도까지 헤엄쳐 온 선원을 피신시켜주었을 때, 좌초된 상선의 기관장을 구조했을 때도 마찬가지였다.

마음에 새겨놓고 비난할 것도 없다. 어차피 누군가 알아주길 바랐던 일은 아니다. 스스로 후회를 남기고 싶지 않았을 따름이다.

재우는 등대지기의 삶을 통해 알았다. 선택, 그 자체를 탓할 일이 아니었다. 선택에 과도한 욕망을 덧씌울 때 후회가 깊은 법이었다. 세상의 한 귀퉁이를 차지한 등대처럼, 악쓰지 않고 눈에 핏발 세우지 않고 어깨에 힘주지 않고 신발 끈 조여 매지 않고 살고 싶었다.

마지막 기름통을 지게에 올려놓았을 때, 낚싯배는 선착장으로 접어들었다.

낚싯배의 선장은 포인트 선정을 잘못하였다. 선착장 인근에는 잡고기 입질만 있을 뿐, 감성돔을 노릴 만한 곳이 아니었다.

어렵사리 찾아왔으니 포인트나 제대로 가르쳐줘야겠군. 핑계 삼아 재우도 낚싯대를 드리워 볼 생각이었다.

막 지게를 짊어지고 일어설 참이었다. 뱃전에 두 사람의 모습이 나타났다. 낚시꾼의 차림새가 아니었다.

재우는 지게와 함께 뒤로 나뒹굴었다. 뒤집힌 딱정벌레 꼴로 버둥대며 아, 신음을 토해냈다.

5.

어머니.
재우는 두 손으로 눈두덩을 힘주어 눌렀다.

사나운 꿈을 꾸고 있는 기분이었다. 환상을 보거나 일종의 착시 현상일 거라는 생각마저 들었다. 그러나 선장의 손에 이끌려 선착장에 내려선 노파는, 의심할 여지 없이 어머니였다. 뒤이어 형수의 모습이 보였다.

한복까지 곱게 차려입은 어머니. 며느리의 손에 이끌려 효도 관광이라도 나선 형색이었다.

형은 보이지 않았다. 형수만 딸려 보낸 속셈은 마치 천박한 희극을 보고 있는 듯했다. 차라리 잘된 일이었다. 형을 보는 순간 험한 꼴이 벌어질지도 몰랐다.

속셈이야 어쨌든 냉큼 어머니를 맞아야 옳았다. 그게 마땅한 줄 알면서도 재우는 내처 지게를 짊어졌다.

가파른 비탈길을 오르며 재우는 아랫입술을 악물었다.

서둘 건 없어. 냉정하게 대처하자. 다짐하면서 한편 기름투성이 몰골로 어머니 앞에 서고 싶지 않다는 생각이 들었다.

땀과 기름으로 얼룩진 얼굴을 닦으면서, 새 작업복으로 갈아 있으면서, 터덜터덜 비탈길을 내려가면서 재우는 주술사의 주문처럼 속말을 되뇌었다.

당장 돌려보내자.

어머니는 선착장 바닥에 주저앉아 있었다. 남색 치마에 얼굴을 묻은 채 어깨를 심하게 떨었다. 일부러 약한 모습을 보이려는 의도일까. 마치 울고 있다는 사실을 과장하려는 새침데기 계집아이 같았다.

강한 어머니였다. 눈물샘이 막힌 안구 건조증 환자처럼 눈물을 보인 적이 없었다. 청상과부의 현실 자체가 가혹한 사막이었을 테지만, 어머니는 눈물로는 그 사막을 건널 수 없다는 사실을 알았을지도 모른다.

눈물을 참는 것도 온전한 정신일 때 가능한 모양이었다. 어머니는 분명 흐느끼고 있었다. 혹시 둘째 아들과 살게 된다는 생각 때문일까. 그렇다면 공연한 눈물바람이었다.

형수는 선장과 이야기를 주고받고 있었다. 재우를 알아보고 어색한 미소를 지었다. 재우는 두 손을 바지 주머니에 찔러 넣은 채 짧은 고갯짓으로 인사를 대신했다.

형수가 미소를 거두고 사뭇 침통한 낯으로 입을 열었다.

"많이 놀라셨죠?"

재우는 대꾸하지 않았다.

"죄송해요, 도련님."

형수가 머리를 조아릴 까닭은 없었다. 굳이 미안해야 할 쪽을 가린다면 형이었고, 그리고 거절을 준비해 둔 재우였다.

재우가 어머니를 흘낏 쳐다보자 형수는 말했다.

"게들이 무섭다고 저러시네요."

선착장의 갈라진 콘크리트 틈새를 들락대는 바위게가 어머니를 겁에 질리게 만든 듯했다. 그럴 만도 하리라. 첩첩산중에서 태어나

개울 하나 건넌 이웃 마을에서 시집살이를 했던 어머니다. 서울로 옮겨와서도 여름 휴가니, 바다 구경이니 할 정도로 여유 부릴 만한 형편인 적이 없었다.

불쑥, 어머니의 인생도 참으로 딱하다는 생각이 들었다. 그러나 어쩌겠는가. 어머니의 삶이 적어도 재우 탓은 아니었다. 어머니에 겐 오로지 형뿐이었다.

"여긴 걸리고 차일 정도로 게들이 흔해빠진 곳입니다."

말해 놓고 재우는 내심 혀를 찼다. 자신이 어머니를 돌려보낼 분 명한 이유를 찾아낸 양 호기를 부리고 있는 느낌이었다.

"경치가 참 좋네요."

형수는 주위를 둘러보며 감탄했다. 재우는 맞장구를 칠 기분이 전혀 아니었다.

선장이 손목시계를 오른손 검지로 가리키더니 형수를 향해 손가 락 세 개를 펴 보였다. 30분 후에는 출발하겠다는 몸짓일 성싶었다.

서둘러도 영산에는 해가 진 뒤에나 도착할 터였다. 그렇다고 막 무가내로 등을 떠밀 수도 없는 노릇이었다.

"이왕 왔으니 차나 한 잔하고 가시죠."

형수가 심란한 눈빛으로 재우를 바라보더니 어머니의 어깨를 흔 들었다.

"싫어. 무서워."

형수가 어머니를 달랬고, 어머니는 계속해서 도리질을 쳐댔다.

어머니가 정작 무서워하는 건 바위게가 아닐지도 몰랐다. 바로 재우일지도. 그럴 만도 했고, 그래야 마땅했다.

형수는 어머니의 막무가내를 어쩌지 못했다. 선장이 혀를 차며 끼어들었다.

"어차피 노인네 근력으로는 비탈길을 오르지도 못하실 텐데, 아드님이 어머니를 업으시죠."

어머니를 들쳐업었다. 처음이었다. 어머니는 깃털처럼 가벼웠다.

형의 대학 졸업식 날이었다. 졸업 가운을 입은 어머니가 형에게 업혀 마냥 행복한 미소를 짓던 장면이 떠올랐다. 그때 재우는 생각했었다. 나에게도 과연 그럴 날이 있을까.

간절히 소원하진 않았더라도 한때의 기대와 마주했다. 그러나 어머니는 둘째 아들의 등에서 발버둥을 쳤다.

재우는 사무실 뒤편 네 동의 관사 쪽으로 갔다.

재우 몫의 관사 현관 앞에서 해바라기를 하고 있던 해피가 성큼 달려왔다. 해피는 어머니를 향해 이를 드러냈다. 주인이 곤경이 처했다고 판단했는지, 발버둥을 쳐대는 어머니에게 금방이라도 뛰어오를 기색이었다.

"해피, 안 돼!"

다급하게 외쳤음에도 해피는 쏜살같이 재우의 뒤쪽으로 돌아섰다. 어머니의 외마디 비명과 함께 치마가 찢겨나가는 소리가 들려왔다.

재우는 몸을 돌려 해피의 배를 걷어찼다. 해피가 꼬리를 뒷다리 사이에 넣은 채 서글픈 눈망울로 재우를 쳐다보았다. 걷어차인 아픔보다 재우의 행동이 낯선 탓이리라.

"개새끼, 쌍놈 개새끼!"

어머니가 주먹으로 재우의 뒤통수를 연달아 내리쳤다. 해피가 다시 사납게 으르렁댔다.

"해피, 올라가!"

재우가 턱짓으로 등탑을 가리키자 해피는 슬금슬금 뒷걸음을 쳤다. 등탑으로 향한 오솔길을 오르면서도 미심쩍은 듯 자꾸 돌아보았다.

관사로 들어가 방에 어머니를 내려놓았다. 어머니는 빠르게 방을 둘러보더니 퉤퉤, 침을 뱉었다.

"더러워. 쌍놈의 개새끼."

아침에 말끔히 정리해 둔 그대로였으므로 어머니는 억지를 부리고 있었다.

없을수록 반듯하게, 깔끔하게 살아라.

어린 시절부터 숱하게 듣던 어머니의 잔소리 때문이었을까, 재우는 너저분한 꼴을 그냥 지나치지 못했다.

***

두 손에 커다란 가방을 나눠 든 형수가 밭은기침을 토해내며 현관으로 들어섰다.

가방에는 어머니의 옷가지 따위가 들어 있을 것이었다. 괜한 수고였다. 가방은 뱃전에 가만히 모셔두는 편이 좋았을 테니까.

형수가 필요 이상으로 집안을 두리번거렸다.

"기대한 것보다 훨씬 좋네요."

"형의 아파트만큼이야 되겠습니까."

재우의 말에 형수는 씁쓸하게 웃었다.

방 두 개, 거실과 주방에 욕실까지 갖췄다. 근무 여건에 비해 거처는 분에 넘치는 호사라고 할 만했다.

이태 전 대통령이 서해의 한 등대를 방문했다. 등대원의 고달픈 형편이 안타까웠는지 가족과 함께 생활할 환경을 만들라고 지시했다. 전국의 등대에는 제법 격을 갖춘 관사가 지어졌다.

도련님, 하고 불러놓고 형수가 한숨을 내쉬었다.

"그이도 영산까지는 왔어요. 도련님 볼 낯이 없다며……."

"어쩌자고 어머니를 보낸 겁니까?"

"오죽하면 이랬겠어요. 우리로선 이 방법밖에 없었어요."

"잘못된 방법입니다."

"평생 어머니를 맡아 달라는 뜻이 아닙니다. 일 년만 우리를 대신해서……."

"여기 사정을 직접 봤잖습니까. 일 년이 아니라 사나흘도 버티지 못해요."

"도련님에게 야속하게 들리겠지만, 어머니 처지로선 일부러라도 찾아야 할 곳이에요. 걸핏하면 집을 나가 길을 잃어버리시죠. 여기서야 어딜 가시겠어요."

"길을 잃어버릴 염려야 없겠죠. 하지만 곳곳이 절벽이라서 발이라도 잘못 내딛으면 끝입니다."

"두고 보세요. 워낙 겁이 많으셔요. 위험한 곳으로 가는 일은 없을 겁니다, 절대로."

"병원에 다닐 수도 없습니다."

"정신만 온전치 못하실 뿐예요. 감기 한 번 걸리지 않을 정도로 건강하세요."

어머니가 머물 수 없는 이유를 꼽으라면 아흔아홉 가지쯤 되리라. 무슨 의미일까. 이런저런 이유와 변명보다 단 하나의 사실만 분명히 밝히면 그만이었다.

어머니와 함께 지내고 싶은 마음이 손톱만치도 없다.

그러나 형수 앞에서 일그러진 가족사의 단면을 자진해 들춰내는 꼴이었다. 오해를 받거나, 차라리 천연덕스럽게 거짓말을 늘어놓는 편이 나았다.

"곧 결혼할 겁니다."

재깍 형수는 입을 반쯤 벌린 채 재우를 바라보았다.

"결혼할 사람이 원치 않습니다. 치매 걸린 시어머니를 모시고 살

만큼 착하지 않다는 의미입니다."

"이해해요. 저라도 주저하겠죠. 하지만 긴 세월이 아니잖아요. 고작 일 년인데 그쯤도 모시지 않겠다면, 다시 생각해볼 상대가 아닐지 걱정이 되네요."

어머니는 벽에 등을 기댄 채 꾸벅꾸벅 졸았다. 장시간의 뱃길이 어머니를 녹초로 만든 탓이라고 이해하면서도, 재우는 어머니의 태연함에 화가 치밀었다.

"어쨌든 어머니를 모실 수 없습니다."

형수가 금방이라도 눈물을 쏟을 듯 애처로운 눈길로 창밖을 응시했다.

"그이가 어머니를 이곳으로 보내자고 했을 때, 반대했어요. 절 설득하더군요. 남의 손에 맡기는 편보다는 나을 거라면서요."

형수의 눈가에 눈물이 맺혔다. 손수건이라도 건네야 옳을까. 재우는 서둘러 고개를 돌렸다.

"도련님이 어머니한테 맺힌 게 얼마나 많은지 저는 몰라요. 아무리 그래도 어머니의 문제를 남의 일처럼 말하는 도련님을 이해하기 힘드네요. 또 억지로 떠맡기는 듯한 기분도 싫고요."

고작 두 번째 만나는 형수였다. 사람의 속을 파악할 만큼 이야기를 나눠보지도 못했다. 다만 적어도 형보다는 솔직하다는 생각이 들었다.

"그이가 틀렸네요. 남에게 부탁하는 편이 낫겠어요. 남은 도련님처럼 어머니를 증오하진 않을 테니까요."

기어코, 형수의 눈가에 맺힌 눈물이 뺨을 타고 흘러내렸다. 시작이었다. 형수는 두 손으로 어깨를 감싼 채 소리 죽여 흐느꼈다.

***

재우는 방을 나왔다.

울고 있는 형수 앞에 태연스레 앉아 있는 게 민망했다. 약속대로 차 한 잔 대접하고 돌려보내면 끝이었다. 통곡을 하든, 사정을 하든 상관할 바가 아니었다.

가스레인지에 주전자를 올려놓았다. 물이 끓는 동안 재우는 생각하고 또 생각했다.

어머니를 사랑한 적이 있었던가. 안타까움과 연민 따위를 느끼긴 했었다. 사랑할 수 없었다면, 사랑받은 기억이라도 있어야 했다. 적어도 사랑의 빚진 자의 심정으로 어머니를 너그러운 눈길로 바라보긴 했을 테니까.

형수의 말대로 어머니를 증오했던가. 어머니 때문에 괴로웠고, 괴로움이 사무쳐 결국 증오로 변했을까. 아마도.

등대지기로 지내면서 어머니는 물론 그 누구도 미워하며 살고 싶지 않다. 앞으로도 내내 그러길 원한다. 어머니와 함께 지내야 한다는 것은 예전의 증오와 다시 대면하는 일이 될지도 모른다.

그게 재우는 두려웠다. 어머니를 미워하지 않기 위해서라도 형수의 제의를 받아들일 수 없었다.

끓는 물을 잔에 붓는 순간 형수가 다가왔다.

"결혼 날짜는 정했나요?"

"아직은……."

"그럼 아무리 빨라도 한 달 안에 식을 올리지는 않겠군요."

재우는 천천히 고개를 끄덕였다. 형수가 길게 한숨을 토해낸 뒤 말했다.

"저희 모레 출국해요. 회사에서 이렇게 빨리 발령을 낼 줄은 몰랐어요."

기가 막힐 노릇이었다. 형은 이편의 사정 따위는 무시한 채 이미 결정해 놓은 셈이었다. 형에겐 여전히 만만한 동생이었고, 함부로 대해도 좋을 상대인 셈이었다.

"한 달만 어머니와 지내줘요, 도련님."

"무슨 뜻이죠?"

"미국에 도착하는 대로 서류를 마련해서 제가 다시 나오겠어요."

"어머니를 미국으로 모셔 가겠다고요?"

형은 미국행에 대해 비장하게 말했었다. 전쟁터로 떠나는 병사와 같은 심정이므로 어머니를 동반할 수 없노라고. 과연 형이 생각을 고쳐먹을까.

"도련님이 싫다 하니 더는 방법이 없네요. 그렇다고 자식이 셋씩이나 있는데 어머니를 시설에 맡기는 건 도리가 아니잖아요."

재우는 형수의 어깨 너머로 방안을 들여다보았다. 벽에 기대 있던 어머니가 빈 자루처럼 스르르 모로 쓰러졌다. 되짚어 가야할 길이 아득한데 깊은 잠에라도 빠져든 모양이었다.

어머니가 한 번은 찾아오리라 기대를 한 적이 있다. 수소문하면 어렵지 않게 재우의 거처를 알아냈으리라. 끝내 어머니는 집 나간 아들을 찾지 않았다. 재우 역시 8년 내내 기대를 품고 지내진 않았다. 미련과 체념. 재우는 손쉬운 쪽을 택했다.

"한 달도 안 되나요?"

울음 뒤끝이라선지 형수의 목소리가 애처로웠다.

모레부터 휴가였다. 석 달을 전일 근무한 뒤 찾아오는 보름의 휴가. 휴가라고 해도 재우는 거의 구명도에서 지냈다.

달리 갈 곳이 없었다. 자신의 이름을 부르며 손 흔들어 맞아줄 사람도 없었다. 스스로 단절을 원했으므로 누굴 탓할 일도 아니었다.

휴가의 대부분을 여관방에서 뒹굴며 보냈다. 참으로 맥없는 짓이었다. 몇 년 전부터 사나흘 영산에 다녀오는 것으로 마무리했다. 대신 동료들이 재우 몫의 휴가를 나눠 쓰곤 했다.

이번 휴가만큼은 여느 때와 다르게 맞이할 참이었다.

행복의 실체가 무엇인지, 욕심을 덜어내며 사는 방법이 궁금하거든 인도에 가 봐라. 어느 여행기를 읽은 뒤부터 인도 여행을 계획했다. 항공권도 예약해 둔 상태였다.

"겨우 한 달이에요. 설마 한 달도 안 된다고 하지 않겠죠?"

형수는 다시 물었고, 재우는 외면했다.

1년이 한 달로 줄어들었다. 구명도의 한 달은 결코 긴 시간이 아니었다. 돌아보면 8년의 세월도 한바탕의 꿈처럼 흘러갔다.

형수가 풀썩 바닥에 주저앉더니 무릎을 꿇었다.

"이렇게 사정합니다. 저희한테 한 달만 여유를 주세요, 제발."

제 3 장. 등탑

1.

알록달록 우리 아가 꼬까신
아장아장 어디어디 가느냐
산을 넘을 테냐 강을 건널 테냐
알록달록 우리 아가 꼬까신

진종일이었다. 어머니는 지치지도 않고 같은 노래를 읊조렸다. 음정도 박자도 무시한 웅얼거림이었다.

재우는 코르크 마개로 귓구멍이라도 틀어막고 싶은 심정이었다. 어머니의 끝 모를 집착에 넌덜머리가 났다.

한 사람의 인생은 거대한 그 무엇으로부터 출발하지 않는다. 그 사람이 지금 무엇을 생각하느냐에 따라 인생의 무게가 달라진다. 우리가 집착해야 할 것은 내일이 아니라 당장의 오늘이다. 그렇다.

내일을 산다는 것은 오만이며 과욕이다. 애오라지 오늘을 살아내는 것이다.

구명도 생활이 1년 남짓 되었을 때, 재우가 맹세의 격문처럼 노트에 써놓은 글이었다. 불쑥불쑥 밀려드는 막막함에 스스로 빗장을 질러놓으려는 의도였다.

어머니는 완벽하게 오늘을 산 셈이었다. 막막함과는 무관한, 광기라고 해야 할 집착이었지만.

"제발 좀 그만해요. 지겹지도 않아요?"

어머니는 들은 척도 하지 않았다. 보채는 갓난아이를 다독여 재우듯 베개를 품에 안은 채 노래에 열중했다. 소꿉놀이에 빠진 철없는 계집아이처럼.

달력의 서른 날 중 하루에 가위표를 치며, 재우는 길게 한숨을 토해냈다.

1주일이었다. 고작 그 정도의 날이 흘러갔을 뿐이다. 그러나 구명도에서 보낸 8년의 세월보다 길고 암담하게 느껴졌다.

1주일 동안 어머니와 평화를 이루려 재우는 나름 안간힘을 썼다. 병든 어머니를, 외딴섬까지 내몰린 당신의 처지를 연민의 눈으로 살피려 했다. 처음부터 약정해 놓은 기간이었다. 제아무리 버거운 시간도 결국 흘러가기 마련이고, 또 어차피 떠날 당신이라면 머무는 동안이나마 편히 쉬길 원했다.

사랑할 수는 없어도 미워하진 말자.

각오한다고 뜻대로 흘러가지 않았다. 어머니는 이내 재우를 진력나게 했다. 순간순간 울화통이 터지게 만들었다. 치매 때문이겠지, 생각하면서도 좀처럼 너그러이 대할 수가 없었다. 오히려 지난 세월 애써 눌러두었던 감정들만 가려내 폭발시켜 놓는 느낌이었다.

허긴, 아들이라는 사실조차 모르는 당신에게 무엇을 기대한단 말인가. 어쩌다 아들이라는 생각이 들기는 하는 모양이었다. 하지만 어머니는 번번이 형의 이름을 불렀다.

명우야, 명우야, 명우야!

차라리 타인으로 여겨주는 편이 나았다. 형의 이름으로 불릴 때마다 재우는 어머니와의 간격을 새삼 실감하며 진저리를 쳤다.

아침에 눈을 뜨면, 또 하루를 어찌 보낼까 한숨부터 나왔다. 모든 것이 엉망이었다. 수년간 반듯하게 정리해 놓은 생활이 그랬고, 정해진 일과가 뒤죽박죽 제멋대로 흘러갔고, 동료들과의 관계 역시 비틀리고 엇나갔으며, 구명도 전체의 균형이 형편없이 무너져버린 느낌이었다.

"다른 건 괜찮아요. 가끔 정신이 온전치 못 하실 뿐이죠."

형수의 말이었다.

손바닥으로 하늘을 가린 격이었다. 제기랄, 무엇이 괜찮다는 말인가. 어머니는 생리적 욕구조차 제대로 처리할 줄 몰랐다. 두 개의 가방 속에 왜 그리 속옷만 잔뜩 들어 있었는지 알 만했다.

"화장실에 가요."

재우는 어머니의 손을 잡아끌었다.

"오줌 안 싸."

"그래도 가요."

"싫어, 잡놈아."

"자꾸 고집부리면 불을 꺼버릴 거예요."

"썩어 문드러질 놈!"

한낮에도 방에 불을 켜놓아야 안심하는 어머니였다. 재우가 형광등 스위치를 끄려는 시늉을 하자 어머니는 마지못해 일어섰다.

설득한다고, 양해를 구한다고, 애걸복걸한다고 말귀가 통할 어머니가 아니었다. 협박과 윽박지르는 것만이 어머니를 움직이게 하는 방법이었다.

욕실 한구석에 수북이 쌓인 빨래를 쳐다보며 재우는 재차 한숨을 내쉬었다.

오늘만 다섯 차례였다. 그중 세 번은 대변이었고, 재우는 참다못해 고함을 질렀다.

"내가 어머니 똥이나 치우는 사람예요?"

그랬다. 등대지기가 아니라 오로지 어머니를 지키고 뒤처리하기 위한 존재인 양 여겨졌다. 참담하고도 끔찍했다. 마치 형벌을 받고 있는 듯했다. 지옥의 불구덩이 속에 들어앉아 목만 내놓고 있는 기분이었다.

재우는 어머니의 속옷을 내리고 변기에 앉혔다. 곧이어 우렁차게 대변을 쏟아냈다.

밑 빠진 독에 물 붓기.

어머니의 탐욕에 재우는 혀를 내둘렀다. 먹고 마시고 배설하는, 동물적 기능만이 남아 있었다.

어느 때는 정말로 치매일까 싶을 만큼 정신이 말짱하시기도 하다, 라고 형은 말했었다. 그러나 일주일 동안 말짱한 정신인 적은 없었다. 어머니의 머릿속에 과연 생각이라는 장치가 들어 있을지 의문이었다.

이 땅에 없는 형에게 항의할 수는 없는 노릇이었기에 재우는 누나에게 전화를 걸었다. 누나는 어머니의 상태를 제대로 알지 못했다. 설마 그 정도까지야……. 믿어지지 않는다는 듯 자신의 경험을 들어 이야기했다.

– 우리 시아버지 경우를 보니 치매 환자의 특징 중 하나가 변화에 제대로 적응을 하지 못한다는 거야. 엄마도 일단 거기에 익숙해지면 나아지겠지. 좀 기다려 봐라.

재우는 웃었다. 어머니가 영영 구명도에 터를 정한 듯한 말투였다.

***

"다 쌌어."

어머니가 애처로운 눈빛으로 말했다. 재우는 단호히 고개를 저었다. 한 방울의 소변마저 모조리 뽑아내야만 이부자리 세탁만큼은 피할 수 있었다.

어머니의 빨래로 빗물을 받아 모아놓은 탱크의 저수량이 부쩍 줄 어들었다. 동료들과 나눠 쓸 물이었다. 아끼고 아껴야 1주일에 한 차례 목욕이 가능했다.

비라도 흠뻑 내려줬으면 좋으련만 봄 가뭄이 연일 계속되고 있 었다.

기혼자를 배려해 가족 단위로 지어진 관사였다. 어머니를 모시는 자체가 문제될 리는 없었다. 재우의 선택이자 권리였다. 그러나 어 머니로 인해 죄인이 되고만 요즈음이었다.

동료들은 어머니 때문에 불편을 감수하고 있었다. 재우보다 더 간절하게 한 달의 시간이 흘러가길 소원한다는 생각마저 들었다. 실제로 이길성은 노골적으로 불편한 기색을 드러냈다.

"두 달이 아닌 게 천만다행이네."

관사마다 별도의 주방 시설이 마련되어 있었으나 식사만큼은 한 자리에서 했다. 부식 구매에서 취사와 설거지까지 순번을 정해 놓 았다. 가족과 떨어져 지내는 거야 도리 없더라도 끼니마저 홀로 해 결한다면, 그야말로 처량한 노릇이었다.

이제 재우는 동료들과 한 식탁에 둘러앉을 수 없었다. 어머니는 허기진 맹수와도 같았다. 동료의 국그릇에 아무 거리낌 없이 수저 를 담갔다. 타인의 젓가락에 걸린 반찬마저 가로챘다. 재우는 자진해서 단독 취사를 선언했다.

어머니의 내부에는 적개심만이 가득 차 있는 듯했다. 적개심의 화살은 재우는 물론 동료들에게 미쳤다. 동료들의 물건에 함부로 손을 대고 망가뜨렸다. 욕을 퍼부었고 심지어 손찌검까지 하려 들었다. 동료들의 이해를 바라는 자체가 염치 없었다. 어머니를 향한 불쾌한 시선은 차라리 당연했다.

어머니가 변기에서 일어서며 슬쩍 속옷을 올리려고 했다. 재우는 잽싸게 손을 낚아챘다.

"일을 봤으면 휴지로 닦아내야 한다고 몇 번을 말했어요."

바보 천치라도 그 정도 말했으면 알아듣겠네요, 라는 말이 목구멍까지 올라왔다.

"엎드려요!"

"쌍놈의 새끼!"

어머니의 얼굴이 상기된 채 일그러졌다.

"쌍놈의 새끼를 낳고도 미역국을 드셨겠죠?"

통쾌하리라 여기며 내뱉은 말이었다. 틀렸다. 자신의 일그러진 심성만 확인한 꼴이었다.

재우는 어머니의 허리를 숙이게 하고는 배설의 흔적을 닦아냈다.

사랑은 부끄러움을 망각하게 만든다고 했다. 사랑하는 사람 앞에서 부끄러움을 앞세운다면, 사랑에 채 도달하지 못했다는 뜻이리라.

증오나 분노 역시 비슷한 모양이었다. 어머니의 배설물을 처리하면서 재우는 부끄러움 따위를 느끼지 않았다. 단지 자신의 처지에 화가 치밀 뿐이었다.

자식의 똥은 냄새도 나지 않는다고 하던가. 어머니의 배설물은 역겹다 못해 구역질이 날 지경이었다.

어찌하여 어머니를 향해 한 점의 애정조차 남겨두지 않았던가. 그랬다면 어머니의 뒤처리를 적어도 역겨워하진 않았겠지. 터무니없는 일에 휘말렸다는 생각도 얼마쯤 걷어낼 수 있었으리라. 어머니를 이해하진 못해도 용서할 수는 있었을지도 모른다.

슬픈 어머니였고, 돼먹지 못한 아들이었다.

어머니에게 개선될 가능성이 없다면, 재우 편에서 변해야 한다는 생각이 들기도 했다. 잠시뿐이었다. 배설해 놓고도 시치미를 뚝 떼고 있거나, 수고한 아들에게 감사는커녕 욕설을 퍼붓는 당신을 마주할 때마다 한순간의 안타까움마저 쉽사리 사라졌다.

* * *

알록달록 우리 아가 꼬까신
아장아장 어디어디 가느냐

어머니의 입에서 다시 노래가 흘러나왔다.

문득, 재우는 노래를 들어본 듯한 기분이 들었다. 느낌일 뿐 이렇다 할 기억은 없었다.

어쩌면 무의식 저 밑바닥에 가라앉은 노래였을지도 모른다. 둘째 아들을 품에 안고 토닥토닥 잠재우던 자장가였을까. 기억이 닿지 못하는 부분 어디쯤에선 어머니의 사랑을 듬뿍 받아봤을지도……

재우는 어머니를 우격다짐으로 자리에 눕혔다.

어머니 몫의 방을 어느 쪽으로 정할 것인가를 두고 고심했었다. 작고 큰 가재도구와 잡동사니로 가득한 큰방, 책장과 전축 외에는 빈 공간인 작은방. 어느 쪽도 마땅치 않았다. 한 방에서 동거를 하는 편이 낫지 않을까. 그러나 30분쯤 머물던 형수가 떠나자, 어머니는 앉은 자리에서 질펀하게 볼일을 보고 말았다. 재깍 동거도, 큰방도 포기해야 했다.

방문을 닫고 자물쇠를 채웠다. 문을 걸어 잠근 이유로, 어머니가 집을 나가 길을 잃을까 심히 염려되기 때문이라고 형은 말했다. 구명도에서는 통하지 않을 변명이었다.

"요즘 야간 당직을 서기가 겁나요. 사무실 밖으로 하얀 물체가 쓰윽 지나가면 등골이 오싹해요. 어제는 기분이 이상해서 고개를 들었더니 선배님 어머니가 이상한 눈빛으로 쳐다보고 계시지 않겠어요. 정말로 섬뜩하대요. 저만 그런 게 아니고 이 선배도 같은 기분이 들었대요."

송철용의 하소연이었다. 재우가 잠든 사이 어머니는 밤마다 속치마 바람으로 몽유병 환자처럼 쏘다녔던 모양이다.

아무렴 등골이 오싹하고 섬뜩하기까지야 했을까. 하지만 군소리를 늘어놓는 대신 재우는 재깍 자물쇠를 해 달았다. 마치 어머니를 가둬야 할 정당한 구실을 찾은 양 그렇게.

어머니가 맹렬하게 문을 두들겼다.

"문 열어. 똥물에 튀겨 죽일 놈, 죽여서 뼈를 발라 먹을 놈아."

도대체 저런 욕은 어디서 얻어들은 걸까. 진작 알았으면서도 내내 시치미를 떼고 있었을까.

욕은커녕 말수 자체가 적은 어머니였다. 표정 변화도, 감정을 말로 드러내놓는 일도 없었다. 주위에선 한결같아서 절로 믿음이 간다고 평했다.

"이 오줌발에 씻겨 나온 놈아, 문 열어!"

재우는 왈칵 화가 치밀어 문을 냅다 걷어찼다.

오줌발에 씻겨 나왔다니……. 누가 그랬다는 말인가?

널 낳지 않으려고 했다. 병원에선 늦었다고 고개를 흔들더구나. 누가 간장을 한 사발 들이키면 자연적으로 떨어진다고 해서 간장한 주전자를 다 마시기도 했다. 한 길 높이에서 세 번만 뛰어내리라는 말을 믿고 수십 번도 더 뛰어내려 봤다. 아비를 잡아먹고 나온 자식이란 손가락질을 받게될까 봐서.

어머니가 어떤 상황에서 무슨 이유로 그 말을 했는지 기억나지 않았다. 그럼에도 그 말은 오랫동안 재우에겐 상처였다. 태중에 있을 때부터 축복을 받지 못한 목숨이었던 셈이다.

문 저편에서 아무 소리도 들려오지 않았다.

주눅이 든 어머니가 새우처럼 등을 구부려 고개를 무릎에 묻고 있는 모습을 떠올리며, 아, 재우는 기나긴 한숨을 토해냈다.

한숨 쉬는 게 아예 버릇이 되고 말았군.

과도한 욕심을 내지 말고 지나치게 근심하지 않은 채 살고 싶었다. 그런데 이게 뭐지?

벤치에 앉아 밤바다를 한정 없이 바라본다면, 한숨 따위를 가벼이 날려 보낼 수 있을까. 재우는 관사를 나와 구릉지로 빠르게 걸음을 옮겼다.

하늘에는 별 하나 보이지 않았다. 재우는 12초 주기로 밤하늘에 둥글게 궤적을 그리는 등댓불을 바라보았다.

내일은 비가 오시려나. 그랬으면 좋겠어. 내일은 오늘보다는 나아질 거라는 누나의 말대로 어머니가 구명도에 익숙해지고, 나 역시 어머니에게 어떤 식으로든 단련이 되었으면 좋겠어.

2.

이틀 이어 바람 불고 비가 내렸다.

비바람이 긋기를 기다렸다는 듯이 정 소장이 구명도에 왔다. 정 소장은 하루에 한 차례 안부 전화를 핑계로 등대에 대해 물어왔고, 사흘 전 비로소 재우는 어머니에 대해 이야기했다.

"자네 모친이 와 계신다니 가만히 있을 수 있나. 씨알 좋은 놈 건지면 곧 감세."

바다가 가라앉자 득달같이 정 소장은 자신의 배를 몰고 온 셈이었다.

기대했던 것보다 훨씬 작고 낡은 배였다. 등대호. 그리 명명해 놓고 빙긋이 미소 지었을 정 소장의 모습이 떠올랐다.

"초보 선장님, 고기잡이는 웬만합니까?"

정 소장은 선창 활어 보관함에서 참돔과 뱅어돔을 뜰채로 건져내 비닐봉투에 담았다.

"이 정도면 초보는 면한 셈 아닌가?"

"체면치레로 사 오신 건지, 누가 압니까?"

"예끼, 이 사람아! 자네가 어디가 예쁘다고 사오기까지 하겠나."

재우는 소리 내어 웃었다. 참으로 오랜만이었다. 정 소장이 떠나고 나서 좀처럼 웃을 일이 없었고, 어머니와 동거하면서 끓는 냄비를 머리 위에 올려놓은 양 낯을 구기며 지내야 했다.

"모친께선 회를 좋아하시나?"

정 소장의 물음에 재우는 냉큼 답을 건네지 못했다.

모릅니다. 본 적이 없어서요. 생선이라면 어쩌다 상에 올라오는 조림이나 구이가 전부였죠. 회를 사 먹을 만큼 녹록한 살림살이가 아니었거든요. 혹시 모르겠네요, 어머니가 어디서 얻어먹어 본 적은 있었을지는…….

재우는 속말을 삼키면서 정 소장의 시선을 피했다.

"별로 좋아하시지 않나 보군. 쇠고기 두어 근 끊어 오길 잘했구먼."

"아뇨. 회도 좋아하십니다. 뭐든지 다 잘 드십니다."

차라리 침묵하는 편이 옳았다. 재우는 자신의 말을 곱씹으며 자괴감에 휩싸였다.

어머니에 대해서 얼마나 알고 있을까. 어쨌든 낳아 길러준 당신이 아닌가. 그런데 식성조차 제대로 알지 못했다.

"모친께 인사부터 드려야지."

"그냥 사무실로 가시죠."

정 소장이 영문을 알 수 없다는 듯 재우의 얼굴을 빤히 들여다보았다.

"미리 말씀드렸듯이 어머니 상태가 좋지 못하십니다."

"아무리 그래도 이쪽은 이쪽의 도리가 있는 법일세."

"다음에 뵈면 안 될까요?"

"자네답지 않게 왜 그러나?"

정 소장이 등을 떼밀었지만 재우는 머뭇거렸다.

어머니가 또 무슨 해괴한 짓을 할까. 정 소장을 난처하게 만들고 싶지 않았다. 정직하게 고백하자면, 정 소장 앞에서 여느 모자의 관계인 척 태연하게 행동할 자신이 없었다.

"어머님 상태에 대해선 이미 들어 알고 있네. 옛날에는 노망이니 하며 수치스럽게 여겼지만 지금이야 어디 그런가."

정 소장이 재우를 앞서 성큼성큼 걸어갔다.

어머니의 치매가 수치스러운가?

치매 말고도 어머니 때문에 겪어야 할 수치라면, 진작 뼈저리게 맛보았다.

기억은 마음 내키는 자리에 드러눕는 개와 같다고 했던가. 그러나 피하고픈 자리에 주저앉은 채 꼼짝 않는, 개떡 같은 수치의 기억도 있다.

* * *

"유재우, 진난희!"

담임선생의 호명에 재우는 자리에서 일어섰다. 난희는 앉은 채 손만 슬쩍 들어 보였다.

초등학교 3학년이 되고 며칠 지났을 즈음이었다. 재우는 난희와 같은 반이었다. 재우의 소원대로 된 셈이었다.

"너희들은 왜 집 주소가 같니?"

학년이 바뀔 때마다 제출하는 가정환경 조사서를 살펴본 모양이었다.

재우는 푹 고개를 숙였다. 난희 쪽에서도 대꾸가 들리지 않았다.

하지만 재우처럼 고개 숙일 필요까지는 없었을 것이다.

"대답해 봐, 어서!"

그때 누군가가 말했다.

"재우 엄마는 난희네 식모예요."

와그르르, 웃음소리에 교실이 떠나갈 지경이었다.

선생이 어떻게 사태를 진정시켰는지는 기억에 없다. 아마 어머니의 직업을 식모에서 가정부쯤으로 정정했을 수도 있다.

그 이후 아이들은 가락을 붙여 놀려댔다.

"재우네 엄마느은, 난희네에, 식모래요. 식모래요."

재우는 끈질기게 놀려대는 아이를 골라 두들겨 팼다.

그날 저녁 아이의 엄마가 입술이 터진 아이를 앞세워 찾아왔다. 물론 난희네 집이었다. 그렇다고 난희네가 기거하는 근사한 이층 양옥은 아니었다. 대문 옆 창고를 개조한 단칸방이었다.

어머니는 싸운 이유를 물었다. 재우는 대답하지 않았다.

"넌 다른 애들하고 다르다. 네가 싸움질을 하면 아비 없는 자식이라고 손가락질을 받는다."

어머니의 매질이 시작됐다. 분하고도 억울했다. 하지만 끝내 싸운 이유를 말하지 않았다. 아니 말할 수 없었기에, 종아리에 피멍이 들고 생살이 터질 때까지 이를 악물고 침묵으로 맞설 수밖에 없었는지도.

이튿날 어머니는 난희에게서 이유를 알아낸 모양이었다.

재우는 난희의 고자질이 오히려 잘된 일이라고 생각했다. 정당한 싸움이었다는 것과, 얼마나 당치도 않은 매질이었는지 어머니 스스로 알았을 테니까. 반성해야 할 쪽은 바로 어머니였다.

"그 애가 틀린 말한 거 아니다. 어미는 식모다."

"창피해요."

"창피하다고?"

"네, 창피해 죽겠어요."

"어미를 창피하게 여기는 놈을 자식이라고 키우고 있구나."

그 후로도 어머니는 식모였다. 식모인 어머니와 가족 모두 오랫동안 난희네 집에 얹혀 지냈다.

대문이 아닌 쪽문으로 드나들 때마다, 아이들 속에서 난희를 볼 때마다 재우는 얼굴이 달아올랐다. 어머니 때문이었고, 난희를 따로 마음에 둔 까닭이기도 했다.

***

"아드님과 함께 근무했던 정필곤이라고 합니다."

정 소장은 깊이 허리를 숙였다. 마치 정상인을 대하듯 예의와 격식을 갖춘 인사였다.

아, 그러셨군요. 못난 자식을 잘 돌봐주셨다니 정말로 고맙습니다.

어머니의 정신이 잠시라도 온전해진다면, 그래서 정 소장을 향한 재우의 마음을 대신 전해 줄 수 있다면 좋으련만……. 그러나 어머니는 반쯤 입을 벌린 채 바라볼 뿐이었다.

"잘 오셨어요. 계시는 동안만이라도 편히 쉬세요."

어머니는 입술을 실룩거리더니 흑흑, 소리 내어 울기 시작했다.

정 소장이 의아한 눈빛으로 재우를 쳐다보았다. 영문을 모르긴 재우 역시 마찬가지였다.

그나마 눈물 바람이 다행이었다. 썩을 놈, 죽일 놈, 똥물에 튀겨 먹을 놈! 이길성, 송철용과의 첫 대면에선 대뜸 욕설을 퍼붓던 어머니였다.

정 소장이 서둘러 일어서길 바랐다. 재우의 속셈을 훤히 들여다보기라도 한 듯 정 소장은 오히려 자리를 잡고 앉았다.

생면부지의 정 소장 앞에서 콧물 눈물범벅인 채 통곡하는 어머니를 마냥 지켜볼 수는 없는 노릇이었다. 어머니의 어깨를 흔드는 재우에게 정 소장이 손을 내저었다.

"그만두게. 나이 들면 느는 거라곤 한숨하고 눈물뿐이라네."

"어머니는 당신이 우는 이유조차 모릅니다."

"이유 없는 행동이 어디 있겠는가. 치매에 걸렸다 해도 크게 다르지 않다네."

형은 어머니의 상태를 두고 일곱 살 어린애가 되었다고 했다. 정신적 퇴행을 말한 거겠지만 재우의 생각은 달랐다. 일곱 살의 사고능력마저 상실한 듯 보였다. 그런 어머니의 돌발적인 행동에 어떤 이유를 갖다 붙일 수 있을지 의문이었다.

정 소장은 어머니의 손을 자신의 두 손으로 보듬으며 물었다.

"무엇이 그리 서러우세요?"

"오빠!"

오빠라니……. 재우는 씁쓸히 웃었다. 자신을 형의 이름으로 착각해 부르는 것과 다르지 않을 거였다.

"왜 이제 왔어, 오빠?"

"아이고, 늦게 와서 그만 화가 나셨군요."

한동안 머쓱한 표정을 짓던 정 소장이 천연덕스럽게 대꾸했다. 울고 싶은 아이 뺨을 때린 격이랄까, 어머니는 정 소장의 품에 안겨 결사적으로 울어댔다.

죄송해요. 잘못했어요. 진정하세요.

정 소장은 어머니의 어깨를 토닥이며 달랬다. 그럴 필요 없다고, 재우 편에서 말리고 싶을 지경이었다.

"자네 혹시 모친께 오빠 이야기를 들은 적이 있는가?"

재우는 어깨를 으쓱 들어 올려 대답을 대신했다.

친가든 외가든, 어머니에게서 친척 이야기를 듣지 못했다. 다만 누나의 말에 의하면 제법 많은 일가붙이가 있다고 했다.

아버지 장사 지낸 이튿날부터 난리가 났어. 빚쟁이들이 몰려와 돈 될 만한 것들은 다 들고 가더라. 친척들이 더했지. 오촌 당숙인가 하는 작자는 솥까지 걷어갔으니까. 겨우 여섯 살이었던 내가 무얼 알겠니. 그런데도 그때를 생각하면 지금도 치가 떨려. 과부가 된 것도 서러운데 당장 끼니 해결할 솥단지 하나 남지 않았으니, 엄마 심정이 오죽했겠어. 내가 엄마라면 그냥 팍 죽어버리고 말았을 거야. 그래도 엄마니까, 엄마한테 지독한 데가 있으니까 이제껏 악착같이 살아왔지.

누나의 말은 옳았다. 살아온 내력까지 더듬지 않더라도, 재우에게는 언제나 지독한 어머니였다.

마침내 어머니의 울음이 잦아들었다. 우는 것도 분명 힘든 일이리라. 어머니는 치마를 걷어 올려 팽팽, 코를 연달아 풀어댔다.

"오빠, 나 아파. 집에 데려다 줘."

"어디가 아프세요?"

"가슴 아파. 머리도 아프고, 배도 아프고, 다리도 아프고, 눈도 아주 많이 아파. 아파서 죽겠어. 집에 갈래."

"제일 아픈 데를 말씀해 보세요?"

"가슴."

"가슴이 어떻게 아프세요?"

"개새끼가 물어뜯어, 자꾸자꾸."

재우 앞에서는 동문서답으로 일관해 도무지 대화를 이어갈 수 없던 어머니였다. 갑자기 대화 능력이 소생하기라도 한 것일까. 정 소장과는 그럭저럭 이야기를 풀어가고 있었다.

놀라운 변화였다. 하지만 마냥 반갑게 느껴지진 않았다. 어머니가 의식 저 밑바닥으로부터 둘째 아들을 완강히 거부하고 있다는 증거인 양 여겨졌다.

어머니가 다시 정 소장의 가슴에 안겼다.

"집에 갈래."

"집에 가면 괜찮아질 것 같으세요?"

"응. 집에 명우가 있어."

명우, 명우, 명우……

결국 형이었다. 맏아들을 향한 끈질긴 믿음을 모르는 바 아니었다. 여전히, 그 믿음이 온전치 못한 정신마저 지배하고 있는 꼴이었다.

"미국에 갔다고 했잖아요."

재우의 말에 어머니는 사납게 눈을 흘겼다.

"염병할 쌍놈의 새끼. 나가 죽어."

평소라면 단호하게 윽박질렀을 테지만, 정 소장 앞인지라 재우는 웃고 말았다.

"오빠, 집에 갈래, 갈래……"

어머니가 정 소장의 셔츠를 잡아 흔들었고, 단추 하나가 뜯겼다.

"오빠는 무슨 오빠. 정신 좀 차려요, 제발."

정 소장이 마음에 걸렸지만 어머니의 헛소리를 막기 위해선 고함이라도 질러야 했다.

정 소장이 몇 차례 혀를 끌더니 말했다.

"환자네. 무엇보다 마음이 편안해야 할 환자 말일세."

모르는 바 아니었다. 낮은 목소리로, 어머니가 하자는 대로 다정다감하게 굴어도 봤다. 그럴수록 심술과 요구가 늘고 투정과 앙탈이 심해졌을 따름이다. 악을 쓰고 윽박지르고 차갑게 굴어야 그나마 자제시킬 수 있었다.

"야속하게 들리겠지만, 지금처럼 행동한다면 죽었다 깨어나도 어머니를 모실 수 없네. 아니 모시지 않는 편이 낫겠지. 돌보는 것이 아니라 병을 더 악화시킬 테니까."

죽었다 깨어나도 계속 모시진 않을 테니까 야속할 건 없었다. 굳이 야속함을 따진다면 다른 쪽이었다. 어쩌다 등대지기가 되었는지, 가족과는 왜 담을 쌓고 살아야 했는지, 어머니와 어떤 관계였는지, 재우의 속사정을 누구보다 훤히 꿰고 있는 정 소장이었다.

"그만 사무실로 가시죠, 소장님."

"자네야말로 우리 이야기에 끼어들지 말고 사무실에나 나가 봐. 아니면 회나 한 접시 썰어 오던지."

＊＊＊

상 위에 회를 담은 쟁반을 내려놓았다.

"진승기라는 이름 들어봤나?"

정 소장의 물음에 재깍 되물었다.

"누구라고요?"

잘못 들은 거라고 생각했다. 그러나 정 소장의 입에서 같은 이름이 흘러나왔다. 이태 전 고인이 된 난희의 아버지였다.

"오빠의 이름이 뭐냐고 물었지. 승기라고 하시더니, 나중에는 성까지 정확하게 대시더군. 꽤나 마음에 담아둔 인물 같았네. 그러기에 나한테 대뜸 오빠라고 하시지 않았겠나."

그랬겠지. 가슴 속 고이고이 간직하고 싶었으리라. 그 이름으로 인해 당신의 자식이 얼마나 고통을 받았는지는 까맣게 망각한 채로 말이다.

어머니는 난희 아버지를 오빠라고 부르지 않았다. 사장님, 사장님! 고향에서 함께 자란 사이라면서도 몸종이 상전을 모시듯 언제나 굴종의 자세였다.

재우는 어머니에게로 시선을 돌렸다.

바보 천치가 되어서도 난희 아버지를 생각해 내다니, 놀랍군요. 아니 가소롭군요. 가소로워서 눈물이 다 날 지경입니다.

재우는 목구멍까지 올라온 말을 겨우 삼켰다.

장례식 직후 재우를 찾아온 난희에게서 들었다. 난희 아버지는 간암으로 꽤 오래 투병 생활을 했고, 임종 때까지 어머니가 오롯이 간병을 자처했다.

"자네 표정을 보니 이야기하고 싶지 않은 모양이군."

정 소장은 머리를 주억거리다 덧붙였다.

"하여튼 말일세, 모친 같은 경우는 당신 편한 것만 기억하려든다네. 우선 현재의 기억을 자꾸 환기시켜 드릴 필요가 있어. 그러면서 차츰 다른 것들을 기억하게 도와야지."

재우는 어머니가 나아지리라 생각하지 않았다. 그럴 수 없다고 단정했다. 어머니의 병은 뿌리가 상한 나무와 같았다. 가지 하나 부러진 정도가 아니었다. 처음에는 무성한 잎들이 시들겠고 점차 가지마다 생기를 잃겠고 종래는 고목이 되어버릴 거였다.

설사 개선 가능성이 있다 해도 재우가 나서 감당할 일이 아니었다. 어머니가 오매불망 애타게 찾는 형의 책임이었다. 어차피 한 달만 무사히 넘기면 그만이었다.

정 소장이 젓가락으로 회를 집어 어머니에게 내밀었다. 어머니는 냉큼 입을 벌렸다.

"우린 한 점도 안 먹을 테니까, 아무 걱정하지 말고 천천히, 꼭꼭 씹어 드세요."

어머니가 의심스러운 눈초리로 정 소장과 재우를 번갈아 보았다.

"아무도 안 먹어?"

"그럼요. 혼자서 전부 다 드세요. 아무도 줘선 안 돼요."

"아무도 안 줘."

어미 새가 둥지의 새끼에게 먹이를 물어다 나르듯 정 소장은 연신 회를 집어 어머니 입에 넣어주었다. 그때마다 어머니의 얼굴이 활짝 펴졌다.

웃기도 하는군. 식탐이 빚어낸 미소겠지만 재우에겐 낯선 광경이었다. 만성 위궤양 환자처럼 좀처럼 웃지 않던 어머니였다. 천성으로 여겨졌다. 살아오면서 웃을 일도 흔치 않았을 테지만.

정 소장이 재우를 향해 정색을 하며 말했다.

"문밖에 자물쇠부터 떼게. 보기에 안 좋더군."

"다른 사람한테 피해를 줍니다."

"세상에 부모 없는 자식 있나. 서로들 이해를 해야지. 이 작은 섬에서 그쯤도 감싸지 못하면 어찌 살아가겠어."

재우로선 선뜻 동의할 수 없었다.

세상을 한껏 축소해놓고 살고 있다. 한 번 뒤틀리면 갈등의 골은 점점 깊어져 영영 빠져나오질 못한다. 친밀하게 지내되 지나치지 않도록 한계는 분명히 해두는 편이 옳다.

어머니의 출현으로 그 한계가 뭉개지고 있었다. 동료들에게서 어머니를 차단할 수밖에 없었다.

철커덕, 자물쇠를 거는 순간 재우는 안도했다. 물론 개운하진 않았다. 죄책감으로 확대시킬 이유까진 없어도, 동료들보다 스스로 편하려는 차단이라는 생각이 들곤 했다.

"치매에 대해선 아무래도 자네보다야 내가 더 알지."

정 소장이 길게 한숨을 토해냈다.

"어머니를 이곳에 모신 적이 있었네. 그때는 치매라는 말보다 그냥 노망이 들었다고들 했지."

"구명도에서요?"

"등대장으로 발령을 받기도 전이었으니까, 삼십 년 전쯤 되겠네."

"얼마나 계셨나요?"

"두 해쯤 지내셨을 걸세."

당시는 지금보다 훨씬 열악한 환경이었을 게 분명했다. 그럼에도 2년씩이나 치매 걸린 어머니와 동거를 했단 말인가. 재우로선 그만 기가 질려 대꾸할 말을 찾지 못했다.

"관사라고야 합숙소 같은 꼴로 한 방에 전부 모여서 기거하던 때지. 관사 옆에 비바람만 가릴 정도로 움막을 지어 모셨네. 어머니도 고생, 나도 고생이었지. 난 매일 밤 잠든 어머니 머리맡에서 빌었다네. 내일 아침에는 제발 눈을 뜨지 마세요. 이대로 그냥 가세요. 그편이 당신을 위해서나 나를 위해서나 좋은 일이잖아요."

인도네시아 수마트라 고원지대에 사는 한 부족은 늙은 부모를 야자수 나무에 올라가게 한 다음, 밑에서 나무를 흔들어 떨어져 죽게 만든다고 했다. 나무의 열매가 익어 자연스럽게 떨어지듯, 인간의 목숨도 그런 식으로 끝이 나야 된다는 믿음 때문이었다.

한 달이라는 약정된 시간이 없었다면, 재우 역시 정 소장과 같은 소원을 빌게 될까. 아마도…… 나무 위에 올려놓고 흔드는 짓거리까지는 못할지라도…….

한 달이 위안이었다. 한 달이 견딜 수 있는 힘이었다.

한 달 후 기약 없는 세월까지 형은 어머니를 모셔야 한다. 형에게 어머니는 짐이고 올무이며 고통의 원천이 될 것이다. 당신이 생을 마치는 그 순간까지. 어쩌겠는가. 형과 어머니가 줄곧 주장한 맏아들의 권리와 의무일 터였다.

"치매에 걸려 일 년을 버티면 삼 년을 살고, 삼 년을 넘기면 오 년, 오 년이 지나면 십 년까지 산다고 하네. 우리 어머니는 딱 절반을 사셨지."

정 소장이 허공을 올려다보았다. 마치 눈가에 맺힌 눈물을 떨어뜨리지 않으려는 양.

"나중에 후회할 일 만들지 말고, 곁에 계실 때 잘해 드려. 흘려듣지 말게. 이 나이에 홀로된 게 그때 어머니께 지은 불효의 대가라는 생각을 자주 한다네."

정 소장의 목소리가 아득히, 머나먼 곳에서 들려오는 북소리처럼 느껴졌다.

효도든 불효든, 재우와는 무관한 이야기였다. 그럼에도 어쩌자고 숨이 가빠오는지 모를 일이었다.

만약 어머니가 돌아가신다면 어떤 심정일까. 하늘이 무너진 느낌이라던데, 과연 그럴지 모르겠다. 잠시 애통해하다 말 수도, 아예 당연한 사실인 양 덤덤히 받아들일 수도 있다. 어느 쪽이든 머리카락 쥐어뜯으며 고심할 일은 아니었다.

3.

여덟 번째였다.

좋게 생각하자. 아무리 스스로를 다독여도 순간순간 치받치는 감정을 억제키 어려웠다.

재우는 인내의 한계를 시험하는 기계 속에 들어앉은 기분이었다. 아니면 어머니와 자신이 탁구나 테니스 같은 주고받기 게임에 열중하고 있거나.

속옷을 새로 입히고 돌아서기 무섭게 뿌직, 소리가 들려왔다. 어머니가 입술을 모아 샐쭉 내밀고 재우를 빤히 쳐다봤다. 자, 이제 네 차례야. 골탕 먹이기로 작정이라도 한 듯했다.

무엇을 잘못 드셨기에 설사가 저리 심할까. 서너 번까지는 걱정스러웠다. 하지만 변기에 앉히면 시치미를 떼고 있다가 속옷만 갈아입히면 기다렸다는 듯 배설을 해댔다. 고약한 저의가 숨어 있다는 생각마저 들었다. 누가 이기는지, 끝까지 가 보자. 그런 심보가 아니고서야 이럴 수가 없었다.

재우는 비닐 팩을 뜯어내고 종이 기저귀를 꺼내 들었다. 며칠 전 재우의 부탁으로 정 소장이 구입한 거였다.

"정말 사용할 참인가? 자네가 과연 태연히 기저귀를 채울 수 있을까 모르겠네."

말해놓고 정 소장은 '치매 환자 간호 가이드'란 책을 건넸다.

치매를 악화시키는 지름길은 환자의 자존심을 건드리는 것이다. 정신이 오락가락한다고 자존심마저 없어졌다고 생각한다면 오산이다. 오히려 자존심이 더 강해진다. 생각의 범위가 좁아진 상태에서 보호자가 자신을 어떻게 취급하는지에만 신경을 곤두세운다. 만일 부당한 대우를 받는다고 여기면 치매는 급속도로 진행된다.

예순을 넘어선 여인에게 기저귀를 채운다?

부당한 대우라 할 만했다. 그러나 어머니가 자초한 바였다. 모욕과 수치를 당하는 기분일지라도, 자존심을 건드려 치매가 빠르게 진행될지라도 달리 방법이 없었다. 가해자란 피해자의 발명품 같은 꼴이라지 않던가.

어머니가 재우의 손에 들린 기저귀를 보자 몸부림을 쳤다. 여덟 번씩이나 설사를 쏟아내고도 무슨 기운이 남았을까. 하체를 드러낸 채로, 재우의 손길을 피해가며 욕을 퍼부었다.

개잡놈. 육시랄 놈, 똥물에 튀겨 죽일 놈……

그러거나 말거나 재우는 어머니의 어깨를 거칠게 낚아챘다. 쿵, 어머니의 뒤통수가 바닥에 부딪혔다.

"그러니까 가만히 있어요."

재우는 고함을 질러놓고 슬그머니 손을 떼었다. 호시탐탐 기회를 엿본 듯 어머니는 발길질을 해댔다. 힘으로 다시 억누르는 순간 코를 걷어차였다. 한 손으론 발길질을 막고, 한 손으로는 코를 움켜잡았다. 손가락 사이로 코피가 주르르 흘러내렸다.

발길질이 멈췄다. 바닥에 뚝뚝 떨어지는 코피를 어머니가 멀뚱한 눈으로 쳐다봤다.

분개해야, 더 거칠게 다뤄야 마땅했다.

재우는 어머니를 등지고 돌아앉았다. 책장에 거꾸로 꽂힌 책 한 권이 눈에 들어왔다. 그게 뭐라고, 당장 반듯하게 해놓지 않으면 큰일이라도 날 듯 눈에 거슬렸다.

어머니가 재우의 어깨에 손을 올려놓았다. 재우는 허리를 굽혀 피했다. 이편의 마음을 알아차렸는지, 어머니는 슬쩍슬쩍 손을 올려놓았다 거두기를 되풀이했다.

"나, 정말 힘들어요."

정말이지 죽을 지경이었다. 그렇다고 의도한 말은 아니었다. 어머니에게 속내를 드러내 봤자 통할 리 없었다.

치매 탓일까. 천만에.

원래 그런 어머니였다. 강하거나, 지독하거나. 재우는 진작 단련되었다. 투정을 부리거나 하소연을 해봤자 덧없을 뿐이었다.

강하거나 지독한 어머니에게 더 격렬하게 부딪혀야 옳았을지도 모른다. 형처럼 말이다. 형은 늘 승자였고 원하는 바를 얻어내곤 했다. 빤한 살림살이에 분명 무리한 요구임에도 패자답게 어머니는 번번이 형의 요구를 들어주었다.

어머니가 엉덩이를 들썩이며 재우 앞으로 다가왔다.

"힘들어?"

"그래요. 나 좀 살려줘요. 제발."

"살려줄께, 살려줄께."

어머니가 재우의 뺨을 향해 손을 뻗었다. 갑자기 고분고분해진 태도를 어찌 받아들여야 할까. 의도를 헤아리기에 앞서, 뺨을 어루만지는 어머니의 손길에 재우는 달아오른 숯덩이라도 삼킨 양 가슴이 뜨거웠다.

집을 떠난 스물네 살 때까지 뺨은커녕 따뜻한 말 한마디 건넨 적이 없는 어머니였다.

진작에, 제정신일 때 그랬어야죠.

속말을 삼키며 재우는 화장실로 들어갔다. 코피를 수습하고도 거울에서 눈길을 거두지 못했다.

어머니와 재우는 접점을 지나친 대각선이었다. 시간이 지날수록 점점 멀어져 어느 순간부터는 돌이킬 수조차 없게 되었다. 정신이 온전하다면 또 모를까, 사리분별도 못하는 처지에 달라질 바는 없었다.

화장실에서 나온 재우에게 어머니가 기저귀를 건넸다.

앞으로 사정사정 매달려야겠군. 다시 코피가 터지던가.

재우의 손길에 따라 어머니가 엉덩이를 들어줘 수월하게 기저귀를 채웠다.

정 소장의 예상을 깨고 마침내 해냈다. 그러나 마음은 간단치 않았다. 예순을 넘긴 어머니를 서너 살짜리 아이로 만들어버린 느낌이었다.

***

사무실로 들어서는 순간부터 재우는 기분이 상했다. 대낮부터 이길성과 송철용이 사무실 탁자에 술판을 벌여놓았다.

출퇴근도 공휴일도 따로 구분할 수 없는 근무 여건이었다. 잠시 짬을 내 술 한잔 정도는 할 수 있었다. 하필이면 술안주로 삼은 것이 갈매기 알이란 말인가.

이미 탁자에는 암회색의 껍질이 수북했다. 정 소장 재직 시에는 상상도 할 수 없는 노릇이었다.

"유 형도 이리 와서 한잔 해."

말해놓고 이길성이 갈매기 알을 통째로 입안에 집어넣었다.

재우는 대답치 않고 자신의 책상으로 갔다. 의자에서는 늙은 짐승의 늑골 부러뜨리는 듯한 소리가 났다.

매년 비품 청구 목록에 의자를 기입했다. 최신형 하이팩 의자에 앉은 본청 사무직들은 번번이 예산 부족의 이유로 거절했다. 일일이 따지고 들면 그런 식의 푸대접은 끝이 없었다.

갈매기 알을 까는데 열중인 이길성을 향해 재우는 말했다.

"이번은 그냥 넘어가겠어. 앞으로는 갈매기 알 건드리지 마."

"걸리고 차이는 게 갈매기 알이야. 몇 알 먹었다고 그리 딱딱하게 굴 것까지는 없잖아."

"한 알이든 열 알이든 하지마. 법으로도 안 되는 거잖아. 그리고……."

"알았어, 알았다고. 훈계할 참이라면 다음 기회에 해, 자연보호운동가 나리."

이길성은 손까지 내저으며 재우의 말문을 막았다.

그리고, 갈매기는 등대지기의 벗이다. 생각해 보라. 구명도에 갈매기라도 날아와 주지 않는다면 그 적적함을 어찌 달랜단 말인가.

3월말부터 구명도는 갈매기로 제법 활기가 넘쳤다.

둥지를 마련하고, 짝짓기를 하고, 산란을 하고, 부화된 새끼들에게 분주히 먹이를 물어다 나르고, 머나먼 여정을 위한 비행을 가르치고……. 그 낱낱의 과정이 즐거운 관찰이었다. 데면데면한 구명도 삶에서 마주하는 놀라운 변화였다.

한 마리의 갈매기도 남지 않고 떠나버린 날, 진종일 일이 손에 잡히지 않을 정도로 허전했다. 몇 날 며칠 갈매기 울음을 환청으로 들었다. 빈 둥지를 마주할 때마다 걸음을 멈춰 들여다보며 이듬해 봄까지 갈매기의 귀환을 기다렸다.

이길성이 재우를 불렀다.

"정말 한잔 안 할 거야?"

"생각 없어."

"송철용 씨! 팩스 들어온 거 유 형한테 갖다 줘. 아마 한잔하지 않고는 못 배길 걸."

어제가 명예퇴직 신청 마감일이었다. 신청자는 없었다.

등대원 아니면 설마 먹고 살 길이 없으려고.

등대원이라니까 중매조차 안 들어와요.

마누라 눈치에 이 생활도 더는 못 해 먹겠어.

돌 지난 아들놈을 품에 안으면 아직도 운다니까. 낯설다 이거지, 젠장.

난 말이야, 동창들한테 완전히 왕따 신세야. 모임에 참석을 할 수 있나, 친구 녀석이 상을 당해도 문상을 갈 수 있나. 등대에 계속 있다간 친구는커녕 사람 구실도 제대로 못 하겠어.

모두 이런저런 불만으로 앞다퉈 신청할 듯한 분위기였다. 손기호 과장 역시 선착순으로 결정하게 되리라 예상했다. 재우 생각 역시 다르지 않았다.

예상은 빗나갔다. 그럼에도 재우는 마음이 가벼웠다. 겉으론 불만을 터뜨릴지언정 속마음은 하나같이 등대를, 등대원의 삶을 소중하게 여기고 있었다.

송철용이 공문을 내밀었다. 본격적으로 구조 조정의 단계를 밟을 모양이라고 생각하며, 재우는 공문을 받아 들었다.

그러나, 무인등대 전환 방침이었다.

재우는 제목만 확인하고 책상 위에 내던졌다. 결국 무모한 싸움이었던 셈이다.

정 소장의 퇴임식 직후, 무인등대 전환에 대한 반대의 뜻을 밝힌 의향서를 청장에게 보냈다. 재깍 손 과장이 전화를 걸어왔다. 제대로 읽기라도 했을까, 쓸데없는 짓거리라고 단정했다. 절이 싫으면 중이 떠나면 될 것을 웬 소란이냐고도 했다. 없던 일로 처리하자는 손 과장에게 재우는 그럴 수 없다고 맞섰다. 멋대로 굴어보라며 송 과장은 전화를 끊어버렸다.

이틀에 걸쳐 항로표지과 등대원들에게 무인화 계획 철회 요구서에 동참 의사를 물었다. 대부분 고개를 저었다. 구조 조정을 앞둔 민감한 시기이므로 마냥 탓할 수도 없었다.

다시 의향서를 작성해 해양수산부 장관 앞으로 보냈다. 지난 주였고, 아직 답변을 받지 못한 상태였다.

송철용이 재우의 낯빛을 살피며 말했다.

"선배님, 끝까지 보셔야 합니다."

첫 페이지에는 무인화의 당위성을 길게 나열해 놓고 있었다. 문제는 다음이었다.

선정 후보지에 대한 조사라는 명목으로 세 곳의 등대 중 무인등대 전환할 곳을 택하라는 것이었다. 항로표지과 전 직원의 뜻을 엄정하게 반영하겠다는 단서가 붙어 있었다.

"이런 돼먹지 못한 조사가 어디에 있어? 난 못해!"

재우가 신경질적으로 내뱉은 말을 이길성이 받았다.

"잘 보라고. 거기 기권은 없어. 셋 중 하나는 무조건 찍어야 한다고."

송철용이 재우 쪽으로 곁눈질을 하며 이길성에게 물었다.

"이것도 투표라면 투표인데, 어떻게 될까요?"

"뻔한 거 아니겠어?"

"결과는 근무 조건이 말해 주겠네요."

무인등대는 컴퓨터에 입력된 프로그램에 의해 자동적으로 조절된다. 근무 조건이 열악한 구명도를 대상으로 여길 만했다. 그러나 재우의 생각은 달랐다.

"단지 근무 조건을 따질 일이 아니야."

"선배님의 기준이 뭐죠?"

"등대."

"구명도라고 해서 다른 등대보다 더 특별한 의미가 있을까요, 과연?"

송철용의 물음에 이길성이 끼어들었다.

"유 형한테는 특별하지. 줄곧 구명도 근무를 자청해 왔으니까."

이길성의 비아냥에 신경 곤두세우고 싶지 않았다.

반드시 구명도이기에 현재의 삶을 지켜낸 바는 아니었다. 등대지기라면 어느 등대든 애착의 끈에 묶여 있기 마련이었다.

재우는 구명도 등대로 결정하는 것은 온당치 않다고 생각해왔다. 근무 여건이 아닌 등대만 바라보자는 의도였다.

예기치 않은 고장이라도 생기면 어쩔 셈인가. 다른 등대는 접근이 용이하다. 구명도는 제아무리 서둔대도 꼬박 하루가 걸린다. 어렵사리 도착해 부품이 없거나 짐작에서 벗어난 고장이면 또 허망하게 시간을 보내야 한다. 그동안 등대는 내내 불을 밝히지 못하게 된다.

송철용이 재우 쪽으로 몸을 돌리며 고개를 갸웃거렸다.

"기준이 등대라……. 정확히 무슨 뜻이죠?"

"겪어봐서 알겠지만, 손 놓고 있으면 여기저기 고장이 생기잖아. 자동화 시스템이라고 잔고장마저 없어지진 않아. 그때 어쩔 거냐고? 무인등대 전환은 언제든 달려갈 수 있는 육지 쪽이 적당해. 구태여 전환을 하겠다면 말이야."

송철용이 심각한 낯으로 한숨을 토해냈다.

"책상 앞에 앉아서 펜대나 돌리는 사람들이 그걸 알아줄까요. 어두워지면 등댓불이 저절로 켜지고 가만 놔둬도 저 혼자 돌아간다고 생각하겠죠."

현실이 그랬다. 결정권을 가진 자들은 근무 조건만을 따지려 들 것이고, 그 조짐이 이미 공문에 드러나 있었다.

"어쨌든 정 소장님 퇴직 후에 이런 일이 생기니 그나마 다행이네요."

다행이라 해야 할지, 반대로 여겨야 할지 종잡을 수 없었다. 떠나온 곳의 몰락을 바라보는 심정이 더 쓰라릴 수 있었다.

등대지기와 등대는 결코 둘이 아니다. 한 몸이다. 그걸 이제 둘로 나누려 들고 있다. 등대지기를 떠나보낸 등대는 과연 안녕할까. 등대지기의 육체가, 영혼이 담기지 못한 등대는 온전한 모습으로 제자리를 지켜낼 수 있을까.

재우는 두 손으로 얼굴을 감쌌다.

얼마쯤 지났을까. 이길성의 요란한 웃음소리가 터져 나왔고, 송철용의 웃음이 뒤따랐다.

재우는 손을 풀고 눈을 떴다.

어머니가 사무실로 들어서고 있었다. 재우는 다시금 질끈 눈을 감고 얼굴을 가리고 싶을 심정이었다. 할 수만 있다면 정말이지 그러고 싶었다.

트레이닝 바지 위에 종이 기저귀를 찬, 그 당치도 않은 모습으로 어머니가 뒤뚱거리며 재우에게 다가왔다.

"내가 살려줄께."

4.

정오가 막 지나 시작한 발전기 수리가 점등 시간에 맞춰 겨우 끝이 났다.

전원 연결 부위 고장이 해결되지 않았다면, 결국 배터리에 의지했어야 했다. 배터리는 비상용 동력이었다. 하룻밤 정도 배터리에 의지할 수 있을 거였다. 그러나 발전기가 아닌 배터리로 등댓불을 밝혔다는 자체가 등대원에게는 모욕이요, 수치였다.

발전기의 수리를 마치지 못한 상태에서 배터리마저 문제가 생긴다면, 결국 등대의 기능을 완전히 상실하는 사태가 벌어질 것이다.

불을 밝히지 못한 등대.

등댓불을 점등시키지 못한 등대지기.

상상만으로도 끔찍한 노릇이었다.

"등탑이 무너져 내리지 않는 한, 등댓불은 밝혀야 한다."

정 소장에게 귀에 못이 박히도록 들었던 이야기다. 그러나 재우는 8년의 근무 기간 동안 세 차례 등댓불을 꺼뜨린 경우를 알고 있다. 장기포 등대 두 차례, 소리도 등대 한 차례.

1946년 초점등 이래 반세기가 넘는 세월 속에서 하루도 빠짐없이 제 역할을 해낸 곳은 구명도 등대가 유일했다. 그 세월의 대부분 구명도의 등대를 온전히 지켜낸 장본인이 바로 정 소장이었다.

500와트의 할로겐 램프에 불이 들어오고 반사경을 통해 20만 룩스의 빛을 어둠 속에 흩뿌리며 돌아가는 등명기를 바라보자 피곤이 한꺼번에 몰려왔다. 안절부절 속 끓인 탓이었다. 자리에 눕는 즉시 깊디깊은 잠속으로 빠져들 듯했고, 비로소 반나절 내내 어머니를 돌아보지 않았다는 사실에 생각이 미쳤다.

난장판으로 만들었으리라. 각오하고 관사로 들어섰다.

어머니는 방 한구석에 얌전히 앉아 있었다. 오늘은 고기라도 볶아 밥상에 올려야겠군. 재우는 속말을 중얼거리며 주방으로 향했다.

붉은 매직펜으로 '냉장고'라고 쓴 4절지 크기의 도화지가 냉장실 문에 붙어 있었다. 정 소장의 작품이었다. 집안 곳곳에 그런 식으로 써 붙여 놓았다. 특히 화장실에는 나름대로 심혈을 기울인 흔적이 보였다. 문 전체를 가릴 정도의 종이에 큼직한 글씨로 '화장실'을 써놨고, 변기에 걸터앉은 사람 모습까지 그려 넣었다. 어머니의 이해를 돕기 위한 의도이겠지만 정작 당신에게는 여전히 낯설고 먼 화장실이었다.

고기를 꺼내려 냉장고 문을 여는 순간, 재우는 흠칫 뒤로 물러섰다.

지독한 악취였다. 오래묵은 젓갈을 헤쳐놓은 듯도 했고, 포유동물의 썩은 사체 냄새 같기도 했다.

도대체 무엇이 잘못된 것일까.

재우는 코를 움켜쥐고 냉장고 안을 들여다보았다. 냄새는 냉장실 하단 야채 보관함에서 흘러나왔다. 넣어둔 기억이 없는 접시가 보였고, 접시 가득 동전 크기의 동글동글 뭉쳐놓은 것이 가득 들어 있었다.

미리 코를 틀어막은 게 그나마 다행이었다. 똥이었다. 누구의 소행인지 따로 짐작할 필요도 없었다. 기가 막힌 것도 잠시, 재우는 끓어오르는 분노에 진저리를 쳤다.

아예 골탕을 먹이려고 작심했군.

종이 기저귀를 겉옷 위에 두르고 사무실에 나타난 이후, 사용을 포기했다. 이틀 동안 재우는 어머니의 배설에 무관심한 척 굴었다. 젖은 속옷인 줄 뻔히 알면서도 몇 시간 동안 방치했다. 앉은 자리에서 배설해대는 어머니가 밉상스럽기도 했지만 번번이 속옷을 갈아입히는 것도 한계가 있었다. 이 기회에 버릇을 단단히 고쳐놓을 의도였다.

재우의 속셈을 파악했다면 어머니는 아주 기막히게 복수를 한 셈이었다.

재우는 접시를 들고 방으로 들어가 어머니 코앞에다 들이밀었다.

"이게 뭐죠?"

"먹어. 맛있어."

어머니는 그릇을 향해 손을 뻗었다. 가만히 뒀다간 냉큼 하나 집어 재우 입에 넣기라고 할 기세였다.

"도대체 왜 이래요? 나한테 해 준 게 뭐가 있다고 이렇게 괴롭혀요?"

굳이 뒷말까지 필요했을까. 물론 아주 틀린 말도 아니었다.

귀한 대접이라곤 받아보질 못했다. 오히려 천대와 멸시를 꼽으라면 얼마든지 기억해 낼 수 있었다.

어린 시절 재우는 어머니가 동화 속에 나오는 심술궂은 팥쥐 엄마처럼 계모일지도 모른다고 생각했다. 그래야 이치에 맞았다. 형은 어머니의 사랑을 독차지했고, 재우는 천덕꾸러기 콩쥐 신세였다. 한 배에서 나온 자식이라면 그렇게 달리 대접할 리 없었다.

"어머니 없이도 잘 지내왔어요. 뒤늦게 왜 못 살게 굴죠? 왜, 왜, 왜?"

"만두야."

"똥이나 먹고 입 닥치라는 거예요, 지금?"

분노 조절에 실패한 양 재우는 악을 썼다. 평소라면 주눅이 든 채 고개를 숙였을 어머니다. 두 눈을 깜박이더니 배시시 웃기까지 했다.

"맛있어. 먹어, 많이 먹어. 네 거야."

"……"

"재우야! 빨리 먹어."

한순간 얼음송곳에 가슴팍이 찔린 양 싸늘하면서도 격렬한 통증이 밀려왔다.

"누구? 누구라고요?"

"만두 좋아하잖아. 먹어. 식으면 맛없어."

똥으로 조물거려 놓은 게 만두였던 모양이다. 광기라고 밖에 달리 봐줄 수가 없었다.

그럼에도 어머니가 얼마쯤 제 정신을 찾았을지도 모른다는 생각이 들었다. 처음으로 재우라고 불러줬다. 만두를 좋아하던 식성을 떠올렸고, 식으면 맛이 없다는 분별력까지 보여줬다.

"다시 말해봐요. 내가 누구라고요?"

하지만 어머니 입에서 더는 재우의 이름이 흘러나오지 않았다. 원래의 어둠보다 빛이 스쳐 지난 뒤의 어둠이 한층 깊은 법. 재우는 서둘러 창밖으로 고개를 돌렸다.

젠장, 왜 이렇게 콧잔등이 시큰하지. 똥으로 빚은 만두를 앞에 두고 왜 이렇게 주책없이 눈물이 쏟아지려 들까. 고작 이름 한 번 제대로 불러주었을 뿐이잖아.

***

난희는 스케이트가 있다. 재우는 외날 썰매가 있다.

스케이트는 빠르다. 외날 썰매는 앉은뱅이 썰매보다 빠르다. 아무리 빨라도 외날 썰매로 스케이트를 따라잡기란 어림도 없는 일이다.

스케이트는 폼난다. 앉은뱅이 썰매 앞에서는 외날 썰매도 폼난다.

아무리 폼나는 외날 썰매지만 스케이트와는 어울리지 않는다. 스케이트를 타는 아이는 만국기가 높이 매달려 있고 거울처럼 반질반질한 스케이트장으로 간다. 썰매는 울퉁불퉁하게 얼음이 언 논바닥에서 타야 한다. 그래서 재우는 겨우내 난희와 마주칠 시간이 푹 줄어들었다.

형에게도 번쩍번쩍 빛나는 스케이트가 생겼다. 재우는 어머니한테 졸라봤다.

"형의 발이 커지면 어차피 네 것이 되니까, 그때 타라."

처음부터 재우 몫은 없었다. 신발도, 바지도, 팬티도, 표준전과도 형에게서 물려받았다. 스케이트도 다 낡아빠져서야 재우 차지가 될 것이다.

낡아빠진 건 상관없었다. 형의 발이 커지려면 두 번쯤 겨울이 지나야 했다. 시루에 든 콩나물처럼 밤마다 형의 발에 물을 뿌려서 부쩍부쩍 자라게 할 수만 있다면 얼마나 좋을까. 문제는 형의 발이 콩나물이 아니라는 거고, 문제는 두 번의 겨울을 난희 없이 재우 혼자 놀아야 한다는 거였다.

형은 방학 숙제를 하러 친구 집으로 갔다. 재우는 스케이트를 슬쩍 들고 나왔다. 정원을 가로질러 안채로 가 난희를 불렀다.

난희가 동그랗게 눈을 뜨고 말했다.

"명우 오빠한테 들키면, 넌 죽어."

"안 들킬 수 있어."

세상의 모든 스케이트가 빠른 건 아니었다. 처음 타본 스케이트는 앉은뱅이 썰매보다도 느림보였다. 재우가 비틀비틀 자빠질 때마다 난희가 배를 잡고 웃었으니까, 크게 불만은 없었다.

형은 텔레비전 드라마의 콜롬보 형사보다 똑똑했다.

"너, 내 스케이트 탔지?"

"아니."

"근데 왜 여기 기스가 났어?"

재우가 콜롬보 형사보다 똑똑한 형을 당할 수는 없었다.

"이 새끼가 나도 아까워서 안 타고 있는 걸 째벼 타?"

스케이트에 기스가 났기 때문에 형은 재우의 머리통에도 기스를 내고 싶은 모양이었다. 스케이트 날로 머리통을 내리쳤다.

의사 선생님은 재우의 머리통을 열두 바늘 꼬매며 어머니한테 겁을 줬다.

"뇌진탕 증세로 헛소리를 하거나 토하거나 할지도 모릅니다. 잘 지켜보다가 증상이 계속 되면 곧바로 큰 병원으로 가야 합니다."

큰 병원으로 간다는 말이 무슨 뜻인지, 재우는 알 만했다. 바보가 되거나 죽거나. 그러니까 난희의 말은 반쯤 맞았다. 당장 죽진 않았지만 내일 죽을 수도 있었다. 바보가 되어도 반쯤 죽은 거랑 비슷했다.

어머니는 겁쟁이가 아니었다. 훌쩍대는 재우에게 말했다.

"머리 좀 꿰맸다고 죽진 않는다."

의사 선생님 말대로 헛소리라도 지껄이고 싶었다. 토하려고 했지만 헛구역질만 몇 번 나오다 말았다.

왜 그랬냐고, 어머니가 형한테 물었다.

"스케이트 몰래 탄 거 때문은 절대 아녜요. 거짓말을 하잖아요. 쪼그만 게 벌써부터 거짓말을 해선 안 된다고 생각했어요."

어머니는 재우에게 쌀쌀맞게 말했다.

"맞을 짓을 했다."

맞을 짓을 했기 때문에 재우는 대놓고 울 수도 없었다. 아니, 슬프고 분하고 억울해 이불을 뒤집어쓰고 소리 죽여 울었다.

만두 삶는 냄새가 뒤집어쓴 이불 틈새로 솔솔 기어들었다. 슬프고 분하고 억울하다는 표시로 저녁밥을 굶은 뱃속이 난리였다.

재우가 세상에서 제일 좋아하는 음식은 짜장면이었다. 다음이 만두.

어머니는 만두 만들기 선수였다. 선수이면서도 어머니는 명절 때나 되어야 만두를 빚었다. 재우는 어머니한테 말해 주고 싶을 지경이었다. 자주 만들지 않다가는 만두 만드는 법을 아예 까먹을지도 모른다고.

"만두 먹고 자라."

어머니가 불렀다. 재우는 대답하지 않았다.

"안 자는 줄 안다. 일어나. 식으면 맛없다."

모르는 게 없는 어머니가 어째서 슬프고 분하고 억울한 건 알아주지 않을까. 재우는 그게 또 화딱지가 났다.

"먹기 싫으면 관둬라. 나 먹을 것도 부족한데 잘 됐다."

어머니가 한 번만 더 불러줬다면 못 이기는 척 일어났을 거다. 하지만 끝이었다. 재우는 잘못 삶아진 만두처럼 속이 터져 죽을 지경이었다. 어머니고 형이고 뜨거운 만두가 목구멍에 걸려 확 죽어버렸으면 딱 좋겠다.

식구들이 모두 잠든 밤중에 재우는 홀로 만두를 먹었다. 식어 빠졌어도 만두는 만두였다. 여전히 분했지만 어머니의 만두는 줄어드는 게 아까울 정도로 맛있었다.

5.

등대의 불빛이 제대로 돌아가는 걸 확인해야 안심이 되니, 나도 이제는 영락없이 등대지기가 됐군.

구명도의 등댓불이 눈에 들어오는 순간, 재우는 속말을 중얼거렸다.

한나절에 불과한 외출이었다. 그러나 수년 동안 집을 떠나 있던 사내가 산모퉁이를 돌아 고향집에서 흘러나오는 불빛을 바라보듯, 그렇게 재우의 마음이 따뜻해졌다.

정 소장이 뱃머리에 앉은 재우 곁으로 다가왔다.

"등댓불은 말이야, 역시 바다 위에서 지켜봐야 제격이야."

"그 감상 때문에 배를 장만하셨나요?"

"꿩 먹고 알 먹고 둥지는 불쏘시개로 삼는다는 말을 아는가. 이렇게 등댓불 지켜보니 세상 유람이 부럽지 않고, 고기 잡아 입에 풀칠

하니 그 또한 의미 있고, 자네 같은 등대원들 실어다 주며 전직 등대장 위신까지 세울 수 있으니 얼마나 좋은가."

"선장님이 키 놓고 한가하게 등댓불만 지켜보면 안 되죠. 암초라도 들이받으면 알과 둥지는커녕 꿩 구경조차 못하게 됩니다."

"내 배의 항법장치는 세상 것과는 달라. 등댓불만 가려내 찾아간다네."

말해 놓고 정 소장이 소리 내어 웃었다. 잠시뿐이었다. 정 소장은 한숨을 토해냈다.

"무슨 돌림병에 걸린 것처럼 너도 나도 항법장치를 설치하더군. 큰 바다에 나다니는 배들이야 당연히 마련해야겠지. 기껏 영산에서 구명도까지 오가는 손바닥만한 배들까지도 그러니, 웃기는 노릇일세. 등대는 뭐 시늉으로 있는 줄 아는지……."

"어쩌겠어요, 그게 추세라면."

"추세, 추세해도 결국 사람이 우선이지. 예전 고깃배들은 의례 등대에다 고기 몇 마리씩 던져줬어. 그까짓 생선 받아 맛이겠는가."

밤바다를 지켜준 고마움을, 등대가 그네들 삶의 중요한 자리를 차지한다는 뜻을 그렇게 표현했다.

지금은 어떠한가. 예전보다 훨씬 많은 배들이 구명도 해역을 지난다. 그러나 등대를 향해 손 한 번 흔들어주지 않는다. 곁눈질이라도 해 줄지 의문이다.

재우는 정 소장의 어깨에 가만히 손을 얹었다.

우리는 시대에 뒤떨어진 고물을 껴안고 몸부림 치고 있는지도 몰라요. 세상은 더이상 우리를 필요로 하지 않는데, 괜한 고집을 부리고 있는 기분입니다. 그 점을 인정하기가 참 힘들고 괴롭군요.

재우도 정 소장도 한동안 말이 없었다. 둘은 그저 멀어지고, 멀어진 듯하면 이내 다가오는 등댓불만 눈이 시리도록 바라보았다.

구명도 등탑이 어슴푸레하게 보이기 시작했고, 재우는 참치잡이 원양어선 창성호의 최인호 선장의 전화를 떠올렸다.

"최 선장님이 모레쯤 구명도 앞을 지날 거랍니다."

"아이쿠, 오랜만에 돌아오네."

"일 년 육 개월만이랍니다. 소장님 퇴직 소식을 전했더니 많이 섭섭해하시더군요."

"섭섭할 건 뭐 있나. 때가 차면 물러나는 거지."

"연락처를 드렸으니 조만간 기별이 있을 겁니다."

"최 선장의 원양어선 생활도 삼십 년쯤 됐겠군. 그 친구 한 번 볼때마다 아, 세월이 또 이만큼 갔군, 했네. 그도 마찬가지로 나를 보면서 세월 가는 걸 알았겠지. 나는 등대에서 늙었고, 그 친구는 바다 위에서 늙었고……."

최 선장은 귀항할 때마다 영산에서 따로 배를 빌려 정 소장을 찾아오곤 했다. 재우는 둘 사이의 각별한 인연이 있으리라 짐작했다.

처음 마주한 자리에서 최 선장은 재우에게 말해줬다.

인도양에서 조업을 마치고 영해로 들어와 처음 마주하는 곳이 구명도 등대다. 구명도의 등댓불을 보면 비로소 귀항 사실을 실감한다고 했다.

"이제 정말 조국이구나. 처자식을 품에 안을 수 있겠구나. 구명도 등댓불이 그렇게 반갑고, 좋고, 또 주체할 수 없을 만큼 눈물이 쏟아져요. 구명도 등댓불을 보는 순간 고단했던 세월의 무게가 한꺼번에 날아가는 기분이죠."

고맙고, 또 고마워서 구명도를 직접 와 보지 않을 수 없었단다. 어느덧 반드시 한 번은 들러야 안심이 된다고 했다.

"출항 시 구명도를 지날 때마다 등대에 대고 이렇게 말합니다. 내년까지 잘 있거라. 돌아올 때까지 나를 기다려다오. 다시 올 수 있도록 날 지켜다오. 우습게 들리겠지만, 내 마음은 정말 그렇습니다."

재우는 웃지 않았다. 웃을 수 없었다. 고마워해야 할 장본인은 최선장이 아니라 등대지기인 재우 자신이라는 생각이 들었다.

한 그루 고목에서 누구는 세월의 흐름만 살펴보지만, 또 누군가는 세월의 내밀한 이야기까지 들을 수 있는 것이다. 그렇다. 등대가 바다의 길잡이로서만 존재하는 것은 아니다. 누군가는 등대의 불빛으로 마음의 길까지 짚어내기도 하는 것이다.

그 믿음이 있기에 등대를 떠나도 아주 떠나지 못하는 정 소장이었다. 그 믿음이 있기에 재우 역시 무인등대 전환과 구조 조정의 광풍이 자신을 비껴가길 소원하는 것이리라.

* * *

"유 형, 사람이 왜 그리 무책임해!"

정 소장과 함께 사무실로 들어선 재우를 향해 이길성이 짜증 섞인 목소리로 말했다.

아침에 등대호를 타고 구명도를 떠날 때 이길성은 등탑에 올라가 있었다. 따라서 외출에 대해 따로 말을 하지 못했다. 그걸 두고 타박하는 거라면 어처구니가 없는 일이었다.

엄밀히 말해 휴가 기간이었다. 영산에 가든 말든 재우의 권리였다. 업무에 따른 책임 운운하는 건 웃기는 노릇이었다. 직무대행이라고 유세하는 거라면 이해하겠지만.

따지고 보면 영산에 나간 것도 업무의 하나였다. 며칠 전 손을 본 발전기의 전원장치가 아무래도 마음에 걸렸다. 완벽하게 수리하려면 부품 전체를 교환해야 했다.

본청에 부품을 신청해 놓았지만 언제 결재가 떨어질지 알 수 없었다. 여름에 소요되는 물품이 이런저런 이유로 미뤄지다 겨울 초입에나 도착하는 일이 빈번했다. 설사 즉각 조치가 이뤄져 다음 행정선 편으로 보내준다 해도 열흘 동안은 점등할 때마다 노심초사해야 된다. 그럴 바에야 영산에 나가 사비로 구입하는 쪽이 속 편한 일이었다. 그나마 정 소장의 등대호가 있기에 가능했다.

송철용이 재우의 낯을 살피며 말했다.

"오늘 큰일 날 뻔했어요."

"등대에 무슨 일이라도 있었나?"

재우를 앞질러 정 소장이 물었다.

"그런 건 아니고요……."

송철용이 말끝을 흘리자 이길성이 받았다.

"구명도 등대가 생긴 이래 최초로 초상을 치를 뻔했단 말이야."

"초상을 치를 뻔하다니?"

재우의 되물음에 이길성은 대꾸조차 싫다는 듯 불쾌한 표정을 지었다.

송철용이 재우쪽으로 다가왔다.

"저기, 선배님 어머니께서……."

재우가 떠난 지 얼마 되지 않아 어머니가 선착장에 나가 앉아 있더라는 거였다. 저물녘까지 돌아오겠으니 점심을 부탁한다며, 송철용에게 열쇠까지 맡긴 재우였다.

"나중에 살펴보니까 창을 넘으셨더군요."

재우로선 선뜻 믿어지지 않는 말이었다. 재우가 뛰어 내리기에도 만만치 않은 높이였다.

"선착장에 가 앉아 계셨어요. 선배님을 기다리시는 거라는 생각이 들었죠. 선배님 곧 오니까 들어가자고 아무리 달래도 들은 척도 안 하셨어요. 할 수 없이 점심도 선착장에 갖다 드렸지만 손도 안 대시더라고요. 나중에는 강제로 업어 모시려고 했는데……."

이것 보세요, 라며 송철용이 소매를 걷어올렸다. 왼쪽 팔뚝에 이빨 자국이 선명한 피멍이 맺혀 있었다. 송철용은 단념할 수밖에 없었다고 여러 차례 강조했다.

6시 기상보고를 마치고 조금 지났을 때라고 송철용은 말했다. 그러니까 어머니는 아침부터 어스름이 짙어질 시간까지 진종일 선착장에 있었던 셈이다.

구명도를 떠나고 싶었던 것일까. 아니면 뭍에 나간 자식을 간절하게 기다렸을까. 어느 쪽이든, 선착장에 처연히 앉아 있는 어머니의 모습이 가슴 시리게 떠올랐다.

"해피가 선착장 쪽에서 요란하게 짖는 소리가 들렸어요. 사무실에서 내다보니까 선착장이 텅 비어 있었어요. 아차, 싶었죠. 정신없이 달려 내려갔더니, 아니나 다를까, 바다에 빠져 허우적대고 계시더라고요. 조금만 더 늦었더라면, 정말……."

어머니가 세상을 버리면 어떤 기분이 들까. 며칠 전 재우는 생각했었다. 그 생각이 현실로 다가왔던 셈이다.

재우는 질끈 두 눈을 감았다.

긴박했을 광경을 일부러 떠올리려는 바는 아니었다. 눈을 뜨고 있으면 자신도 모르게 주르르 눈물이 흘러내릴지도 모른다는 생각 때문이었다.

어머니를 완벽하게 미워하고 있는 건 아니다. 가슴속 한구석에는 안타까움이, 차마 밖으로 드러내지 못한 간절함이 남아 있다.

재우는 왠지 막다른 길에 서 있는 느낌이었다. 처음의 자리로 다시 돌이키거나, 그 자리에 주저앉아 버려야 하는 막다른 길. 이제껏 그랬던 것처럼 어머니를 미워하던지, 다 버리고 처음부터 다시 시작해 보던지.

정 소장의 심히 걱정스런 목소리가 들려왔다.

"어디 다친 데는 없으시고?"

"별 탈은 없어 보였어요."

"다행이군. 천만다행이야."

"조금 전 가 보니 주무시대요. 종일 굶으신 데다 위험천만한 일까지 당하셨으니, 많이 지치셨을 거예요."

사무실을 나서려는 재우의 뒤통수에 대고 이길성이 말했다.

"노모를 모시는 것까지는 좋아. 오죽했으면 구명도까지 오셨겠어. 이해해, 이해한다고. 그렇지만 구명도가 유 형 혼자 사는 데는 아니잖아. 적어도 남한테 피해는 주지 말아야지. 안 그래? 만일 불미스런 일이라도 생겼다면, 결국 문책은 누구한테 돌아가는지 생각해 봐."

오늘 일만을 겨냥한 말은 아닐 터였다.

며칠 전 이길성의 시디플레이어가 어머니의 가방에서 발견되었다. 수리 불가로 박살이 난 채였다. 재우는 영산에 도착한 즉시 최신형으로 구입했다.

끙, 하고 정 소장이 헛기침을 토해내는 것이 예사롭지 않았다. 이길성을 바라보는 시선이 진작부터 곱지 않았다. 전직 소장의 말이 이길성에게 무슨 소용이 있으랴. 마음 상하게 되는 쪽은 오히려 정 소장이리라는 생각에, 재우는 재빨리 입을 열었다.

"내 불찰이 커. 미안해. 마음 상했다면 풀어. 앞으로 이런 일은 없을 거야. 그리고 구명도 떠나실 날도 얼마 남지 않았어."

6.

카세트에서 흘러나오는 찬송가를, 어머니는 술술 따라 불렀다.

찬송가를 부르는 모습만 본다면 누가 어머니를 치매 환자라고 생각할 것인가. 오히려 비상한 기억력과 깊은 신앙심에 경탄하리라.

"찬송가를 들으면 기분이 어때요?"

"좋아, 좋아."

"그럼 예수님이 누구예요?"

"몰라."

유감스럽게도, 어머니에게 믿음에 대한 확신은 전혀 남아 있지 않았다. 그저 오랜 습관으로 머릿속에 각인된 기억이 저절로 풀려 나오는 것에 불과했다. 치매가 아니더라도 어머니의 신앙이 그 정도의 수준을 벗어나지 못했을지도 모른다.

어머니의 신앙 생활은 더부살이를 시작하면서 난희 아버지의 권고에 따른 것이었다. 주위에선 믿음이 좋다고 했다. 정말 구원의 확신이 있어서인지, 그저 난희 아버지의 마음에 들려는 의도인지 재우의 눈에는 분명치 않았다.

어렸을 때, 재우는 일요일이면 의당 교회에 가는 줄 알고 있었다. 중학생이 된 어느 순간부터 더 이상 교회에 가지 않았다. 성경 자체가 비논리적이고 불확실한 것으로 가득한 기록이라고 생각했다. 믿으면 알게 되고, 알게 되면서 그 믿음이 더욱 굳어진다. 중등부 담임이었던 전도사님의 말씀도 재우를 돌이키진 못했다.

"나는 네가 언제고 돌아올 걸 안다."

당시 어머니는 장담했다.

기독교는 사랑의 종교이고 이웃을 내 몸처럼 사랑하라고 했는데, 피곤한 육신을 일으켜 새벽기도와 심야기도를 거르는 법이 없으면 무슨 소용인가. 어머니는 이웃은커녕 당신의 자식조차 제대로 사랑치 않고 있었다.

과도한 억측이었을까. 어쨌든 재우를 분노와 거부로 돌아서게 만든 진짜 이유였다.

세월 지나갈수록 의지할 것 뿐일세
아무 일을 만나도 예수 의지합니다

찬송가를 따라 부르는 동안 어머니는 순한 양이었다. 머리맡에 카세트를 둔 채로 몇 시간이고 진력내는 법이 없었다. 당연히 해괴한 행동도 잠잠해지는 시간이었다.

'세월 지나갈수록 의지할 것 뿐'이라는 가사처럼, 테이프는 재우가 의지해야 할 안식과 자유를 보장해 주는 도피성과도 같았다.

지난번 정 소장과 함께 영산에 나갔을 때, 테이프를 살 생각은 처음부터 없었다.

조르디 사발의 '라 폴리아', 요한나 마르치의 '드볼작 둠키', 스비아토슬래이브 리히터의 '라흐마니노프 피아노협주곡 2번', 사이먼 래틀 지휘 음반인 '말러의 교향곡 5번'을 30분 넘겨 뒤지고 뒤져 고른 뒤였다.

계산을 마치고 나오려는데 정 소장이 못마땅한 듯 말했다.

"자네 몫만 챙기면 끝인가. 모친 것도 사게나. 평소 좋아하시던 곡이 있을 것 아닌가."

어머니는 음악을 모른다. 오선지나 음표를 본 적도 없을 것이다. 또한 뽕짝이든 트로트든 턱 받치고 감상할 만큼 한가하지도 않았을 어머니다.

할머니들도 현철이나 송대관이나 설운도라면 뻑 간다고, 스물 갓 넘었을 성싶은 점원이 말했다. 뻑 가서 뒤로 자빠지든 테이프를 부셔 콩가루를 만들든, 재우는 별 관심이 없었다. 다만 정 소장의 눈초리가 민망할 뿐이었다.

"모친께서 교회에 다니셨다고 하니, 이걸로 하게나."

정 소장이 빼어든 게 24개짜리 찬송가 전집이었다.

클래식 시디 다섯 장은 더 집어들 수 있을 가격이었다. 정 소장 눈치에 밀려 사긴 했지만, 탁월한 선택이었다. 순한 양이 된 어머니에게서 벗어날 수 있는 시간이 그만큼 늘어난 셈이었다.

재우는 카세트 옆에 차곡차곡 쌓아 놓은 24개의 테이프를 보면 뜻밖의 횡재를 한 양 절로 미소를 머금곤 했다. 얼마나 다행한 일인가. 어머니는 다른 물건들은 손에 닿는 족족 박살을 내면서도 카세트와 테이프만은 아꼈다.

재우는 카세트를 자동반복으로 조절해 놓고 방을 나왔다.

점심 준비를 해야 할 시간이었다. 매 끼니를 해결해야 하는 게 고통이었다. 혼자 입이라면 라면이나 끓여 허기를 속였으면 딱 좋으련만, 어머니가 부담이었다. 그렇다고 끼니마다 새로운 걸 마련할수도 없는 노릇이었다. 마련된 부식이라야 뻔한 것뿐이었고, 넉넉한 재료가 있다 해도 조리 능력의 한계였다.

어쨌든 냉장고를 들여다보고 결정을 내릴 생각이었다. 똥만두 이후 냉장고 입구를 가로막아둔 쌀통을 치우려는 순간, 송철용이 소반을 들고 들어왔다.

"어머니 맛보시라고, 국수를 삶았어요."

재우는 가슴이 저려 냉큼 소반을 받아들지 못했다.

"저도 참 무심한 놈이죠. 오신 지 한 달이 다 되어 가는데……."

예전에는 초코파이 하나, 사과 반쪽도 나눠먹는 구명도의 삶이었다. 그 도타움과 정겨움이 고단한 삶을 견디게 하는 힘이었다. 그런데 생활 환경이 둘로 나뉘면서 마음마저 분리된 느낌이었다. 어머니의 출현이 빚은 결과이므로 재우 편에서 야속함을 드러낼 수도 없었다.

어머니가 떠나면 즉시 회복되겠지.

생각하면서도, 당연하게 돌이킬 수 있을까 하는 의문에 사로잡히곤 했다. 열렬한 사랑을 나눈 연인 사이라도 짧은 순간의 냉담함이 영영 사랑의 불길을 꺼뜨리기도 하는 법이다. 송철용은 그렇다 치더라도, 이길성과는 제법 골이 깊어진 느낌이었다.

***

재우는 하늘을 올려다보았다.

구름 한 점 없는 하늘에서 한낮의 햇살이 눈을 찔러 손그늘을 만들었다.

5월로 접어들면서 한여름 같은 더위가 연일 계속되었고, 사무실에서 등탑까지 비탈길을 오르면 이마와 목덜미에 송골송골 땀이 맺혔다.

등탑의 철문을 열고 들어서려는데 송철용이 기척을 하며 다가왔다.

"어머니께서 국수를 좋아하셨는지 모르겠어요?"

고마워. 한마디쯤 입밖으로 내도 좋으련만 재우는 속으로 중얼거리고 말았다.

감정 표현에 서툴러 때로 오해를 받곤 했다. 천성에 가까웠다. 어머니에게서 유일하게 대물림한 바가 아닐까. 혹은 말의 가벼움을 진작 깨우친 탓일 수도. 어느 쪽이든 재우는 생각했다. 시간이 흐르면 침묵으로도 서로의 속내를 능히 알게 되리라.

"등탑에 올라가시려고요?"

"날씨가 기막히게 좋잖아."

재우는 세척포를 들어 보였다. 반사경은 오늘처럼 습도가 낮은 날을 가려 닦아내야 했다. 흐린 날에 해치를 열면 등명기 내부에 습기가 배어들어 빛의 반사를 방해하기 때문이었다.

"저는 이것 때문에요."

송철용의 손에는 할로겐 램프가 들려 있었다.

엿새마다 교환하는 원칙을 따르자면 내일이었다. 그러나 재우는 군이 송철용을 만류하고 싶지 않았다. 전량 수입에 의존해 램프의 가격이 비싸긴 해도 자주 교환할수록 그만큼 광도 높은 빛을 뿌릴 수 있었다.

등탑 내부로 들어서자 어둠이었다. 송철용이 벽을 더듬어 스위치를 올려 어둠을 몰아냈다. 계단을 오르기 시작하면 곧 사라질 빛이었다. 등탑 중간에 달린 작고 둥근 채광창으로 책받침 크기의 빛이 스며들긴 했지만 겨우 사물을 식별할 정도여서 머릿속에 새겨진 길을 따라 오르는 편이 나았다.

등탑을 무 자르듯이 절반으로 나눠 단면을 들여다본다면, 큰 원 속에 또 다른 원이 들어 있는 형상이다. 등탑의 핵심인 등명기가 얹힌 부분이 내부의 원이다. 두 개의 원 사이에 나선형의 계단이 있다.

계단은 한 사람이 겨우 통과할 지경으로 좁고 경사가 급하다. 달팽이 굴속 같은 백아흔아홉 칸의 나선형 철제 계단을 오르면, 스물여덟 칸의 수직 철제 사다리와 마주한다. 밟을 때마다 삐걱대는 사다리에서 발밑을 내려다보면 마치 천 길 낭떠러지가 어둡고 음습한 입을 벌리고 있는 듯하다.

계단을 다 오르면 등명기가 설치된, 등탑 꼭대기 두어 평 남짓의 공간과 만난다. 등실이라고 부르는 곳이다.

구명도를 방문한 본청의 사무직원이나 외부 인사 중에서 등실에 올라 보겠다는 이들이 있었다. 저 꼭대기에서 경치를 보면 더 기막힐 거야. 그러나 대부분 사다리 앞에서 좌절하고 말았다. 위험천만하게 만들어 놓을 필요까진 없지 않느냐며 투덜댔다.

유독 구명도 등대가 심한 편이었다. 등대원의 수고 따위는 전혀 고려치 않고 설계된 셈이었다. 그러나 재우는 등탑에 오를 때마다 사다리에 차라리 감사했다. 결코 한가한 이들의 관람을 위한 곳이 아니었다.

등실은 등대지기의 터전이다. 등대지기의 고단한 삶이 고스란히 담긴 곳이다. 풍광을 즐기는 대신 곡예에 가까운 작업에 매달려야 하는 공간이다. 등대지기의 애환의 장소이자, 그 애환을 수평선 멀리 날려 보내는 등대지기만의 내밀한 성역이다.

등실에 들어서자 열기가 훅 덮쳐왔다. 전체가 원통형의 밀폐 유리창으로 둘러쌓여 바람 한 점 들어오지 못하기 때문이었다.

재우는 열기 속을 헤치고 의식을 거행하는 사제처럼 더디고 고요한 걸음새로 등명기 주위를 돌았다. 오전에 점검했으니 달리 이상한 부분이 눈에 뜨일 리 없었다. 그럼에도 돌아서면 마음이 놓이지 않았다.

내일은 등명기 하단의 전선과 비상용 전원장치를 점검해 봐야겠다는 생각을 하고 있을 때, 송철용이 가쁜 숨을 몰아쉬며 모습을 드러냈다.

"선배님은 발에 눈이라도 달린 모양입니다."

"무슨 말이야?"

"그렇지 않고서야 무슨 수로 그리 빠르게 오를 수 있겠어요."

송철용이 털썩 바닥에 주저앉으며 덧붙였다.

"등대원이 등탑에 오르내리는 게 겁난다면 말도 안 되겠죠. 하지만 전 아직도 오금이 저립니다. 일 년이 넘었는데도 말예요."

재우는 빙긋이 웃고는 반사경을 닦기 위해 등롱의 해치를 열었다.

등롱은 등대가 존재하는 이유였기에 반사경을 다룰 때에도 세심한 주의가 필요하다. 별도로 제작된 세척포만 사용해야 하며, 세척포를 쥔 손에 무리한 힘을 가하지도 말아야 한다.

막 첫울음을 터뜨린 아이의 볼을 어루만지듯 하라고, 정 소장은 말했다. 그만큼 온 신경을 집중해 먼지 하나 남김없이 닦아내야 한다는 뜻이었다.

작업을 마치고 등롱의 해치를 닫았을 때, 재우의 몸은 뜨거운 물을 뒤집어쓴 양 땀으로 흥건했다.

"수고하셨습니다."

이미 내려갔으리라 짐작했던 송철용이었다.

"왜 그러고 있어?"

"언제고 배워둬야 할 일이라서요."

3년 차 등대지기가 돼서야 정 소장은 재우에게 세척포를 맡겼다. 재우 역시 정 소장의 뜻을 좇을 생각이었다. 송철용이 3년을 버텨낼지는 의문이었지만.

송철용이 외부로 통하는 출입구를 열었다. 바람이 역류하는 물줄기처럼 거침없이 밀려들었다.

등실을 빙 둘러 발판이 설치되어 있었다. 외부 창을 닦기 위한 공간이었다. 정신이 아뜩해질 높이에서 수시로 작업을 해야 하는 곳이기도 했다.

재우가 허리를 굽혀 포복에 가까운 자세로 출입구를 빠져 나왔다. 발판에서 날개 쉼을 하고 있던 대여섯 마리의 갈매기들이 일제히 날아올랐다.

재우는 난간에 기대섰고, 송철용은 바닥에 엉덩이를 붙이고 주저 앉았다.

등탑 아래 깎아지른 듯한 절벽 여기저기 뿌리를 내린 풍란을 굽어보다, 재우는 벌써부터 묻고픈 말을 꺼냈다.

"장기포 등대가 한 표 나왔다는데, 혹시 송철용씨 아냐?"

구명도 9표, 장기포 1표, 기권 1표.

무인등대 전환 장소를 조사한 결과였다. 예상했으므로 분노조차 일지 않았다. 다만 뭍의 장기포를 선택한 동료가 있다는 점이 뜻밖이었다.

"맞아?"

송철용이 멋쩍게 웃으며 고개를 끄덕였고, 재우는 눈짓으로 이유를 물었다.

"선배님 말씀처럼 등대를 기준으로 생각해 봤어요. 그뿐입니다."

재우는 송철용의 어깨에 손을 얹었다.

"등탑이 고맙다고 인사하는 소리 들려?"

"설마?"

"좀더 생활해 봐. 곧 내가 등대인지, 등대가 바로 나인지 구분할 수 없을 때가 있어."

단순한 콘크리트 건물인 등탑. 하지만 살아 숨쉬는 생명체처럼 다가올 때가 있다. 사랑이 깊어져 영혼을 교감하는 연인처럼, 재우는 등대와 무언의 대화를 나누는 느낌에 종종 빠져들곤 한다.

"선배님이 반사경 청소하는 거 지켜보면서요, 등대를 사랑한다는 게 어떤 것인지 생각해 봤어요."

"모든 등대지기는 등대를 사랑해. 입으로 시인하든 않든 다 마찬가지야."

"아뇨. 선배님은 특별해요. 바보스러울 정도로요. 바보? 그래요. 지독한 바보라서 신경질이 납니다. 왠지 아세요? 무조건 사랑한다고 능사인가요. 계속 사랑할 수 있도록 자기 자리를 지켜야죠. 그토록 등대를 사랑하면서 왜 밀려납니까? 싸우세요. 투쟁해서 사랑을 지켜내란 말예요."

구조 조정 명단이 확정되었다는 이야기가 공공연히 떠돌고 있었다. 그 명단에 누가 포함되었다는 구체적인 이름까지 거론되었다. 서로 이야기하는 이름은 달랐지만, 어느 쪽이든 반드시 재우는 끼어 있었다.

소문일 뿐이야.

재우는 애써 무심한 듯 흘려들었다. 하지만 내심 기적이라도 일어나길 소원하는 하루하루였다.

"저요, 선배님이 구조 조정 대상에 끼면 가만 있지 않을 거예요."

재우는 송철용의 손을 잡아 일으켰다.

"그만 내려가지. 여기 오래 있으면 난 오금이 저려."

말해놓고, 재우는 소리 내어 웃었다.

여전히, 구름 한 점 없는 하늘에서 한낮의 햇살이 아우성치듯 쏟아져 내렸다.

제 4 장. 은행나무

1.

오늘일까, 내일일까……

그렇게 흘려보낸 지 보름째였다.

기약해 놓은 날이 지났고, 다시 그 절반이 지나갔다. 하루 동안 겪는 고통의 분량을 생각하면 보름은 너무 길고 아득한 시간이었다. 형수는 나타나지 않았다. 애걸하던 때와 달리 연락조차 없었다.

이러다가 한없이 길어지진 않을까. 설마, 수속이 늦어지는 탓이겠지.

단순하게 생각하고 싶었다. 형과 형수가 어머니를 책임져야 할 숱한 날들을 떠올리며 이해하려 들었다. 그러나 하루에 하루가 더해질수록 이해의 폭은 점점 줄어들었고, 재우의 가슴에 드리워진 불안의 부피는 커졌다.

어머니가 재우의 상의를 뒤에서 잡아당기며 말했다.

"배고파, 밥 줘."

식사를 마친 지 고작 반 시간이 흘렀을 뿐이다. 어머니의 탐욕은 마르지 않는 샘과 같았다. 그러나 이번만큼은 그만 들어가자는 뜻이 강할 것이었다.

"한 바퀴만 더 돌고요."

"나쁜 놈!"

재우는 저녁 식사를 마친 뒤 어머니와 함께 산책에 나섰다. 관사에서 등탑까지, 등탑에서 북쪽 능선을 따라 구릉지를 거쳐 다시 관사로.

운동을 이유로 며칠 전부터 시작한 산책이었다. 그러나 고단해진 어머니가 깊은 잠에 빠져들기를 겨냥한 속셈이었다.

진종일 방안에 갇혀 있던 탓에 어머니는 냉큼 나서곤 했다. 두 번을 일주할 때까지는 군말 없이 따라왔지만 세 번째부터는 투정을 부리고 거친 숨을 몰아쉬었다. 재우는 어머니의 투정을 무시했다. 어머니를 골아 떨어지게 만들기에 세 번은 부족했다. 완전히 기진맥진해 바닥에 주저앉을 때까지 어머니의 등을 밀고 또 밀었다.

어머니, 그리고 구조 조정.

재우는 머리가 터져 버릴 지경이었다. 따라서 어느 때보다 나만의 시간이 간절한 요즈음이었다. 밤 시간만큼이라도 어머니의 집요한 속박으로부터 벗어나고 싶었다.

막 네 번째 일주에 접어들 즈음, 이길성이 자신의 관사에서 나왔다.

"열심이네."

재우의 대꾸에 앞서 어머니가 욕설을 내뱉었다.

"좆 뽑고 부랄을 발라 버릴 놈!"

재우는 후끈 얼굴이 달아올라 어머니의 입이라도 틀어막고 싶었다. 그러나 이길성은 이미 만성이 된 듯 이죽거렸다.

"유 형 어머니는 평소 욕에 대해 조예가 깊었나 봐. 그렇지 않고선 어떻게 날마다 기상천외한 욕으로 바뀔 수 있겠어."

부모의 수준을 보면 그 자식의 됨됨이까지 짐작할 수 있다는 말을, 혹시 이길성은 하고 싶은 것일까. 하지만 재우는 웃었다. 달리 어쩌란 말인가. 나도 모르겠어. 한 번도 욕하는 걸 들어본 적이 없었거든. 설명한들 되돌아오는 건 비웃음뿐일 테니까.

정 소장에게는 한마디의 욕도 하지 않았다. 송철용에게는 죽일놈, 개 같은 새끼 정도였다. 이길성에게 퍼붓는 욕설에 비하면 차라리 애교에 가까웠다. 이길성이 딱히 밉보였을 까닭도 없었다. 어머니가 나름의 기준을 갖고 있는 양 느껴질 지경이었다.

"그나저나 오늘도 연락이 없었어?"

이길성이 하루에 한 차례씩 던지는 질문이었다.

"어, 아직."

"정말 큰일이네. 이러다 유 형이 영영 떠맡게 되는 거 아냐?"

"그럴 일은 없어."

"너무 장담하지 마. 사람의 일이란 늘 의외의 변수가 있는 거니까."

재우의 대꾸를 기대하지 않는다는 듯 이길성이 몸을 돌렸다. 서너 발걸음을 떼어놓더니 혼잣말처럼 중얼거렸다.

"저 영감은 그만뒀으면 그걸로 끝이지. 왜 매일 출근하다시피 하는 거야."

이길성의 어깨 너머 파도를 헤치고 다가오는 등대호가 보였다.

***

등대호에는 정 소장 외에 예상치 못한 사람이 있었다.

난희였다.

난희는 하루나 이틀, 기껏해야 사나흘쯤 헤어졌던 사람처럼 재우의 어깨를 툭 치는 것으로 인사를 대신했다.

"어떻게 왔어?"

"차물도까지는 여객선으로 왔고, 구명도에 데려다 줄 배를 수소문하다 소장님을 만났어. 초보 선장님 덕분에 뱃멀미는 지독히 했지만 무사히 도착했으니 된 거지, 안 그래?"

그걸 물은 게 아니었다. 난희 역시 모를 리 없을 테고, 다만 딴전을 피우고 싶은 모양이었다.

"그럼 두 사람 이야기 나누시게. 난 인사부터 드려야겠네."

정 소장은 박스를 어깨에 짊어지고 재우의 거처를 향해 잰걸음으로 걸어갔다. 박스 안에는 부식과 어머니 간식으로 가득할 것이었다. 어머니를 돌보는 사람은 재우 자신이 아니라 정 소장이 아닐까 하는 생각이 들곤 했다.

재우는 정 소장의 뒷모습을 지켜보다 입을 열었다.

"어머니가 와 계셔."

"알아. 알고 왔어."

"소장님한테 들은 거야?"

난희가 고개를 저었고, 재우는 재차 물었다.

"어디까지 알고 있지?"

"유재우가 알고 있는 것보다 훨씬 많이."

"말해 봐."

"당분간 있을 거니까, 급할 건 없잖아."

난희는 말해놓고 이마에 흘러내린 머리칼을 모아 귓바퀴 뒤로 쓸어 넘겼다. 여전하군, 그 버릇. 재우가 웃자 난희가 정색을 했다.

"왜 웃어?"

"오랜만에 널 보니 제법 반가워서."

"제법이라니? 말을 꼭 그딴 식으로밖에 못하냐?"

2년이었다. 제법이라는 말로는 감당키 어려운 세월의 두터움이었다.

난희를 아주 잊은 듯 보낸 날이 있기는 했다. 그랬다. 그런 날들이 정말이지 있기는 있었다. 그러나 2년의 세월 중 겨우 손으로 꼽을 만큼 미미했다. 그리워하지 말자고 다짐했고, 그리워해선 안 된다고 스스로를 윽박질렀으며, 그리워 할 까닭이 더는 남아 있지 않노라고 위로했다. 그럼에도 난희는 좀처럼 떨어지지 않는 미열처럼 남아 있었다.

"일은 어쩌고?"

"내가 뭐 기계니? 좀 쉴 생각이야."

재우가 한때 시인이 되길 소원했듯이 난희는 소설가를 꿈꾸었다. 어느 순간 드라마 극작가로 수정하더니 마침내 그 목표에 도달했다. 누군가는 어릴 적의 꿈을 묻어버리지 않고 끝까지 밀어붙여 성취해야 한다. 그것이 바로 난희라는 사실에 재우는 기뻤다.

"쉴 틈이 어딨어, 열심히 써서 최고의 극작가로 우뚝 서야지?"

난희는 대꾸하지 않고 구릉지 쪽으로 걸어갔다. 재우는 서너 발짝 뒤쳐져 난희를 따르면서 조바심을 냈다.

한때 난희가 소원했던 벤치에 자신의 원대로 앉아 노을을 지켜보고 있었다. 하지만 기뻐하는 기색이 아니었다. 아마 자신의 말조차 새까맣게 잊어버린 모양이었다. 그럴 수 있었다. 서울의 삶은 외딴 섬을 떠올릴 만큼 결코 한가하지 않을 테니까.

둘은 오래 침묵했다, 황혼이 어둠에 둘러쌓여 아스라한 잔광으로 남을 때까지, 갈매기들이 내일을 기약하며 자신들의 둥지에서 고단한 하루의 일과를 마칠 때까지.

재우로선 마음속에 들어와 있는 난희와 숱한 이야기를 주고받았으므로 반드시 침묵했다고는 할 수 없었다.

재우는 난희의 옆얼굴을 살피며 말했다.

"커피 마실래?"

"생각 없어."

"진난희가 커피를 사양할 때가 다 있네."

난희는 입가에 미소를 잠시 머금었고, 재우는 그게 또 마음에 걸렸다.

"일이 잘 안 풀려?"

"어떤 일?"

"모두 다?"

"사는 건 어차피 힘든 일이야."

***

베토벤의 '트리플 콘체르토'가 종국을 향해 치닫자 난희는 시디를 고르기 시작했다.

정 소장이 쓰던 관사를 권했음에도 굳이 재우의 방에서 지내길 원한 난희였다.

"넌 아줌마와 같이 자면 되잖아. 내가 무서워서 그래. 옆방에 네가 있다고 생각하면 안심이 되거든."

"어려운 일도 아닌데, 그러지 뭐."

재우는 간단히 대꾸했지만 자신이 없었다. 잠시만 앉아 있어도 악취 때문에 골이 지끈거리는 방이었다. 게다가 어머니는 갖가지 요구로 밤새 재우를 들들 볶아댈 것이 뻔했다. 하루의 일과 중 유일한 평화의 시간마저 어머니한테 고스란히 헌납해야 될 것이었다.

어머니는 난희를 알아보지 못했다. 전혀, 전혀.

못 알아보는 정도라면 그나마 다행이었을 것이다. 어머니는 입에 담기 힘든 욕설로 난희를 맞았다. 한 달 차이로 당신의 배에서 나온 자식을 제쳐 두고 애지중지 돌본 난희였다. 족히 20년이 넘도록.

난희는 클렘페러 연주반 '말러의 교향곡 2번'을 빼 들었다.

"이 귀한 걸 어디서 구했어?"

그걸 정말 몰라서 묻는 것인가. 8년의 세월 저편에서 난희의 목소리가 들려왔다.

선물이야. 너 이 음반 엄청 좋아하잖아. 내가 밉겠지만, 미워서 내 생각은 절대로 하고 싶지 않겠지만, 그래도 어쩌다 생각이 날지도 모르잖아. 그때 들어.

8년의 세월은 허다한 것들을 망각의 늪 속으로 빠뜨릴 만한 시간이다. 그러므로 너의 망각은 무죄. 탓해야 한다면 그 늪에서 헤어나려 발버둥을 쳤던 내 자신이다.

재우는 속말을 중얼거리며 저린 가슴을 억눌렀다.

난희가 신기한 듯 음반의 앞뒤를 살피며 말했다.

"라이센스가 아닌 원반은 구하기 아주 힘들어."

"원하면 가져."

"정말?"

재우가 고개를 끄덕이자 모처럼 난희의 얼굴이 환해졌다. 하지만 난희의 미소로도 재우의 가슴에 드리운 짙은 그늘은 옅어지지 않았다.

"클렘페러가 자신이 이끄는 교향악단 악장 부인과 눈이 맞아 야반도주한 사실 알아? 참 대단하지?"

"무모하긴 하네."

"무모하다고? 남의 사랑에 대해 함부로 말하지 마."

재우는 날카로워진 난희의 시선에서 고개를 돌렸다.

사랑은 갖고 싶은 바를 쟁취하고 소유해야 이뤄지는 것일까. 오히려 소유를 하나씩 덜어내면서 사랑에 더 다가서는 것이 아닌가.

이태 전 괴로운 영혼을 이끌고 구명도에 왔을 때 난희는 고백했다.

좋아하는 사람이 있어. 나와 같이 호흡을 맞춰 일하는 피디. 세상을 보는 시야도 넓고, 잘 생겼고, 능력도 인정받아서 방송국에서는 꽤 주목하는 사람이야. 이모저모 나를 많이 도와주고 있어. 그런데, 그런데 유부남이야. 내가 유부남을 사랑하게 될 줄을 누가 알았겠니.

아버지의 죽음과 맞물리긴 했지만, 난희는 그래서 더욱 괴로웠던 셈이다. 나흘을 머물다 떠날 때 난희의 괴로움이 얼마나 가벼워졌는지 재우로선 알 수 없었다. 난희 역시 남겨진 자가 감당해야 할 고통 따위는 몰라도 무방했을 것이다.

말러의 교향곡 2번 1악장이 시냇물 위의 가랑잎처럼 흘러가고 있었다. 죽은 친구를 기리기 위해 작곡한 후 스스로 '부활'이라는 표제를 단 교향곡이었다.

재우는 난희를 통해 클래식을 익혔다.

난희의 선택이 곧 자신의 선택이었으며, 단지 난희가 좋아하는 곡이라는 이유로 밤을 새워 듣곤 했다. 모차르트에 열광하던 난희의 열여덟 살 무렵 재우 역시 모차르트에 매달렸고, 브람스로 옮겨 간 난희를 쫓아 서슴없이 브람스를 가슴에 품었다. 난희가 말러를 듣기 시작할 즈음이 끝이었다. 그래서 재우의 취향은 아직도 말러에 못 박힌 채였다.

난희는 벽에 등을 기댄 채 멍한 눈빛으로 천장을 올려다봤다.

1악장이 끝나고 2악장으로 넘어갈 사이, 재우는 그 피디에 대해 물었다. 2악장이 한참을 흘러간 뒤에서야 난희는 대꾸했다.

"우린 끝났어. 희망 없는 사랑이 도달할 곳은 뻔하잖아."

그래서 난희의 영혼은 다시 괴로운 거였다. 그래서 고단한 날개를 잠시 내려놓을 참으로 구명도까지 날아온 모양이었다.

"은행나무 사랑이라고 아니?"

묻고 나서 난희는 혼잣말처럼 이야기를 더했다.

"암수가 구분된 은행나무는 가장 가까이 있는 나무만을 사랑한 대. 저 멀리 아무리 근사한 상대가 있어도 오로지 곁의 나무만을 짝으로 삼는대. 추하든 부족하든 무조건……. 난 그런 사랑밖에 못할 운명이었나 봐."

그 운명에 나도 포함되어 있었니?

재우는 난희의 눈동자를 똑바로 쳐다보았다. 난희는 하품을 깨물고는 말했다.

"졸려. 자야겠어. 나가기 전에 이불 좀 펴 줘."

"힘든 일도 아닌데, 그러지 뭐."

2.

재우는 쉽사리 잠들지 못했다.

악취 때문이기도 했고, 밝혀놓은 형광등 불빛이 닫힌 눈꺼풀 안까지 파고드는 탓이기도 했고, 난희가 한지붕 아래 있는 까닭이기도 했다. 그러나 무엇보다 깜빡 잠에 빠져든 듯하면 어느새 어깨를 흔들어대는 어머니가 곁에 있었다.

"그런데 지금 몇 시야?"

죽을 맛이군. 미치고 환장한다는 말이 이럴 때 쓰는 것인가. 재우는 치밀어 오르는 감정을 억누르며 말했다.

"두 시 삼십오 분 오십 초."

어머니는 고개를 끄덕이고 누웠다. 그러나 이내 같은 말을 되물어왔다.

"그런데 지금 몇 시야?"

"아침이 되려면 아직 멀었어요. 더 주무세요, 제발."

몇 시인지 알면 무엇에 쓰려는 것일까.

시간의 개념조차 어머니 머릿속에 제대로 박혀 있을 리 없었다. 또 애타게 기다려야 할 내일도 아니었다. 여느 날과 다름없는 유폐의 하루일 테고, 여느 날처럼 먹고 배설이나 해댈 짐승의 시간일 거였다. 그럼에도 어머니는 집요하게 시간에 매달리고 있었다.

모른 척 대꾸하지 않으면 어깨를 흔들고, 귀에 대고 악을 쓰고, 강제로 눈꺼풀을 뒤집어놓았다. 어머니는 백 번, 천 번, 아니 날이 훤할 때까지 묻고 또 물을 기세였다.

재우가 피곤하다면 들들 볶아대는 쪽도 만만치는 않았을까. 어머니는 새벽 3시가 넘어서자 코까지 골면서 깊은 잠에 빠져들었다.

이런 날을 앞으로도 몇 날 며칠 더 겪어야 한다는 생각에 진저리가 쳐졌다. 수면제라도 구해놔야 되는 거 아닐까. 아, 내일 당장이라도 형수가 와 주기만 한다면…….

재우는 형광등 스위치를 내렸다.

방안에 빛을 몰아내자, 창을 넘어온 등댓불이 기슭에 와닿는 파도처럼 건너편 벽을 스치고 지났다. 지금의 방을 어머니에게 내어준 뒤, 근 한 달 보름만에 마주하는 광경에 재우는 가슴이 뭉클했다.

12초 주기로 스쳐 지나는 불빛을 쫓다가 잠이 들곤 했다. 불빛은 낮고 그윽한 선율의 자장가였다. 그리고 불빛이 점차 엷어지는 것을 느끼며 잠에서 깨어나곤 했다. 세월이 절로 몸에 각인해 놓은 반응이었다.

잠들기는 이미 틀려버린 모양이었다. 육신은 젖은 솜처럼 무거웠지만 정신은 점차 명료해졌고, 생각은 한 곳으로 줄달음을 쳤다.

은행나무 사랑이라고 아니?

난희의 목소리가 이명처럼 들려왔다. 재우는 마치 건너방의 난희에게 전하기라도 하듯 속말을 떠올렸다.

까마득한 옛날부터 나의 은행나무는 바로 너였어.

하지만 너는…….

두 사람이 동일한 한 곳을 바라보는 걸 사랑이라고 한다면, 우리의 시선은 언제부터 빗나가고 어긋나고 허공에서 헤매기 시작했을까. 상대가 딴 데를 보고 있다 해도, 이편의 시선을 그쪽으로 옮기면 곧 동일한 한 곳이다.

나는 늘 그렇게 네 시선을 쫓아다녔어. 그러나 너의 눈길이 머문 곳에 다다른 듯하면 이내 머나먼 곳을 바라보는 너였지. 그만 어느 순간부터 내 편에서 눈을 감아버리고 말았는지도 몰라. 불임의 은행나무로 살기로 작정해 버렸는지도.

***

재우는 난희에게 장문의 편지를 썼다.

기껏해야 크리스마스 카드가 고작인 사이였다. 눈을 뜨면 확인할 수 있는 얼굴이었고, 편지를 보내야 할 만큼 떨어져 지낸 적도 없었다.

그럼에도 재우는 며칠을 고심해 기나긴 편지를 썼다. 더는 기다려선 안 된다고 생각했고, 더는 감정을 묻어둔 채 지낼 자신이 없다고 판단했다.

안채까지 10미터 거리를 놔두고, 30분을 뚜벅뚜벅 걸어가 편지를 우체통에 집어넣었다. 발신인의 주소가 생략된, 여러 번 풀칠을 해 본인이 아니고선 절대 개봉할 수 없게 단단히 여민 편지였다.

'우리는 오랫동안 친구였지만, 언제까지 이런 상태를 지속할 수 있을지 모르겠다. 이제 성인이고, 이제 우리의 사이도 새로운 관계에 도달할 때가 되었다고 생각한다. 너는 예전이나 지금이나 앞으로도 내내 최고의 여자고, 그걸 알고 있는 유일한 남자가 나였으면 좋겠다. 나는 충분히 준비가 되어 있다. 부디 답변을 기다린다.'

간단히 요약하면 이랬다. 그러나 재우는 자신이 동원할 수 있는 모든 미사여구로 때로 완곡하게, 때로 감정의 마지막까지 거침없이 적어나갔다.

편지는 정확히 사흘 뒤 재우와 난희가 살고 있는 집으로 배달되었다. 그 이틀 뒤 본래의 주인 손으로 돌아왔다.

그날 밤 재우는 난희 아버지의 호출을 받았다. 장황한 이야기였지만, 정리하자면 주제를 알라는 것이었다. 다시는 이런 짓거리를 용서치 않겠다는 엄포도 잊지 않았다.

어머니는 딱 두 마디로 자신의 뜻을 분명히 했다. 왜 하필이면 난희냐. 은혜를 원수로 갚을 참이냐. 주제를 알라는, 용서치 않겠다는 난희 아버지의 말과 다를 바 없었다.

꼴값을 떨고 있네, 라는 말로 형은 조소와 경멸을 함축시켰다. 재우의 월급을 한 푼이라도 더 뜯어내야 했던 당시 형의 입장으로선 더 어쩌진 못했으리라.

"넌 좋은 친구야. 그 이상으로 널 생각해 본 적은 없어. 그리고 우리는 아직 그럴 때가 아니잖니. 난 다른 생각을 할 겨를이 없어. 우선은 공부가 시급해."

난희는 어째서 편지가 이리저리 휘둘렸는지에 대해선 밝히고 싶지 않은 모양이었다. 그래, 그건 중요하지 않았다. 재우의 자존심이란 처음부터 개떡같은 것이었으니까.

"좋은 친구를 잃고 싶지 않아. 내 마음 알겠니?"

작은 사랑은 바람 앞에 촛불 같고, 큰 사랑은 활활 타오르는 불과도 같아 불어오는 바람에 더욱 거세질 뿐이다. 로슈코프는 자신의 잠언집에서 말했다. 재우의 사랑은 결국 거센 바람 속의 불길과도 같은 꼴이었다. 활활 타오를 수밖에 없었다. 물론 뼈저린 교훈도 있었다. 인내였고 기다림이었다.

난희는 재수에 삼수를 거듭해 대학에 입학했다. 공부가 시급하다는 말대로 하자면, 정처 없이 표류하던 재우의 인내와 기다림도 닻을 내릴 때였다.

그러나 난희의 눈에는 여전히 좋은 친구에 불과한 재우였다. 여대생이 된 난희와 선반공인 재우의 간격이, 그 좋은 친구마저 아득하게 만든 느낌이었다.

스물네 살의 가을, 난희 아버지는 외동딸의 결혼을 서두르는 눈치였다. 한 울타리를 두르고 사는 재우의 귀에까지 당연히 들려왔다. 재수와 삼수 기간 내내 난희의 가정교사였던, 초임 검사인 사내가 상대로 거론되었다.

재우는 따로 사내를 만났다. 3년 전 편지의 내용을 일일이 말로 옮길 필요까지는 없었다. 나보다 더 난희를 사랑해 왔거나, 앞으로도 그럴 자신이 있으면 결혼해라.

사랑에 눈먼 자에게는 창피함도 두려움도 없었다. 사내는 실실 웃음만 흘리다 재우의 어깨를 툭 치고는 사라졌다.

"난 사실 그 사람에 대해 별 흥미 없었어. 그냥 조건이 나쁘지 않으니까 몇 번 만났을 뿐이야. 아빠의 성화 때문이기도 했고."

거기까지는 좋았다. 난희는 딱 거기까지만 이야기하고 다른 식으로 재우를 단념시키는 편이 옳았다.

"우리 아빠랑 아줌마랑 보통 사이가 아닌 느낌이야."

"무슨 말이야?"

"나이 든 분들한테 사귄다는 이야기를 하는 건 좀 뭣하고, 하여
튼 그래."

귀라는 건 왜 줄창 열려 있어서 모든 이야기를 여과 없이 들어야
하는 것일까. 재우는 차라리 귀를 잘라낸 고호이고 싶었다.

"잘하면 아예 살림을 합칠 수도 있겠어. 아빠가 은근히 내 뜻을
묻더라고. 나야 좋지. 반대할 이유가 없잖아. 그렇잖니?"

그럼 우리는 어떻게 되는 거지?

재우는 차마 묻지 못했다. 속울음을 삼키며 겨우 던진다는 말이
이랬다.

"너한테 오빠가 될 생각은 죽어도 없어."

인생은 도박이라는 말이 혹 맞는다면, 그날 밤 재우는 살아온 모
든 날들을 한몫에 걸어버린 도박꾼의 심정으로 난희의 아버지를 찾
아갔다.

"너희 어머니한테 가서 물어봐……. 앞으로 난희를 절대로 만나
지 마라. 세상에는 하늘이 무너져도 안 될 일이 있는 거다."

죽기를 각오하고 마신 술이었다. 재우는 엉망으로 취해버렸지만
죽진 않았다. 죽었다면 오랫동안 길들여진 굴종의 자세와 침묵뿐이
었다.

"난희 아버지랑 어떤 일이 있는 거죠?"

"네가 알고 있는 그대로다."

거짓말일지라도 부인해 주길 바랐다. 그러나 어머니는 이미 각오

라도 한 듯 전혀 망설임이 없었다.

"알았으니 됐다. 너도 제대로 처신해라."

나로선 그럴 수밖에 없었다. 서른둘에 청상과부가 된 여자의 심정이 오죽했겠냐. 지금은 모르겠지만 나중에 이 어미의 심정을 이해할 게다.

적어도, 적어도 그런 식의 해명이라도 기대한 재우였다.

"어머니는 내 앞길을 막아왔어요. 언제나, 언제나. 그리고 지금 어머니의 욕심이 자식을 어떤 꼴로 만들어 놓았는지 알아요? 내가 얼마나 비참한 꼴이든 어머니는 상관없겠죠?"

"일단 앉거라."

어머니는 재우의 손을 잡아당겼다.

"더러워요. 불결해요. 그런 손으로 날 함부로 만지지 마요."

재우는 가차없이 어머니의 손을 뿌리치며 소리쳤다.

그때까지 사태를 관망이라도 하듯 앉아 있던 형이 일어섰다.

"뭐, 더러워? 불결해? 이 자식 완전히 맛이 갔구먼. 술을 처먹었으면 곱게 자빠져 자. 어디서 배워먹은 행패야."

"형은 빠져. 형하고는 할 이야기 없어."

"난희네 아버지가 나가란다. 너 때문에 새꺄, 당장 거리에 나앉게 생겼어. 그런데 뭐가 잘났다고 큰소리야."

재우는 어머니 쪽으로 몸을 돌렸다.

"흥, 잘 됐군요. 소박이라도 맞은 기분이겠어요. 그래서 억울한

가요?"

말이 끝나기 무섭게 형이 재우의 뺨을 후려쳤다. 형은 잘못 끼어든 거였다. 재우는 지나가는 개라도 물어뜯고 싶은 심정이었으니까.

"내가 언제까지 형한테 맞고 살아야 하지?"

"이 자식이 어디다 대고 눈깔을 똑바로 떠."

형은 다시 뺨을 후려쳤고, 재우는 곧바로 형의 턱에다 주먹을 박았다. 피투성이가 되고 난장판이 되어버렸다. 형은 과도를 집어 들었다. 하지만 어머니는 끝내 당신의 자리에서 꿈쩍도 하지 않았다.

재우는 그날 밤 단칸방을 떠났다.

11월의 을씨년스런 바람이 일정한 방향 없이 불어오는 골목 전봇대에 한쪽 어깨를 기댄 채, 불 꺼진 난희의 이층방을 바라보았다. 눈물은 의도치 않아도 흘러 뺨을 적셨다.

오랜 세월 자신을 지탱시켜준 단 한 사람에 대한 눈물의 헌사였다. 평생 사랑할 수 있는 분량 전부를 쏟은 뒤 맞이하는 이별의 예식이었다.

3.

"고생이 많네."

욕실에 주저앉아 어머니의 속옷을 빨던 재우는 소리를 쫓아 고개를 들었다. 난희가 팔짱을 낀 채 내려다보고 있었다.

재우는 이마에 맺힌 땀방울을 손목으로 쓰윽 훔쳐냈다.

"글 안 쓰고 왜 나왔어?"

오늘 아침 난희는 언제까지일지 모르지만 구명도에 머물면서 글을 쓰겠다고 했다. 방송 대본이 아니라 소설이었다. 처음으로 돌아온 셈이었지만, 끝났다는 그 피디와 무관치 않은 결정인 듯했다.

방송과는 맞질 않는 모양이야. 그동안 참 많이 써댔는데, 단막극 두 편 빼놓고는 말짱 헛수고였어. 이래서 안 된다, 저래서 문제다…….. 방송국이라는 곳이 감시와 간섭이 워낙 많아서 막상 써놓아도 작가의 의도와 상관없는 잡탕을 만들어. 고집을 부렸더니 아예 불러주지도 않네. 맘대로 하라지. 이젠 내 글을 쓸래.

구명도에 머물러도 될까, 라고 재우의 의견을 난희는 묻지 않았다. 예전 버릇대로 통보였다. 동의를 물었더라도 어차피 고개를 끄덕였겠지만 두 팔 높이 들고 환영할 상황은 아니었다.

구조 조정으로 어수선한 분위기였다. 또 언제 어떻게 해괴망측한 일을 꾸밀지 모를 어머니와 한지붕 아래 동거해야 했다. 과연 난희가 뜻대로 글을 쓸 수 있을지 의문이었다.

"세탁기라도 하나 장만하지 그래?"

재우는 난희를 향해 빙긋이 미소를 짓고는 대답했다.

"여긴 전력 사정이 좋지 않아."

"하루 이틀도 아니고, 매일 그 많은 빨래를 손으로 빨아댈 순 없는 일이잖아."

"어쨌든 이젠 끝나가니까."

"끝나다니?"

"형수가 어머니 모시러 올 거야, 곧."

"재우 네가 모시기로 했던 거 아냐?"

"한 달만, 임시로."

난희는 한동안 천장을 쳐다보더니 재우 옆에 엉거주춤한 자세로 앉았다. 난희의 어깨가 재우의 맨살에 와 닿았고, 재우는 슬쩍 돌아앉으며 딴전을 피우듯 말했다.

"약속한 날에서 보름이 지났는데 아직 안 오네."

"보름이 아니라 십오 년이 지나도 오지 않아."

"차라리 악담을 해라."

"어릴 때부터 그렇게 당했으면서 아직도 명우 오빠가 어떤 사람인지 모르냐?"

재우는 비벼대던 빨래를 물통에 던져놓고 난희를 쏘아보았다. 형에 대한 평가야 아무래도 상관없다. 집안 사정을 훤히 꿰고 있는 난희였고, 형제의 뻔한 사이를 새삼 돈독한 척 유난 떠는 것도 우스운 노릇이었다. 다만 어머니가 얽혀 있다는 점이 마음에 걸렸다.

"명우 오빠는 아줌마를 아예 너한테 떠넘기고 이민을 가버린 거야."

"이민은 무슨 이민? 일 년 기한으로 뉴욕지사 주재원으로 나갔어."

"뉴욕이 아니라 캐나다 토론토네. 그리고 이민 맞거든, 바보야."

잘못되었다. 둘 중 누군가는 틀렸다. 재우는 서둘러 손등의 세제 거품을 씻어냈다.

"대학 동창 중에 미주라고 있어. 가까운 친구야. 미주가 일성물산에 다녀. 한때 명우 오빠랑 같은 부서에서 근무했지. 지난해 일성물산에 구조 조정이 있었고, 명우 오빠도 포함됐어. 이미 육 개월 전에 퇴직했어. 그때부터 이민을 준비했다지⋯⋯. 믿기 힘들면 일성물산에 직접 전화 걸어 퇴사 여부를 확인해봐."

재우는 어쩔 줄 모르고 멀뚱히 서 있었고, 난희의 이야기가 이어졌다.

"아줌마가 이상하다는 것도 내가 먼저 알았어. 어쩌다 한 번씩 아줌마 생각이 날 때가 있어. 아픈 엄마를 대신해 날 키워주신 아줌마잖아. 작년 크리스마스였어. 그런 날은 왜 더 사람이 그립잖아. 오랜만에 식당에 갔더니 아줌마가 날 알아보지 못하는 거야. 즉시 명우 오빠한테 전화했지. 너한테도 알릴까 생각하다 포기했어. 왠지 내 맘이 그랬어."

난희가 짧게 한숨을 토해냈다.

"명우 오빠는 전혀 모르고 있더라. 그동안 통 돌아보지 않았던 모양이었어."

정체불명의 돌멩이에 뒤통수를 무참하게 얻어맞은 기분이었다.

"어떻게 엄마 문제로 동생을 속일 수가 있니?"

난희의 말이 믿기지 않았다. 아니 믿고 싶지 않았다고 해야 더 적절했다.

재우는 서둘러 관사를 빠져나왔다. 곧장 사무실로 가 행정전화의 수화기를 집어들었다.

사무실을 지키던 송철용이 놀란 눈으로 재우를 쳐다보았다. 낱낱이 설명할 수도, 차마 입 밖으로 꺼낼 수조차 없는 일이었다. 부끄러운, 아니 차라리 망측한 가족사의 한 단면이었다.

재우는 누나의 전화번호를 떨리는 손으로 눌렀다.

"알고 있었지? 누나는 다 알고 있었던 거지? 형이랑 작당을 해 날 속였어."

＊＊＊

감정의 굴곡을 다스리고 싶을 때, 재우는 벤치에 앉아 바다를 하염없이 바라보곤 했다.

그동안 그럭저럭 효과가 있었다. 지금은 폭풍의 바다에 떠 있는 돛단배 꼴이었고, 시간이 흐를수록 더 격렬하게 요동쳤다.

재우는 바다에서 하늘로 시선을 옮겼다. 한낮의 햇살이 수천수만 개의 바늘이 되어 눈동자에 내려꽂혔다. 강렬한 햇살에 이끌린 '이방인'의 뫼르소처럼 살의에 가까운 분노에 몸을 떨었다.

거짓에 가담하느니, 거짓에 당하는 편이 낫다.

그렇게 믿고 싶었다. 당하는 쪽이었으므로 차라리 다행으로 여기자. 허망한 기대였고, 무익한 다짐이었다.

형은 계획적이었다. 그 계획에 누나가 동조, 혹은 묵인 방조했다. 계획대로 형수는 눈물까지 쥐어짜면서 연기를 했다.

재우가 견딜 수 없는 건 계획에 맥없이 속아 넘어갔기 때문이 아니었다.

어쨌든 어머니가 관계된 문제였다. 어쨌든 피를 섞은 가족의 일이었다. 형제의 정, 육친에 대한 자식의 도리, 가족에 대한 신뢰…… 어느 것 하나 남김없이 깡그리 망가지고 무너져버린 현실을 절감했다. 속고 속이는 차원을 떠나, 결국 모두 똑같았던 셈이다.

3남매 모두 어머니의 치매 사실조차 타인을 통해 들었다. 사람을 몰라볼 지경이 될 때까지 아무도 들여다보지 않았다. 어머니는 내내 혼자였다.

누나는 그 사실을 애써 외면하려 들었다. 재우와 형, 오로지 둘만의 문제인 양 굴었다.

－ 아무렴 동생을 처음부터 속이고야 싶었겠냐. 네가 전혀 틈을 안 주니까, 명우로서도 도리 없었겠지.

"형이 어머니를 모신 날이 고작 두어 달이야. 수년을 모셨다면 차라리 이해나 하겠어."

－ 나한테는 일 년 안에 자리를 잡아서 모셔가겠다고 했어. 차분

히 기다려 봐.

"차분히? 그럼 누나가 모셔가서 차분히 기다려 보시지."

- 그럴 형편이 안 되는 거 잘 알잖냐?

"누나는 형편이 돼도 절대 모실 생각이 없어. 형도 마찬가지고. 일 년 뒤에 모시겠다고? 웃기고 있네. 형은 어머니를 버린 거야, 쓰레기처럼. 물론 난 쓰레기통이고. 쓰레기와 쓰레기통의 입장 따위는 처음부터 안중에도 없었겠지."

- 말이 심하다.

"누나도 벌써 짐작했겠지만 형은 절대로 안 와. 절대로, 절대로."

분노란 마지막까지 쥐어짜야 비로소 사라지는 것일까. 재우는 목소리를 높여 다음 말을 이었다.

"내가 어머니와 있어 보니까 알겠더라고. 형이 서둘러 이민을 간 진짜 이유는, 바로 어머니 때문이야. 나라도 그런 생각이 들겠어."

- 명우 거처도 모르는 판에 이제 와서 어쩌겠니. 좀 기다려라.

"쓰레기통이 차면 쓰레기는 딴 곳에 버려지게 되어 있는 법이야."

- 무슨 말이야, 그건?

"지금 당장 어머니가 갈 만한 곳을 알아보겠어."

- 요양원이라면 안 된다고 저번에 말했잖아.

"그건 누나 사정이고."

- 꼭 그래야 한다면 말리진 않겠다. 하지만 육 개월만 참아 줘. 선거나 끝내놓고 봐야 할 거 아냐.

"한 달, 육 개월, 일 년. 누구 맘대로 정해 놓은 기한이지? 이젠 단 하루도 못 버티겠어. 내가 죽을 지경이라고. 그리고 충고 하나 하겠는데, 매형은 건달이야. 아무리 썩어빠진 정치판이라지만 건달인 매형이 설쳐댈 자리는 아니잖아."

누나에게 한 점 미련도 남겨두고 싶지 않았고, 재우는 거친 말로 누나와의 관계를 청산했다. 눈앞에 없을 뿐이지 형도 마찬가지였다. 더는 마음을 졸일 필요 없었다.

점심 시간이 훨씬 지난 지금쯤 어머니는 허기를 참지 못해 악을 써대고 있겠지만, 그 역시 재우가 상관할 바가 아니었다.

잠시 혼돈에 빠졌던 셈이다. 어머니를 맡은 것이, 어쩌면 무너져버린 가족 관계를 복원시켜줄지도 모른다는 생각을 하곤 했다. 적어도 서로의 안부쯤은 쉽사리 묻게 되리라 기대했다. 결국 혼자만의 착각으로 끝났다.

처음으로 돌아왔을 뿐이야. 어차피 외톨박이 유재우가 아니었던가. 억울해할 것 없었다.

재우는 벤치를 박차고 일어섰다.

발치에 있던 해피가 슬픈 눈망울로 주인을 올려다보았다.

4.

깊은 수렁에 빠졌다고 죽는 건 아니다. 빠져나오지 못해서 죽는다. 아직은 빠져나올 수 있다.

누나와의 통화 이후, 재우는 줄곧 그 생각이었다. 그 빠져나올 방법으로 치매 환자를 돌보는 시설을 찾았다.

노트에 적힌 열여섯 군데의 요양원 중 마지막 곳과 통화를 마쳤다.

비슷비슷한 부대시설과 입소 조건이므로 눈으로 직접 확인하는 편이 옳았다. 다만 마음이 내키지 않았다. 따로 시간을 빼내는 절차도 만만치 않았다.

재우는 검지를 세워 관자놀이를 힘주어 눌렀다.

이틀 전부터 시작된 두통이 좀처럼 사라지지 않았다. 작고 날카로운 유리 조각이 머릿속에 수없이 박혀 있는 듯했다. 어떤 식이든 서둘러 결정을 내려야 끈질긴 두통에서 벗어날 모양이었다.

역시 '이레요양원'인가.

어제 통화한, 은퇴 목사라고 자신을 소개한 '이레요양원' 원장의 말이 귓전에 울렸다.

– 한시적 입소와 영구 입소가 있습니다. 어느 쪽이든 다른 곳에 비해 비쌉니다. 그렇다고 저희 요양원이 시설이나 처우 면에서 월등하지도 않습니다. 다만 무의탁 노인 환자를 돌보고 있기에 자녀를 둔 환자분에게 고액 청구를 합니다. 굳이 입소를 원하시겠다면 도리가 없습니다만, 웬만하면 오시지 않았으면 하는 게 솔직한 심

정입니다. 저희가 아무리 애를 써도 자녀분들이 직접 돌보는 것만 하겠습니까. 힘드신 줄은 잘 압니다. 하지만 다시 한 번 생각해 보십시오.

대부분 환자에 대한 처우와 부대시설을 자랑하며 재우의 결정을 부추겼다. 그러나 '이레요양원'은 입소를 만류했고, 그점 때문에 오히려 어머니를 함부로 대하진 않을 성싶었다.

돈이라면 있다. 돈을 모으려 의도하지 않았고, 군이 그래야 할 이유도 없었다. 또한 구명도는 물질이 주는 호사를 누릴 만한 곳이 아니었다.

"그래, 결정하자."

재우가 혼잣말을 내뱉고 일어서려는데, 정 소장이 곁에 서 있었다.

"뭘 결정하자고 혼자 중얼거려?"

"기척도 없이 언제 오셨어요?"

재우는 책상에 펼쳐놓은 노트를 접어 서랍 안으로 밀어놓았다.

정 소장이 서랍 쪽으로 눈길을 준 채 다시 물었다.

"허둥대는 꼴이 엉뚱한 일이라도 꾸미는 눈치로군. 아닌가?"

재우는 피식 웃었다. 엉뚱한 일이라기보다 차라리 당연한 선택이었다. 물론 마음이 내켜 하는 바는 아니었다. 그러나 어쩌겠는가.

"소장님, 저 대신에 하룻밤만 자리를 지켜주십시오."

"왜 다녀올 데라도 생겼나?"

송철용은 그제 휴가로 구명도를 떠났다. 셋이서 감당해야 할 업무를 둘이서 처리하려니 종일 분주히 움직여야 했다. 이런 상황에서 재우마저 자리를 비우기 어려웠다. 그렇다고 송철용이 돌아올 때까지 미뤄둘 수도 없었다.

"다시 등대원이 되어보라면, 닷새고 열흘이고 못하겠는가. 그 전에 무슨 일인지부터 알아야겠네."

재우는 그간의 일들과 요양원에 대해 이야기했다.

정 소장이 굳은 얼굴로 재우를 빤히 쳐다보았다.

"모친을 그런 곳에 보내겠다는 소리인가?"

"다른 수가 없지 않습니까?"

"지금처럼 모시면 될 것을……."

"자신 없습니다."

"자네가 등대원이나 되니까 가능한 거야. 지척에서 틈틈이 들여다볼 수 있고, 이리저리 사람 부대끼며 지내야 되는 형편도 아니고. 이 얼마나 좋은 조건인가. 다른 사람들은 모시고 싶어도 못해. 다행으로 알아야지, 당치도 않게 웬 요양원 타령."

"요양원이라고 무턱대고 거부할 이유는 없다고 하더군요. 예전처럼 함부로 환자를 대하지도 않고요."

말귀를 못 알아듣는다며 정 소장은 혀를 찼다.

"일에는 순서가 있어. 요양원도 그래. 먼저 곁에서 모셔 보고, 더는 어쩔 수 없을 지경이 되었을 때 보내드려도 늦지 않아. 그게 자식 된 도리일세."

후회할 일을 만들지 말라는 뜻으로, 재우는 받아들였다. 후회에는 이미 단련되었다. 단단하게 굳어져 새로운 후회가 끼어들 틈조차 없었다.

"모친께서는 아직은 심각하지 않으시네. 하지만, 장담하건대 지금 요양원으로 들어가시면 급속히 악화될 걸세."

정 소장이 염려하는 바를 알 만했다. 치매에는 완치는 물론 확실한 치료 방법조차 없다. 다만 진행 속도를 늦추는 정도가 가능할 따름이었다.

"일 년만 모셔보고 그 뒤에 다시 생각하게. 한 달을 넘게 모셔봤는데 일 년은 또 못하겠는가."

"언제 등대원을 그만둘지 모르는 상황이라는 거 소장님도 잘 알고 계시잖아요."

정 소장이 버럭 고함을 질렀다.

"그럼 그만둘 때까지만 모시면 되겠네."

잠시 잊은 듯했던 두통이 되살아나 재우는 관자놀이를 짚었다. 어느 틈엔가 다가온 해피가 사무실 안을 기웃거렸다.

재우는 입술을 굳게 다문 채 정 소장을 외면했다.

"형이 속였다고 비난하고 원망을 하고 있겠지. 허나 자네는 그럴 자격도 없네. 형은 이러니저러니 해도 요양원에는 맡기진 않았네. 속였든 사기를 쳤든, 모친을 혈육에게 맡겼단 말일세. 그런데 자네는 대뜸 남의 손에다 떠넘기려 들고 있어."

형은 과연 어머니를 동생에게 맡겨 안도하며 이 땅을 떠났을까. 아니다. 형은, 지금 재우가 그러하듯 단순히 어머니의 굴레에서 벗어나려 들었을 뿐이다. 요양원이든 혈육이든, 그건 아무래도 좋았을 것이다.

"모친을 요양원에 간단히 보낼 수 있다면, 그런 마음가짐이라면 이번 기회에 등대 생활도 정리하는 게 좋겠네. 등대는 가슴이 얼어붙은 사람한테는 어울리지 않아. 어두운 세상을 밝히는 등대를 어찌 차가운 마음으로 지켜낼 수 있겠는가."

정 소장은 사무실을 나서려다 생각난 듯 덧붙였다.

"자네 부탁은 들어줄 수 없네. 재주껏 자리를 비우고 나가보게."

5

"인생은 꼭 파도 같아. 밀려가고 밀려오고, 작은 파도에 이제 좀 안심이다 싶으면 어느새 거센 파도가 되고⋯⋯. 나는 그동안 너무 악착같이 맞서려고만 들었어. 작은 파도든 큰 파도든, 포기하긴 싫었거든."

난희는 발치에서 찰랑대는 파도에 시선을 고정시킨 채 말했다.

끈질긴 두통이 사라질까 하는 마음에 드리운 낚시였다. 난희가 무료하다며 따라왔다.

"물결치는 대로 이리 밀렸다 저리 쓸리면서 사는 것도 반드시 나쁘진 않겠지. 꼭 너처럼 말이야."

재우는 포인트를 향해 조류에 따라 둥둥 떠내려가는 유동찌를 바라보며 대꾸했다.

"내가 어떤데?"

"재우 넌 아무 욕심 없이 살고 있잖아."

"속세를 벗어난 도인 취급을 하네."

"내 눈에는 그래 보여. 그렇지 않고선 어떻게 이런 곳에서 팔 년씩이나 버텨냈겠어."

재우는 웃고 말았다.

등대지기는 도 닦는 심정이어야 한다고, 정 소장이 말한 적이 있었다. 그러나 수평선 너머로 그윽한 눈빛이나 던지며 삶을 관조하라는 게 아니었다. 첩첩산중 토굴에서 화두 하나 붙들고 죽기 살기로 매달리는 선승처럼, 망망대해 외딴섬에서 애오라지 등대에만 열중해야 비로소 등대지기가 될 수 있다는 의미였다.

어설픈 감상과 치기가 용납되지 않는 곳이 등대였다. 등대지기에게 등대는 치열한 삶의 터전이자 고단한 노동의 현장이었다.

난희가 허리를 굽혀 돌멩이 하나를 집어들었다.

"하지만 널 보고 있으면 가슴이 답답해. 예전에 똑똑하고 패기만만하던 유재우는 어디로 갔지? 도대체 언제까지 이러고 있을 작정이야? 희망이 없으면 무슨 계획이라도 분명히 세워놓고 살아야지."

명예를 얻거나 부를 획득하는 것을 희망으로 간주한다면, 난희의 말대로 재우는 희망이 없는 사내였다. 세상에서 자기 자리를 인정하고, 그 자리가 세상의 따뜻함에 기여하고, 그 따뜻함을 위해 분투하는 것이 희망의 범주에 포함된다면, 재우는 날마다 희망을 품은 채 살고 있었다.

"장가는 안 가고, 아이는 안 낳고, 영원히 노총각으로 지낼 셈이니?"

"좋다는 여자가 있으면 해야지."

"여기 이렇게 처박혀 있는데, 행여나 너 좋다는 사람이 나타나겠다."

이길성은 지난해 결혼 직전까지 간 적이 있었다. 맞선으로 만난 여자였다. 차마 등대지기라는 점을 밝힐 수 없었단다. 해운항만청에 근무하는 공무원이라고만 이야기했다. 결혼이 구체적으로 진행되었을 때 사실대로 말했더니 여자 집안에서 당장 파혼을 선언했다. 딸을 세상과 등진 채로 살게 할 수는 없다는 거였다.

무사히 결혼에 성공해 구명도에서 신혼 생활을 맞았던 동료도 있긴 했다. 그러나 아이가 태어나면서 상황이 달라졌다. 어느 날 아기가 고열로 며칠째 앓는 것을 지켜보다 뭍의 병원으로 옮겼다. 때를 놓친 치료로 아이가 세상을 등지자, 여자 역시 남편 곁을 떠나고 말았다.

난희가 물수제비라도 뜨려는 양 돌멩이를 수평으로 날렸다.

"만약에 말이야, 이건 어디까지나 가정인데, 내가 결혼하자고 하면……. 유재우, 그땐 너 어쩔래?"

"조용히 해봐. 입질이 들어왔어."

포인트에 도달한 유동찌가 꼬물거렸다. 재우가 노리는 감성돔이 아니었다. 한 번에 후룩 먹이를 낚아채지 못하는 꼴이 주둥이가 작은 쥐치이리라. 그러나 재우는 대물과 숨 막히는 승부에 빠져든 양 허리를 곧추세웠다.

야, 하고 난희가 재우의 팔을 꼬집었다. 그러거나 말거나 재우는 한 곳만 노려보았다. 그쯤에서 화제를 바꾸길 원한 탓이었다.

"사람이 말하면 무슨 대꾸가 있어야 할 거 아냐."

난희가 재우의 정강이를 걷어찼다. 재우는 자못 근엄한 목소리로 말했다.

"어허, 오빠한테 이게 무슨 짓이냐?"

"오빠? 네가 왜 오빠야?"

눈이 귀 아래 붙지 않았더라도 난희가 한참을 쏘아보고 있다는 사실을 능히 알 만했다. 재우는 제발 잡고기라도 물려 이 곤경에서 헤어나고 싶었다. 그러나 난희는 전혀 그럴 의도가 없는 모양이었다.

"너 혹시……."

***

내가 너를 좋아하는 게 바로 그 순진함 때문이긴 하지만, 이번엔 정도가 심했어.

설마 그걸 아직도 믿고 있었니? 어머, 대답을 못하는 걸 보니 정말이구나.

지난번 왔을 때 이야기해 줄 걸 그랬네. 그때는 사실 내 문제만으로도 너무 머리가 아팠어. 여섯 살에 엄마 돌아가시고 아빠만 의지해서 살았잖아. 그런데 졸지에 고아가 되어버린 내 기분 이해하겠지?

그래, 분명해. 사실이 아니었어.

언제부터 알고 있었냐고? 음, 직접 확인한 건 아빠가 입원했을 때야. 아줌마가 아빠 간호했다는 건 말했었지? 그때 아줌마랑 많은 이야기를 했거든.

하지만 그 전에도 너처럼 진짜로 믿었던 건 아냐. 처음부터 너를 나한테서 떼어놓으려는 꿍꿍이라고 짐작했어. 아빠는 보통 방법으로 널 단념시킬 수 없다고 생각했겠지.

짐작했으면서 아무 말도 안 한 점, 지금도 미안하게 생각해. 네가 집을 뛰쳐나갈 정도로 심각하게 받아들일 줄은 몰랐거든. 물론 전적으로 그 이유만으로 집을 나가진 않았겠지. 그간 쌓이고 맺힌 게 마침 그날 터져 버렸을 테니까.

알았어, 네 말대로 지금 중요한 게 아니긴 해.

아빠는 재혼도 하지 않은 채 외동딸 하나 바라보고 살아왔잖아. 내가 아빠한테 해 드릴 수 있는 게 뭐 있겠어. 아빠가 짝지어 주는 사람, 최소한 반대하지 않는 사람과 결혼하는 거라고 생각했지.

그리고, 그때까지 널 친구 이상으로 여겨본 적이 없었어. 넌 아니었잖니? 솔직히 부담스러웠어. 그래서 네가 아빠와 아줌마의 관계를 오해하고 있는 편이 좋을지도 모른다는, 약아빠진 생각을 했을 수도……. 아니 분명히 그랬어. 난 계산적이고, 욕심 많고, 너와는 결이 다르잖아.

아줌마한테 너무 화내지 마. 아줌마도 어쩔 수 없었겠지.

아빠가 아줌마한테 시켰다고 생각한다면, 넌 바보야. 당연히 어느 정도 이야기는 오갔겠지만 결국 아줌마도 스스로 판단했겠지.

재우, 네 말이 맞아. 방법이 너무 극단적이긴 했어. 아줌마도 여자인데, 그리고 엄마인데, 자식한테 그런 오해까지 받을 걸 감수해야 옳았을까. 너처럼 나도 그게 참 의문이었어.

병원에 있을 때 슬쩍 물어봤지. 아줌마가 이렇게 말했어.

난 더부살이하는 식모다. 식모의 아들하고 주인집 외동딸이 맺어지려면 얼마나 많은 환난 고초를 겪어야 되겠냐. 한 번 가슴 아픈 편이 낫다고 생각했다. 계속 가슴앓이 하는 꼴을 지켜보긴 싫었다. 설사 맺어진다고 해도, 식모의 아들이었다는 사실이 평생 재우의 짐이 될 거다. 어미 잘못 만나 식모의 아들이라는 소리나 듣고 자란 아이다. 그런데 결혼해서까지 무슨 잘난 훈장이라고, 주눅이 든 채 살면 되겠느냐.

아줌마 이야기 들으면서 나 많이 울었어. 아줌마 같은 엄마가 있었다면 얼마나 좋을까 하고 말이야. 내가 종종 너를 부러워한 적이 있긴 했지만, 그때가 최고였지.

왜 말이 없니? 내 말을 못 믿는구나, 너?

아줌마가 명우 오빠와 너를 차별했다는 생각은 나도 들어. 하지만 아예 자식 취급하지 않았다는 말은 인정할 수 없어.

거기 해피 있잖아, 넌 아직도 내가 보낸 줄 알고 있겠지? 아냐, 바보야. 세인트버나드 순종이라면 새끼라도 얼마나 비싼데, 대학생이던 내가 무슨 돈이 있다고.

아줌마가 하루는 날 찾아왔어. 우리집에서 나가 식당을 막 시작했을 때였어. 순전히 네 소식을 묻기 위해 온 거야. 처음에는 시치미를 뗐지만 끝까지 모른 척하기 힘들더라. 너 외딴섬에서 등대지기하고 있다고 사실대로 말했지. 다음날 아줌마가 또 왔어. 이번에는 개를 데리고 말이야. 외딴섬이라니 얼마나 적적하겠냐면서, 내 이름으로 보내 달래. 그게 저 해피야.

왜 아줌마가 보낸 걸로 하면 안되냐고 물었지. 아줌마가 뭐라고 대답했을 것 같니?

재우한테 어미 노릇 제대로 한 적이 없다. 세 아이 다 건사하기가 너무 벅찼다. 그러다 보니 막내는 늘 뒷전이었다. 재우가 턱 대학에 합격해놓고 입학만 시켜달라고 했을 때, 정말 눈앞이 깜깜했다. 큰애라도 제 앞가림을 하고 있었다면, 무슨 짓을 해서라도 대학에 보냈을 거다. 못난 어미 때문에 결국 집까지 나간 아이다. 이제 와서 무슨 염치로 어미라고 드러내놓고 낯을 세우겠냐.

그리고 아줌마가 말하더라. 네가 딱 일 년만 등대지기 생활 하고 돌아왔으면 좋겠다고. 그때쯤 적금이 만기인데, 그러면 재우 너를 대학에 보낼 수 있다고 했어.

해피, 이리 와! 들은 척도 안 하네.

해피라는 이름 말이야. 아무렴 내가 저런 촌스런 이름을 지을 생각을 했겠니? 아줌마가 직접 지었어.

내가 예전에 한 달에 한 번쯤 전화를 했었지?

한 달에 한 번씩 아줌마가 찾아와서 네 소식을 물었고, 그럼 난 허겁지겁 너한테 전화를 걸었지. 어느 때는 통화하는 동안 바로 옆에 아줌마가 있기도 했어.

지금 내 말을 제대로 듣고 있는 거야? 제발 그 낚시 좀 집어치울 수 없니?

하여간 유재우 고집은 알아줘야 돼. 아줌마랑 비밀로 하기로 약속한 거지만, 이야기 시작한 김에 다 해야겠다.

이 년 전, 여기 온 것은 사실 아줌마 부탁 때문이었어. 널 좀 빼내오라고. 내가 무슨 힘이 있냐고 했지. 아줌마 왈, 유재우가 진난희의 말은 분명히 들을 거래.

재우 걔는 마음이 모질지 못해. 자기가 좋아하는 사람이라면 간이라도 빼 줄 그런 아이란다. 널 얼마나 좋아했냐? 아직도 널 좋아하고 있을 거다, 틀림없이. 그러니 네가 꾀를 내다오. 일단 거기서 나오게만 만들어다오.

그 꾀가 뭐였냐고? 바보! 내가 무슨 말을 했다면 네가 과연 등대지기를 그만뒀을까, 생각해 봐.

생각을 못 해내는 거야? 생각해 놓고 단지 말하기가 싫은 거야?

결혼에 대한 이야기를 언뜻 비추기만 하면 넌 등대를 떠날 거래. 아줌마 이야기야.

치, 웃는구나. 허긴 나도 그때 너처럼 웃었지.

결과적으로 아줌마 부탁을 못 들어준 셈이야. 그때 생각했어.

유재우는 어쩔 수 없어서 등대지기가 된 게 아니다. 세상이 싫어서 외딴섬까지 도망친 것이 아니다. 정말 등대를 사랑하고 있다.

그때 네 얼굴에는, 뭐랄까, 평온함 같은 게 어려 있더라. 지금은 좀 다른 느낌이지만.

그래서 널 등대에서 떼어놓는 게 불가능하다는, 아니 그럴 필요 없다는 판단을 했지. 아줌마한테도 보고 느낀 대로 이야기했어. 아줌마가 몇 번이고 같은 말을 중얼거렸어.

도둑질 아닌 이상, 자기 좋아서 하는 일이라면 됐다.

그리고 뚝뚝, 눈물을 흘리시더라. 아줌마가 우는 건 그때 처음 봤어.

6.

재우는 오래도록 등실의 외부 난간에 기댄 채 서 있었다.

간혹 근심이, 어쩌다 막막함이 제어할 수 없는 힘으로 다가오곤 했다. 홀로 살아야 하는 자의 숙명 같은 것이었다. 그때마다 재우는 지금처럼 오랜 시간 이곳에 머물렀다. 한없이 수평선을 응시하고 있노라면 근심이, 막막함이 하나 둘씩 연기처럼 몸에서 빠져나가는 느낌에 젖어들었다. 그리하여 자신 속에 나란 존재는 없고, 바다만 밀려들어 찰랑거렸다.

그러나 당장은 속절없는 일이었다. 아무리 수평선을 노려봐도 머릿속은 온갖 생각들로 술렁거렸고, 시간이 지날수록 혼돈과 갈등이 아우성쳤다.

어머니가 완전히 버린 자식 취급했던 건 아니다, 생각하면서도 이내 고개를 지었다. 난희의 이야기일 뿐이었다. 어머니에게 직접 확인할 방법도 없어졌다. 설사 사실이라 해도 이편에서 알아차리도록 어머니는 손을 내밀었어야 옳았다.

집을 떠났을 때만 해도 그랬다. 마치 자식의 장래를 염려한 처사였다는 식이다. 잘못을 가린다면, 그걸 미처 알아채지 못한 쪽이라는 식이었다.

무심코 던진 돌멩이에 개구리가 맞아 죽었다. 맞아 죽은 개구리로선 억울하고 비통한 일이다. 하지만 꾸짖어야 할 쪽은 도리어 그 자리에 있던 개구리 자신이란 말인가. 웃기는 노릇이었다.

　그럼에도 재우는 누군가 자신의 두 팔을 양쪽에서 잡아당기고 있는 듯했다. 우두커니 갈림길에 서 있는 느낌이었다. 어느 쪽이든 가야하지만 어느 쪽으로도 가지 못한 채.

　요양원 문제도 혼돈과 갈등으로 빠져들었다. 간단히 정리된 줄 알았다. 달리 선택할 여지란 없다고 확신했다. 정 소장의 질책 이후, 망설이고 머뭇대고 있었다.

　점점 옥죄여 오는 구조 조정과 무인등대 정책, 진심인지 농담인지 분명치 못한 난희의 말과 몸짓까지, 재우는 비명이라도 지르고 싶은 심정이었다.

　시간의 흐름을 거스를 수 있다면 돌아가고 싶었다. 아득한 옛날은 아니었다. 두 달 전쯤이면 족했다. 구조 조정이니 무인등대 전환이니 하는 문제가 없었던, 어머니도 가족의 울타리도 체념한 채 지내던, 난희 역시 추억 속에 자리했던, 등대만 바라보며 자족하던 그 시절이 재우는 사무치도록 그리웠다.

　재우는 길게 한숨을 토해내며 난간에서 돌아섰다.

　등실 유리창은 선홍빛으로 빛났고, 그 너머 등롱 안의 반사경이 커다란 외눈을 지닌 거인처럼 재우를 향하고 있었다. 황혼이 비껴든 까닭일까, 시시각각 다가오는 자신의 운명을 예감이라도 하는 양 커다란 눈물을 뚝뚝 흘리고 있는 듯했다.

등대지기를 떠나보낸 등대.

그래도 넌 어김없이 불을 밝히겠지. 하지만 누가 너를 어루만져 주고, 누가 너에게 밤새 수고했노라고 말 걸어주고, 또 누가 있어 네 품에 안겨 안식할까.

재우는 눈에 새겨놓기라도 하듯 반사경을 보고 또 보았다. 한순간 흠찟 놀라 등탑 안으로 뛰어들었다.

반사경의 한 부분, 유독 선홍빛이 강한 곳이 있었다. 얼룩이라도 묻은 듯했다. 이틀 동안 반사경을 닦는 건 고사하고 등롱의 해치를 열지도 않았다.

얼룩이 아니었다. 동전 크기의 빛의 무리였고, 빛을 역으로 쫓아가니 등탑의 유리창에 어린아이 새끼손톱 크기의 구멍이 나 있었다.

재우는 자신의 눈을 의심하며 뚫린 구멍을 들여다보았다. 마치 탄알이 지나간 자리처럼 보였다. 강화유리이므로 새나 날벌레가 부딪혀 낼 만한 흔적이 아니었다. 정체불명의 돌멩이라도 날아온 것일까. 모를 일, 모를 일이었다.

어제 이길성이 유리창을 닦았다. 그때 발견했다면 당연히 재우에게도 이야기했을 것이다.

중요한 건 원인을 밝혀내는 일이 아니다. 서둘러 복구해야 한다. 폭풍우의 계절이 다가오고 있었다.

구멍으로 들이친 빗방울이 등명기에 스며들기라도 하면 결국 말썽의 요인이 될 터였다. 그보다 염려되는 건 바람이었다. 개미가 뚫어놓은 작은 구멍에 둑 전체가 무너지는 법이었다. 구멍으로 바람이 밀어닥치다 보면 압력을 견디다 못해 유리창 전체가 파손될 수도 있었다. 이태 전에 겪은 태풍의 위력이라면 능히 예측할 수 있는 일이었다.

그런 태풍이 다시 오지 않으리라 장담할 수 있는가.

정 소장은 입버릇처럼 말하곤 했다.

"등대지기는 늘 최악의 사태를 예상하고 대비해야 되네. 요행에 기대선 안 돼. 어떠한 경우라도 등댓불은 기필코 밝혀야 하니까."

재우는 불길한 예감에 휩싸여 유리창의 구멍에서 시선을 거두지 못했다.

＊＊＊

"재우, 거기 있니?"

어둡고 깊은 동굴 속에서 울려 퍼지는 메아리처럼 들려온 소리였다. 난희는 수직 사다리 아래에서 목을 한껏 뒤로 젖힌 채 위를 올려다보고 있었다.

"나도 거기 올라가 보고 싶어."

"위험해."

"그럼 넌 어떻게 올라갔니?"

"난 등대지기잖아."

"등대지기가 스파이더맨이라도 되나 보지."

재우는 풀어놓았던 공구 벨트를 허리에 둘렀다.

딱히 수리할 곳이 있어서는 아니었다. 등탑에 오를 때면 습관적으로 지녀야 마음이 놓였다. 19밀리에서 8밀리까지의 스패너, 팬지, 리퍼, 드라이버 등 크고 작은 공구들이 굵은 가죽띠를 따라 일렬로 늘어져 있어 제법 중량감이 느껴졌다.

재우는 몸을 돌려 사다리를 밟고 내려갔다.

계단 쪽으로 발을 옮기는데 뒤에 섰던 난희가 재우의 손을 잡았다.

"깜깜해서."

난희는 대수롭지 않은 듯 말했다.

등탑을 빠져 나오자 난희는 손을 풀고 재우를 앞서 비탈길을 내려갔다. 내처 관사로 향할 줄 알았더니 구릉지 쪽으로 꺾었다.

"앉아, 멀뚱히 서 있지 말고."

난희는 벤치를 손바닥으로 탁탁 두드렸다. 재우는 사람 하나 끼어들 만큼 사이를 두고 앉았다.

"손잡고 계단을 내려오다 보니까 옛날 생각 나더라. 어렸을 때 항상 손잡고 다녔던 거 기억해?"

재우는 고개를 끄덕였다. 그러나 항상은 아니었다. 집에서 학교까지 세 개의 횡단보도를 건널 때만 재우의 손을 찾던 난희였다. 무섭다는 이유로.

해피가 겅중거리며 뛰어와 재우의 운동화에 턱을 괴고 누웠다. 등탑에 있던 서너 시간 보지 못한 주인에 대한 애정의 표시였다.

어머니가 분명하게 해 준 것 한 가지는 있었군요. 해피! 예전에는 의식치 못했는데, 당신이 직접 지었다니까 왜 이리 촌스러운 이름으로 느껴지나요.

재우는 손을 뻗어 해피의 목덜미를 몇 차례 어루만져 주었다.

난희는 깍지를 낀 손으로 뒤통수를 감싸고 생각에 잠긴 듯 눈을 감았다. 어깨까지 흘러내린 풍성한 머리칼이 바람에 흩날렸다.

"희망 없는 사랑을 하는 자는 스스로 마음에 빗장을 질러놓을 줄도 알아야 한다. 더 깊이 사랑한다는 것은 더 큰 고통과 직면하는 일일 테니까. 나는 고통으로부터 스스로를 보호하고 싶다. 희망 없는 내 사랑도 이제 닻을 내렸으면 좋겠다. 애착의 끈도 풀어놓고, 헛된 소망의 줄도 이제는 놓고 싶다."

"그건……."

재우가 더듬거리자, 난희는 반짝 눈을 떴다.

"맞아. 유재우 일기 중 한 부분이야. 훔쳐볼 생각은 없었어. 책장 하단에 빼곡이 들어 찬 노트 중 하나를 무심코 꺼내 들었다가, 밤을 꼴딱 세웠어."

아, 8년의 기록을 모두 들여다보았단 말인가. 결국 기록의 대부분이 누구를 향해 흘러갔는지 알았으리라.

"미안해. 유재우가 그토록 오랜 세월 변함없이 진난희를 생각하고 있었다는 걸, 나는 정말이지 몰랐어. 미안해, 미안해."

"구명도에서는 새로운 것을 기대하기 어려워. 보는 것, 듣는 것, 하는 일, 모두 똑같아. 등대가 매일매일 제 시간에 불을 밝히듯이, 오늘이 어제 같고 내일 역시 오늘과 다를 바 없지. 그러니까 이곳에 선 과거의 일들을 지나치게 확대 과장하려고 들어."

"나한테 더 이상, 더 이상은 그럴 필요 없어. 혼자 그렇게 힘들어 해서 어쩌자는 거야, 바보야!"

난희는 한 손으로 입을 틀어막고 울기 시작했다.

재우는 아랫입술을 깨물고, 동에서 서까지 긴 거리를 달려온 태양이 수평선 아래로 가라앉는 것을 바라보고 또 바라보았다.

여자의 울음이 긴 이유는, 울음 안에 담긴 뜻이 그만큼 복잡 미묘하기 때문이다. 여자는 한 가지 사실로 울기 시작하지만 그 한 가지만으로 끝까지 우는 경우란 거의 없다. 숱한 이유들이 우는 도중에도 끼어 들어 계속 울 수 있게 만드는 원동력이 되고, 더는 이유를 생각해 낼 수 없을 때에야 비로소 울음을 멈추는 법이다.

재우는 일부러라도 냉소적인 생각을 품어보려 했다. 재우의 무릎에 얼굴을 묻고 바지가 흥건해지도록 울어대는 난희를 어쩌지 못하는 탓이었다. 아니, 오랜 세월의 속울음이 한몫에 터져 나오려는 것을 억누르고픈 재우 나름의 안간힘이었다.

"재우야!"

불러놓고 난희는 먼바다를 향해 말을 이었다.

"팔 년 전으로 돌아가 거기서부터 다시 시작하고 싶어."

재우는 달아오른 다리미를 가슴팍에 올려놓은 듯한 통증을 느꼈다.

난희가 손을 뻗어 재우의 손등을 감쌌다.

"일단 여기서 나가자, 재우야! 나머지는 내가 책임질께. 아빠가 그 정도는 남겨주셨어. 다시 시를 쓰는 거는 어때? 대학에 가서 공부를 하든지……. 여기서 평생을 지낼 수는 없잖아."

꿈을 꾸고 있는 듯도 하고, 무엇인가에 된통 얻어맞은 듯도 했다. 난희의 말을 어디까지 진실로 받아들여야 할까. 어쨌든 사랑과 희망이 한 궤도를 달리는 기차라면, 그게 아직도 가능하다면 기꺼이 몸을 맡기고 싶었다.

"뭐라고, 대답을 해."

난희가 목을 길게 늘인 채 빤히 재우를 쳐다보았다.

"시간을 줘. 시간이 필요해."

난희가 아직 물기가 남아 있는 눈으로 배시시 웃었다. 이어 손가락을 세워 재우의 손등을 노크하듯 톡톡 건드리며 말했다.

"힘든 일도 아닌데, 그러지 뭐."

7.

재우는 발전실을 나와 사무실로 향하다 걸음을 멈췄다.

　밤새 비가 내린 탓에 바다 위에 고깔모자를 엎어놓은 형상의 차 물도가 손에 잡힐 듯 가깝게 보였다.

　하루나 이틀에 한 차례씩 등대호를 몰고 구명도를 다녀가던 정 소장이었다. 그러나 요양원 문제로 재우를 질타한 이후, 불편한 심 기를 시위라도 하는 양 며칠째 소식이 없었다.

　정 소장의 뜻을 모르는 바 아니었다. 재우가 아닌 다른 동료에게 똑같은 일이 벌어졌다면 굳이 언성을 높여 가며 화를 내진 않았으 리라. 하지만 정 소장의 뜻을 받아들여 양보할 만한 일이 아니었다.

　말이란 쉽고 가벼운 것이다. 특히 남의 이야기일 때는 더욱 그러 하다. 아무리 정을 붙이고 의지하며 살아온 세월이 길어도 어머니 문제에 있어서 정 소장은 제삼자이다.

　자식의 도리니, 인륜이니……

　맞는 말이었다. 순간순간 재우는 가책을 느꼈다. 밉든 곱든 어머 니인데 막무가내로 대할 수는 없었다.

　그러나 한 번 닫힌 마음의 문은 좀처럼 열리지 않았다. 선뜻 문을 열어 맞이하기에는 어긋난 관계로 냉담하게 지냈던 세월이 너무 길 었다.

　혹 관계가 호전될 가능성이 남아 있다면, 생각이 달라졌을까. 유 감스럽게도 어머니의 병은 깊었다. 정상일 때도 느껴보지 못한 모정을 뒤늦게 마주할 가능성은 전혀 없었다.

어머니와 지내면서 원망의 벽은 오히려 높아졌다. 치매는 곁의 누군가를 끈질기게 괴롭히기 위한 복수의 칼날이 아닐까, 하는 생각이 들 지경이었다.

결국 선택은 하나라고 재우는 생각했다. 난희 역시 당연한 선택으로 여겼다.

"명우 오빠라고 요양원 생각을 안 했겠어. 알아서 하라고, 너한테 떠넘겼을 뿐이야."

"왜?"

"요양원에 계셔도 누군가는 계속 비용을 지불해야겠고, 또 간간이 들여다보기라도 해야 될 테니까."

마음의 부담을 갖지 말라고, 그럴 필요 없다고 난희는 덧붙였다.

송철용이 휴가를 마치고 돌아오는 즉시, 재우는 '이레요양원'으로 떠날 셈이었다. 당장이라도 단행하고 싶은 심정이었다. 불쑥불쑥 고개를 드는 혼란과 갈등에서 서둘러 벗어나고 싶었다. 차라리 해결해 놓고 나면 더 이상의 망설임은 없을 테니까.

재주껏 자리 비우고 나가보게. 정 소장의 말대로 달리 방법이 없기에 인내해야 할 시간이 길어지고 있었다.

사무실에 들어서자, 이길성이 벌에게 볼이라도 쏘인 양 뚱한 표정으로 팩스 용지를 쳐다보고 있었다. 본청에서 보내는 공문일 게 분명했다.

또 뭔가? 재우는 덜컥 가슴이 주저앉았다.

이길성이 용지를 휙 집어던지며 말했다.

"구명도로 결정이 났어."

용지는 좌우로 흔들거리며 바닥에 떨어졌다.

재우는 두 손을 바지 주머니 깊숙이 찔러넣은 채 창밖으로 시선을 돌렸다.

구름 한 점 없는 푸른 하늘을 배경으로 서 있는 하얀 등탑이 처연하도록 아름다웠다. 아름답고, 아름답고, 너무 아름다워 재우는 그만 눈시울이 뜨거워졌다.

"구월까지 구조 조정을 마무리짓겠대. 시월부터 두 달간 공사를 벌여 무인화 시스템을 완성한다나, 어쩐다나. 예상했던 일인데 왜 이리 허망한 생각이 드는지 모르겠어."

정확히 100일 남은 셈이다. 턱없이 짧은 시간이다. 등대와 껴안고 살아온 8년을 온전히 정리하기에도, 새로 맞이할 삶을 떠올리기에도 그렇다.

재우는 내내 등탑을 바라보다가 이길성에게 물었다.

"등실 유리창 교체는 요청했어?"

"지금 한가하게 유리창 교체나 이야기할 때야?"

"유월이 되기 전에 끝내려면 서둘러야 할 거야."

이길성은 대꾸마저 귀찮다는 듯 아예 재우를 외면했다.

눈치를 보아하니 교체 요청조차 하지 않은 듯했다. 때가 때인 만큼 본청과 마찰을 피하려는 이길성의 의도는 충분히 이해할 만했다. 그러나 소장 직무대행인 이상 정당한 요청마저 기피할 일이 아니었다.

아무래도 재우가 직접 전화를 해야 할 듯했다. 손 과장의 태도에 따라선 또다시 언쟁이 오갈 것이고, 재우는 재기불능으로 찍히고 말리라.

전화벨이 울렸고, 이길성이 즉시 수화기를 들었다.

정 소장의 전화일까. 예, 그렇습니다를 반복하는 사무적인 대꾸가 들려왔다.

"유 형!"

손 과장이라면, 이편의 수고를 덜어준 셈이니 잘된 일이었다. 그러나 수화기 저편에서 흘러나온 건 전혀 뜻밖의 목소리였다.

– 나 청장일세. 자네 이야기를 들었네. 곧 좋은 소식이 있을 걸세.

제 5 장. 어머니

1.

등대에 불 밝힌 효심

주민이 살지 않는 구명도에 영산 해양수산청 산하 최남단 항로표지소가 자리하고 있다. 이곳의 등대원들은 한 달에 한 차례 오가는 행정선 외에는 외부와 고립된 채 빗물을 받아 생활용수로 사용하며 살아간다. 이러한 열악한 환경 속에서 8년 경력의 유재우 등대원은 치매에 걸린 어머니를 돌보며 등대원의 소명을 묵묵히 수행 중이다.

유씨의 모친은 중증 치매 환자로 거동이 불편하고 정신이 혼미한 상태이며, 유씨는 3개월 전일 근무 후에 받는 보름간의 휴가도 반납한 채 모친의 간병에 전력하고 있다. "자식된 도리를 하고 있을 뿐이다"라며 세상에 알려지길 꺼리는 유씨는 "어머니를 좋은 환경에서 모시지 못해 오히려 죄스럽다"고 덧붙였다.

65세 이상 노인의 10퍼센트가 치매 환자라는 조사 보고에서처럼 치매는 이미 사회문제로 대두되어 있다. 특히 치매 부모를 둘러싼 갖가지 패륜적 범죄가 크게 늘어나는 상황을 감안할 때, 유씨의 효심이 시사하는 바는 자못 크다.

신명철(57) 영산 해양수산청장은 유씨에 대해 "어두운 밤바다의 길라잡이인 등대처럼 점차 가족 관계가 해체되어 가는 우리 사회에 효심의 불빛을 밝히고 있다"며 유씨 모자를 돕는 길을 찾겠다고 했다.

지방 일간지에 실린 '아름다운 사람'이라는 기사였다.

자신의 이야기가 버젓이 신문에 실렸다는 사실에 재우는 기가 막혔다. 담당 기자와 인터뷰한 적도 없었다. 게다가 효심 운운하는 것은 차라리 저질 코미디를 보고 있는 기분이었다.

정 소장은 참외를 포크에 찍어 어머니에게 건네며 재우를 향해 말했다.

"모친께서 참외를 좋아하시는 걸 진작 알았더라면 많이 사올 걸 그랬네."

재우는 들고 있던 신문을 방바닥에 내던졌다.

"어떻게 된 일입니까?"

그제 걸려온 신명철 청장 전화의 뜻 모를 이야기가 밝혀진 셈이었다. 정 소장과 무관치 않을 일이었다. 정 소장은 며칠 동안 뜸하더니 영산에 나가 일을 꾸몄고, 조금 전 신문을 들고 왔다.

"신 청장과는 이십여 년 전쯤 항로표지과에서 근무했던 인연이 있었다네. 무인등대 전환을 재고해 주십사 찾아갔던 걸세."

"그러면 됐지. 제 이야기는 뭐하러 하셨습니까?"

정 소장은 빙긋이 웃더니 어머니에게로 시선을 돌렸다. 하나 더 깎을까요, 라고 묻자 어머니는 단박에 손가락 세 개를 펴들었다.

정 소장의 마음을 모르지 않았다. 등대에서 밀려나는 재우의 꼴을 맥없이 지켜볼 수가 없었을 것이다. 가슴이 저리도록 고마운 일이었다. 하지만…….

"이게 뭐죠? 이게 무슨 망신이냐고요?"

"어째서 망신인가?"

"사실과 다르죠. 효심은커녕 당장 요양원에 떠넘기려는 불효자라는 거, 잘 아시지 않습니까?"

"자넨 효자야. 아직 채 드러나지 않았을 뿐이지."

"그 정도로 봐 주시니 퍽이나 고맙네요. 하지만 문제는 앞으로도 효심이 드러날 조짐이 전혀 없다는 거죠. 그럴 마음조차 품어보지 않았으니까요."

어머니 편에서 보면 재우는 영락없는 불효자였다. 재우의 입장에서는 자식의 효도를 받을 만한 자격을 갖추지 못한 어머니였다.

정 소장이 재우 쪽으로 검지를 향해 놓고 어머니에게 물었다.

"효자예요, 아녜요?"

"효자."

"왜 효자라고 생각하세요?"

"착해."

정 소장이 자신을 가리키며 다시 물었다.

"그럼 이 사람은 효자예요, 아녜요?"

"오빠야."

정 소장은 재우의 무릎을 툭 쳤다.

"자네는 아들인지도 모른다고 투덜거렸지. 보게나. 누가 아들이고, 누가 남인지 분명히 알고 계시잖는가. 핏줄이라는 게 그런 걸세. 아무리 정신이 흐려졌다 해도 핏줄 귀하고 중한 줄은 안다네."

＊＊＊

"유 형, 축하해!"

말과는 달리 이길성의 얼굴에는 비아냥이 담겼다.

"그게 실은……."

과연 무슨 소용일까, 하는 생각이 들어 재우는 뒷말을 잇지 않은 채 멋쩍게 웃고 말았다.

"누군 좋겠다. 이럴 줄 알았으면 나도 기자 양반이나 하나 알아둘걸. 하다못해 돌아가신 어머니가 치매에 걸려 살아 오시기라도 하든지 말이야."

이길성이 혼잣말인 양 중얼거렸다. 재우는 못 들은 척 책상 위에 놓은 일정 보고 서류철을 펼쳤다. 그쯤에서 그치기를 바랐건만 이길성의 목소리는 재차 들려왔다.

"앞으로는 어머니한테 잘해 드려. 어머니 덕분에 최소한 잘릴 염려는 없어졌으니까."

"무슨 말을 그렇게 해."

"없는 말을 꾸며댄 것도 아닌데, 뭘 그래."

이길성은 빤히 쳐다보며 히죽거렸다. 시비를 가리는 게 무슨 의미일까. 이길성이 아니더라도 충분히 머리가 아프고 견디기 힘들 만큼 답답한 나날이었다.

"인간사 새옹지마라……. 쥐구멍에도 볕들 날이 있는 거라네."

이길성이 혼잣말처럼 흥얼거리며 사무실을 빠져나갔다.

서류철을 뒤적이다 재우는 수화기를 들었다. 서울 출장을 떠났다는 손 과장이 복귀할 날이었다.

유리창 교체에 관해서 실무 계장에게 진작 언급해 두었다. 그러나 흐리멍덩하기 짝이 없는 인물을 믿고 넋놓고 기다릴 수는 없었다. 알았다. 곧 조치하겠다. 전화로는 대답을 잘하면서도 슬쩍 재촉을 해야 겨우 윗선에 보고를 하던 전례가 많았다.

─ 어, 유재우 씨! 마침 전화를 하려던 참인데, 잘 됐네. 사람이 말이야, 그러면 못 써! 모친을 모시고 있으면서 어떻게 담당 과장한테 한마디 언급도 없을 수가 있나.

손 과장은 여느 때와는 달리 사뭇 호의적인 목소리였고, 자칫 이물 없는 사이였던 양 착각마저 일으키게 했다.

출장에서 돌아온 손 과장은 청장의 호출을 받았고, 재우에 대해 이런저런 이야기를 나눴던 모양이다.

　- 청장님께서 직접 장관님께 포상을 건의할 참이라고 하시더군. 정말 축하할 일이야. 공직 사회에서 포상만큼 고과점수를 따고 들어가는 게 없으니까. 그나저나 한 가지 궁금한 게 있네. 청장님께서 유재우 씨에게 상당한 애정을 갖고 계시던데, 각별한 인연이라도 있는가?

　"아, 네……. 뭐, 각별하다기보다는……."

　재우는 말꼬리를 흐렸다. 숨어있던 교활함이라도 발동한 것일까, 손 과장이 그리 생각하는 것도 나쁘진 않겠다는 생각이 번뜩 스쳤다.

　- 말하기 곤란하다는 뜻이군. 알았네, 알았어. 앞으로 어려운 일이 있으면 하시라도 망설이지 말고 전화를 주게. 꼭일세. 그럼.

　저편에서 전화를 끊었다.

　정작 유리창 교체에 대해선 입도 뻥긋하지 못했다. 재우는 다시 수화기를 들려다 포기했다. 어쩌면 구조 조정의 광풍이 자신을 비켜 가리라는 느낌 때문이었다.

　어쨌든 어머니, 당신 덕을 볼 때도 있군요.

2.

"너무 오래 기다리게 하지 마. 기다리는 데 소질 없다는 거 잘 알지?"

등대호가 선착장을 벗어나 뱃머리를 돌릴 즈음, 난희가 입가에 손을 모으고 외쳤다. 진실은 말보다 표정에 더 잘 드러나는 법. 그러나 푹 눌러쓴 모자 때문에 난희의 얼굴이 그늘에 가려 제대로 보이지 않았다.

재우는 손을 들어 보이는 것으로 대꾸를 대신했다. 긍정인지, 부정인지조차 명확치 않은 상태에서 재우가 선택한 몸짓이었다.

다시 만나게 되겠지. 그런데 왜 그 옛날 불 꺼진 이층방을 올려다보던 이별보다 더 사무치게 가슴이 저릴까.

난희는 정확히 13일 만에 구명도를 떠났다.

재우는 떠날 채비를 하는 난희를 막아서고 싶었다. 마음뿐이었다. 왠지 자신의 권리가 아니라는 생각을 떨쳐낼 수 없었다. 삶을 지배하는 어떤 저항치 못할 힘이 있다면, 난희의 떠남 역시 운명의 힘에 이끌려 예정된 절차를 따르는 중이리라.

어제 저녁 난희는 전화를 쓰겠다며 사무실로 들어섰다.

"홍 피디님, 부탁합니다."

그렇게 시작한 통화였다. 재우는 자리를 비켜주기 위해 사무실을 나왔다. 밖에서 어슬렁대는 것도 어색한 노릇이었기에 어머니와 함께 산책을 시작했다. 한 바퀴, 두 바퀴째를 돌았을 때 난희는 통화를 마쳤는지 모습을 드러냈다.

난희가 다가오자 어머니는 싸늘하게 눈을 흘기며 욕설을 내뱉었다.

"오살할 잡년아, 저리 가."

난희는 바람에 흩날리는 머리칼을 쓸어 귓바퀴로 넘기며 물었다.

"오살할이 무슨 뜻이야?"

육시럴보다는 약간 나을 걸. 재우는 천천히 고개를 저었다.

"욕 먹으면 오래 산다는데, 여기 와서 내 수명이 제법 늘었겠어."

통화 내용을 재우 쪽에서 궁금해하는지 번연히 알면서도, 난희는 딴전을 피우고 싶은 모양이었다.

"그나저나 난 아줌마한테 잘한다고 하는데, 왜 저러시는지 모르겠어."

자신의 말대로 난희는 어머니에게 최선을 다했다. 부잣집 외동딸로선 뒤늦게 고생 문이 열린 셈이랄까, 식사와 청소를 자청하고 나섰다. 한껏 인내를 발휘해 어머니의 말벗이 되려 애썼다.

유감스럽게도 어머니는 난희를 사납게 대했다. 뭐가 그리 마음에 들지 않는지 알 수 없었다. 망치를 든 사람에게는 모든 게 못으로 보인다고 했던가. 어머니는 난희에게 적개심의 망치를 휘두르며 당장 두들겨 박아야 할 못이라도 되는 양 굴었다.

욕설은 차라리 애교에 가까웠다. 난희의 신발을 변기로 여긴 듯 엄청난 양의 대변을 쏟아냈다. 며칠 전에는 난희의 노트북을 가스레인지에 올려놓고 불을 당겨 망가뜨렸을 뿐더러 관사 전체를 불바다로 만들 뻔했다.

난희는 허공에 대고 기나긴 한숨을 토해냈다. 어머니의 적개심 탓만은 아니리라. 통화와 무관치 않을 거라고 재우는 짐작했다.

난희가 멀어지자 어머니는 바닥에 퉤퉤퉤, 유난스럽게 침을 뱉었다.

"키 쓰고 물에 빠져 뒈질 년."

치매도 욕만큼은 어쩌지 못하는 모양이었다. 상소리 사전이나 뒤져야 나올 만한 욕을 흐린 정신으로 어찌 기억할까, 의문스러웠다.

"도대체 뭣 때문에 난희한테 그래요?"

"때렸어."

"안 때렸어요."

"때렸어, 많이."

맞은 쪽이 재우라면 아주 틀린 말은 아니었다. 난희로 인해 피투성이가 된 가슴을 껴안고 살았다. 오랫동안. 그리고 느닷없이 나타나 아물어 가는 상처를 들쑤시고 있었다.

밤이 깊어서야 난희는 통화 내용을 이야기했다.

"홍 피디가 새로운 미니시리즈를 맡았는데, 다시 같이 일해보재. 나로선 놓치기 힘든 기회야. 하지만 모르겠어, 모르겠어. 너는 어쨌으면 좋겠니?"

"쓰던 소설은?"

"소설이야 언제든 쓸 수 있는 거니까, 신경 쓸 바 아닌데……."

무엇이 문제냐고 재우는 묻지 않았다. 반대한다고 될 일이 아니었다. 마음의 추는 이미 저 홀로 기울었으며, 재우 편에서 등을 떼밀어주길 기다리고 있는 듯했다.

기회는 자연스럽게 찾아왔다. 어제였고, 깊은 밤이었다.

재우는 잠결에 외마디 비명을 듣고 눈을 떴다. 습관적으로 어머니 자리를 넘겨다보니 비어 있었다.

재우야!

난희의 외침이었고, 재우는 난희가 묵고 있는 방으로 뛰어들었다.

난희는 두 손으로 머리를 감싼 채 막다른 골목에 몰린 생쥐처럼 웅크리고 있었다. 두 팔 사이로 보이는 얼굴이 하얗게 질린 채였고, 그 앞을 어머니가 가로막고 있었다.

재우는 형광등 스위치를 올렸다. 어머니가 재우 쪽으로 고개를 돌리더니 씨익, 미소지었다.

불을 다시 끄던지 눈을 감아버리던지……. 바닥에는 온통 머리카락이 흩어져 있었고, 어머니 손에는 주방용 가위가 들려 있었다.

무슨 일이 어떠한 과정을 통해 벌어졌는지 짐작할 만했다.

난희가 훌쩍거리기 시작했다. 어머니는 흩어진 머리칼 위에다 가위질을 해댔다.

재우는 분노로 몸을 떨며 어머니의 손에서 가위를 빼앗으려 했다. 안 돼, 싫어, 나쁜 놈! 어머니는 빼앗기지 않으려 발버둥을 쳤고, 재우는 어머니의 팔을 내리쳤다.

"아파, 아파……."

어머니는 입술을 삐죽거리더니 이내 소리내 울기 시작했다.

재우는 가위가 들린 자신의 손을 내려다보았다. 일순간 벌어진 일이었고, 그저 제지하려는 의도였다. 그러나…….

어머니가 해괴한 짓을 저지를 때마다 재우는 자신 속에 숨은 추악한 단면을 보곤 했다. 그리고 마음속으로는 이미 수차례 어머니를 폭행하였을지도.

재우는 흩어진 머리칼을 손바닥으로 모으면서 스스로에게 물었다. 어때, 속이 후련하냐?

재우가 어머니의 손을 잡아끌어 방을 나서려 할 때였다.

"무서워. 무서워 죽겠어. 아줌마가 날 죽일 것만 같아. 옆에 있어 줘, 제발."

울먹임이 섞인 난희의 말이었다. 예전부터 난희의 울음은 재우를 속절없이 무너지게 만들었다. 하지만 당장은 난희의 울먹임을 모른 척 외면하고 싶었다.

밤이 가고, 새벽이 오고, 먼동이 밝았다.

난희는 미동도 않고 방 한구석에 앉아 있었고, 재우는 반대편 벽에 기댄 채 아침을 맞았다.

"오늘 돌아갈래."

숭덩숭덩 잘려 어디서부터 손을 대야할지 난감한 난희의 머리를, 재우는 물끄러미 바라보았다.

"내가 네 곁에 있는 게, 아줌마는 못마땅한 모양이야. 그 때문에 나를 미워하시나 봐. 혹시 그 옛날 ,너랑 나를 떼어놓을 때를 생각하면서 말이야."

이렇게 생각해 볼 수는 없니? 못된 딸 바깥 출입 못하게 머리카락을 깎아놓는 부모처럼, 너를 아예 구명도를 떠나지 못하도록 만들고 싶은 것은 아닐까.

"네가 좋아. 진난희가 유재우를 이토록 좋아하게 될 줄은 몰랐어. 하지만……."

창 밖의 어둠이 서둘러 물러서고 있었다.

"하지만 아무리 네가 좋아도 이런 외딴섬에서는 못 살아. 그리고 아줌마와 같이 지낼 자신도 없어. 그러니까 등대지기 그만두고, 아줌마 요양원에 보내. 그래 줄 거지? 기다릴께."

재우는 잠자코 자리에서 일어났다.

등댓불을 소등할 시간이었다.

밤새 수고했노라고, 등탑에게 인사를 건넬 때였다.

3.

사무실은 종일 무거운 분위기였다.

구조 조정이 임박할수록 갖가지 소문이 난무하는 상황에서 본청 사무직 직원 하나가 흘린 이야기가 문제였다.

"구명도에서 두 명을 추려낸다면 뻔한 거 아냐. 철용이와 나밖에 더 있어. 유 형이야 등대에 불 밝힌 효심인데 누가 감히 건들 생각이나 하겠냐고."

이길성이 거칠게 말하며 의자를 걷어찼다. 요란한 소리와 함께 의자는 바닥에 나뒹굴었다. 창을 넘어온 햇살이 사다리꼴의 빛 무더기로 바닥에 고여 있었고, 그 빛 가운데 널브러진 의자가 마치 투항의 뜻을 밝힌 네발짐승 같았다.

이길성이 제 분을 참지 못한 듯 씩씩거리며 사무실을 나갔다.

막 휴가에서 돌아온 송철용이 한동안 허공을 쳐다보다가 일어섰다.

"신경 쓰지 마세요. 솔직히 전 소문대로 되길 바라고 있어요."

송철용이 의자를 일으키며 덧붙였다.

"그게 순리인 듯해요. 선배님 말씀대로 등대지기는 모두 등대를 사랑한다는 생각이 들어요. 하지만 사랑에도 높고 낮음의 차이는 분명히 있을 거예요."

송철용이 동의를 구하듯 미소를 보냈지만 재우는 창밖으로 서둘러 고개를 돌렸다. 순리라는 단어가 재우의 가슴팍에 아프도록 꽂혔다.

무엇이 이치를 따라 물 흐르듯 사는 것일까. 어떠한 선택을 해야 과연 흐름을 거스르지 않으며 지낼 수 있을까.

등대를 깊이 사랑한다고 믿어왔다. 등대지기를 천직으로 여겼다.

그러나 한 사람을 사랑하면서 또 다른 사람에게 곁눈질을 하는 듯한 요즈음이었다.

등대지기를 자진해서 그만둘 생각이 수시로 고개를 들며 아우성을 쳤다. 할 만큼 한 거야. 이쯤에서 벗어나 난희가 제시해 준 길로 달려가고 싶었다.

난희의 말을 어디까지 믿어야 할지는 여전히 의문이었다. 하지만 무턱대고 믿어보고 싶은 심정이었다. 얼마나 간편한 일인가. 어머니의 굴레를 단박에 떨쳐낼 당당한 이유마저 생긴 셈이었다.

잠들 때마다 마음먹었다. 내일은 결단을 내리자. 그러나 아침에 일어나 등탑을 올려다보면 간밤의 맹세가 무력해졌다.

재우는 알고 있었다. 정녕 등대를 떠나는 날이 올지라도 마음마저 내려놓을 수 없다는 사실을. 그건 참으로 서글픈 자각이었다.

차라리 운명에 몸을 맡기고 싶었다. 아무것도 스스로 결정하지 말자. 때가 되면 어떤 식으로든 결말이 나지 않겠는가.

"선배님!"

송철용의 목소리에 재우는 창밖의 등탑에서 시선을 거두었다.

"이번에는 이상했어요."

그동안 구명도를 벗어나는 순간 등대 따위는 새까맣게 잊고 지냈다고 했다. 그러나 이번 휴가는 처음부터 끝까지 등대 생각이 떠나지 않더란다.

"행정선을 타고 오다가 구명도 등탑이 보이는 지점에 이르니 왜 그리 반가운지 모르겠어요."

마음이 고요해진다고 표현해야 맞았다. 세상의 분주함이 사라지고 애로라지 등대로 가득해지는 고요함이었다.

송철용이 머쓱한 듯 뒤통수를 긁적였다.

"글쎄요. 언제 그만둘지 모르지만 그날까지 등대를 사랑한다는 느낌에 사로잡혀 보고 싶어요. 그래야 미련을 남기지 않을 듯해서요."

"송철용씨는 타고난 등대지기야."

재우가 정 소장에게서 받은 말이었고, 수년이 흘러 후배에게 되돌려주고 있었다.

* * *

차려놓은 점심상은 그대로였다.

아침도 두어 술 뜨다가 수저를 내려놓고는 바로 자리에 누워버린 어머니였다. 마치 우울증에 빠진 양 종일 누워 천장만 올려다봤다. 사흘째였다.

이제 전혀 다른 차원으로 재우를 들볶기로 작정한 듯했다. 사실이라면 어머니의 작전은 멋지게 들어맞은 거였다.

맨밥에 김치 쪼가리만 덜렁 올려놓곤 했다. 그래도 뚝딱 밥 한 그릇을 비우고 다시 내밀던 어머니였으므로 재우는 별다른 가책이 없었다. 하지만 고기를 볶고 국을 데우고 찌개를 끓이며 수선을 떨어도 이내 상을 물렸다. 차라리 그 끝없던 식탐이 그리워질 지경이었다.

기이한 짓만 골라 일삼던 어머니가 졸지에 얌전해졌다. 식사량이 변변치 않으니 배설의 뒤처리를 해야 하는 수고도 그만큼 줄어들었다. 몸이 편해진 만큼 마음 역시 그래야 마땅했다. 오히려 재우는 조바심에 전전긍긍했다.

어디가 편찮으세요? 드시고 싶은 거 있어요,? 바깥 바람 좀 쐴까요?

묻고 물어도 어머니는 대꾸 없이 고개짓만 해댔다. 아예 언어 기능을 상실한 듯 느껴질 정도였다.

재우는 어머니를 강제로 일으켜 벽을 의지해 앉혔다.

"아, 해요."

재우는 숟갈에 밥을 떠 어머니의 입가에 가져갔다. 같은 말을 몇 번 반복해도 어머니는 좌우로 고개만 저었다.

"어쩌려고 이래요? 밥 안 드시면 죽기밖에 더하겠어요."

"죽어? 죽을래."

어머니가 입을 연 것은 꼭 사흘만이었다. 그러나 마냥 반가워할 수 없는 말이었고, 오히려 침묵보다 더 큰 무게로 재우의 가슴을 짓눌렀다.

"왜 죽고 싶어요?"

"……"

"명우형 보고 싶어서 그래요?"

어머니는 가로젓기만 하던 고개를 천천히 끄덕였다. 결국 형을 보고 싶다고 시위를 하고 있었던 셈이다.

당신을 버린 자식은 그리워하면서, 정작 돌보는 자식은 속 끓이게 하는 저의가 무엇일까. 이 공평치 못한 처사를 어찌한단 말인가.

재우는 씁쓸히 웃고는 다시 물었다.

"형한테 갈까요?"

어머니의 눈빛이 흔들렸다. 다시 물었을 때 어머니는 자신의 뜻을 분명히 밝혔다.

"바빠."

"형 오라고 전화할까요? 그건 괜찮겠어요?"

흐흐흐, 어머니가 웃었다.

"알았어요. 그런데 밥을 안 드시면 재우가 형한테 혼나요."

"혼나?"

"그럼요."

어머니는 잠시 생각에 잠긴 듯 하더니 아, 하고 입을 벌렸다. 재우는 어머니 입에 밥을 떠 넣었다.

자식 입에 밥 들어가는 것과, 마른 논에 물 들어가는 것보다 기분 좋은 일이 없다고 했던가. 재우는 한술한술 어머니에게 밥을 떠 넣으며 생각했다. 어머니도 예전에 이랬을까. 투정 부리는 둘째아들을 어르고 달래 한 술씩 떠 넣어주었을지도 몰랐다.

"재우가 혼나는 거 싫어요?"

어머니는 입 안에 든 음식물을 우물거리며 싫어, 라고 말했다.

"옛날에 재우는 형한테 많이 혼났어요. 어머니는 그냥 보고만 있었고요. 싫으면서 왜 그랬어요?"

어머니는 몇 차례 눈을 깜박이다가 뜻밖의 말을 했다.

"어머니 아냐, 엄마야."

"엄마요?"

"엄마야, 엄마."

엄마라고 불러본 기억이 없었다. 아비 없는 자식이라고 손가락질을 받아선 안 된다. 어린 재우의 귀에 못이 박히도록 어머니에게서 들은 말이었다. 따라서 엄마라고 부른다는 것은 버르장머리없는 아이나 하는, 아비 없는 자식의 티를 내는 짓이었다.

"앞으로 엄마라고 불렀으면 좋겠어요?"

어머니는 서슴없이 고개를 끄덕였고 입가에 미소마저 지었다.

어려운 일도 아닌데, 그러죠 뭐. 재우는 속말을 중얼거렸다. 하지만 엄마라고 부르지 못했고, 앞으로도 내내 그러할 성싶었다.

어머니는 모처럼 밥 한 그릇을 다 비웠다.

가슴속에 불씨를 넣어둔 듯 마음이 훈훈해졌다. 단지 식사 때문이 아니었다. 어머니와 함께 지낸 후, 처음으로 어설프나마 대화를 주고받았다. 사흘간의 침묵이 오히려 어머니의 사고 능력을 다소나마 회복시킨 것은 아닐까. 혹은 재우가 어머니의 닫힌 말문을 열 수 있는 비밀의 단추를 우연히 찾아낸 탓인지도.

치매는 회복 가능한 질병이 아니었다. 오늘에서 어제로, 어제에서 그제로 퇴행의 수순을 밟았다. 따라서 어머니의 행동은 과거의 어느 한 부분을 불쑥 재현할 뿐이었다.

그리 생각하면서도 재우는 울컥 가슴이 저렸다. 지금의 재현이 어쩌면 어머니가 간절히 간직하고픈 순간이 아니었을까.

4.

"이제 한 시간밖에 안 남았는데 서둘러야지, 안 그래?"

이길성이었고, 어머니를 두고 하는 말이었다.

재우는 대꾸하지 않고 사무실 바닥을 대걸레로 훔쳐댔다. 어제 청소하였으니 딱히 더럽혀졌을 리 없건만 이길성의 성화에 등이 밀린 탓이었다.

"어디까지나 유 형 문제니까 알아서 하라고. 다만 유 형 때문에 우리에게까지 피해가 오는 일은 절대로 없으면 좋겠어."

재우는 대걸레를 벽에 기대 세워놓고 사무실을 나왔다.

6월이 시작되면서 재우는 다시금 나락으로 떨어진 느낌이었다. 바람막이가 되어줄 듯한 신명철 청장이 갑자기 서해안의 해안수산청으로 전보 발령이 되었다. 고과점수에 영향을 미친다는 표창장 이야기는 더는 들리지 않았고, 대신 한동안 빠졌던 구조 조정 대상에 재우의 이름이 재차 올랐다는 풍문이 이어졌다.

난희와의 통화 역시 마음에 걸렸다.

"미니시리즈를 맡기로 했어. 나한테는 절호의 기회야. 축하해 줘. 하지만 앞으로 육 개월 동안은 코가 어디에 붙었는지도 모르게 바쁘겠지. 너한테 자주 전화도 못할 테고. 차라리 잘된 일인지도 몰라. 육 개월이면 그곳 생활을 충분히 정리할 시간이겠지. 참, 아줌마 있을 만한 곳을 찾아냈어. 같이 일하는 언니의 시어머니를 맡긴 곳인데, 시설이 최고래. 안심해도 될 거야. 전화번호 가르쳐줄까?"

외딴섬의 등대지기, 게다가 치매에 걸린 노모.

현재의 상태를 그대로 받아들인다는 것이 난희에겐 무리였다. 인정할 만했다. 하지만 조건을 앞세우는 태도가 재우로선 줄곧 미덥지 않았다.

생각이 끝났기에 행동으로 옮기는 것이 아니다. 오히려 생각을 끝내기 위해서 행동하는 것이다. 사랑 역시 그러하다. 사랑의 장애물을 걷어낸 뒤에 비로소 사랑이 시작되는 것이 아니다. 사랑하면서 하나씩 걷어내는 것이다. 그게 진짜다.

난희는 변하지 않았다. 재우 역시 마찬가지였다. 접점을 찾을 수 없는 평행의 상태가 처음부터 지금까지, 그리고 내내 이어질 듯했다.

사무실과 관사 사이에 펼쳐진 잔디밭에서 잡초를 솎아내던 송철용이 볼멘소리로 말했다.

"꼭 이렇게까지 해야 되나요?"

이른바 높으신 양반의 시찰에 대비한 환경미화 작업인 셈이었다. 요란을 떠는 게 낯간지러운 일이긴 하지만 그쯤은 웃어넘길 수 있었다. 문제는 그 작업에 어머니가 포함되었다는 점이다.

영산 해양수산청 산하 각 출장소와 항로표지소 중에서 구명도를 일착으로 방문하니 세심하게 준비를 해 달라는 것이, 손 과장의 당부였다.

새로 청장이 부임하면 의례적 행사처럼 구명도를 다녀가곤 했다. 이번에는 단순한 시찰로 그치지 않을 모양이었다. 굳이 토요일 오후로 맞춰진 일정으로 미뤄 시찰을 빌미로 낚시를 즐길 속셈인 듯했다.

첫 시찰이니 수행원의 숫자도 만만치 않아 관사 네 동을 모두 비워 달라고 했다. 등대원들은 한뎃잠을 자라는 소리였다. 그나저나 어머니는 어쩌란 말인가.

재우는 손 과장과의 통화를 떠올렸다.

– 미안한 말이지만, 모친을 모실 곳을 물색해 보게. 혹시나 청장님께 누를 끼치는 일이 생기지나 않을까 심히 걱정이 되는군. 들리는 말에 의하면 이상한 행동을 종종 보인다고 하던데, 첫 대면인 청장님께 좋지 않은 인상을 남겨서야 되겠는가. 유재우 씨를 위해서나, 구명도 등대를 위해서나 말이야.

"달리 모실 만한 곳이……."

손 과장이 재우의 말을 가로챘다.

- 관사와 거리가 떨어진 곳이 아무래도 좋겠지. 부탁하네.

전화를 끊자 손 과장과 미리 입을 맞추기라도 한 듯 이길성이 말했다.

"내 생각에는 유류창고가 딱 적당할 것 같아. 밖에서 문을 잠그기도 그만이고, 아무리 악을 써도 들리지 않겠고, 또 청장님께서 거기까지 둘러보실 리도 없잖아."

"기름투성이인 곳에 어머니를 처박아놓으란 말이야?"

"유 형을 생각해서 한 말이야. 신경질까지 낼 필요는 없잖아."

재우는 이마에 맺힌 땀방울을 손등으로 닦아내며 하늘을 올려다보았다.

갈매기들도 비행을 포기한 듯 텅 빈 하늘에서 햇살이 3천5백 평대지를 향해 창처럼 내려꽂혔다. 서둘러 찾아온 폭염이었다. 이런날에는 제아무리 근면 성실한 아빠 갈매기도 배고픈 새끼들의 울음을 못 들은 척하고 말 것이다.

재우는 쓰고 있던 모자를 벗어 송철용의 머리에 얹어주고는 관사를 향해 걸어갔다.

왜 이리 사는 게 힘들까. 사는 게 만만하다고 느껴본 적은 없었다. 그러나 끝없는 사막 한 가운데를 가고 또 가는 듯한 날들의 연속이었다.

***

"구명도 바다 밑을 유재우 씨만큼 아는 사람이 없을 거 아닌가."

두어 시간 낚시에 입질조차 변변히 받아보지 못한 청장 때문에 손 과장은 속이 타는 모양이었다. 자신의 낚싯대를 억지로 재우에게 떠넘겼다.

"무슨 수를 쓰든 회 맛은 보여 드려야지. 그래야 구명도 등대의 체면이 서지 않겠어."

낚시가 잘된다고 등대의 위신이 높아지겠는가. 무인등대 전환 계획이 백지화라도 되겠는가.

신임 청장에게 잘 보이려 애쓰는 손 과장을 거드는 꼴이었다. 그럼에도 재우는 기꺼이 낚싯대를 받아들었다. 구조 조정의 광풍에서 벗어날 기회가 되지 않을까, 하는 속셈이 발동했다. 또한 갯바위를 종종걸음치며 음료수를 나르고 과일이나 깎는 것보다 낚시가 한결 수월하긴 했다.

재우는 손 과장의 형편없는 채비를 다시 손본 뒤 낚싯대를 드리웠다. 해피가 어느 결에 다가왔다. 낚시를 시작하면 끝날 때까지 해피는 재우 곁을 지키곤 했다.

해피를 어머니와 함께 창고에 있게 했어야 옳았을까.

뒤늦은 후회였다. 해피는 재우에게 걸어차인 이후 어머니의 존재를 당연하게 받아들였다. 자신을 구명도에 보낸 장본인이라는 점을 알아차리기라도 한 듯 어머니를 향해 살랑살랑 꼬리까지 흔들어댔다. 어머니 역시 산책 때마다 따라다닌 탓인지 해피를 두려워하는 기색이 없었다.

"그놈 삶으면 꽤 여럿이 포식하겠는 걸. 유재우 씨, 이 기회에 아예 솥에 넣지."

손 과장은 갯바위에 둘러앉은 사람들이 들으라는 듯 큰소리로 외쳤다.

"너무 늙어서 맛이 없을 겁니다."

젠장, 차라리 입이나 닥치고 있지.

아들의 적적함을 달래라고 어머니가 보내온 해피를 삶아 먹자 해도, 그 어머니를 어둡고 습하고 기름투성이의 창고에 가둬놓고도, 한가하게 낚시질을 하며 아양을 떨고 있는 꼴이라니……

낚싯대를 두 동강 내버리고 해피를 솥에 넣자는 손 과장을 바다에 처박고 일어서야 마땅했다. 하지만 재우는 쉬지 않고 미끼를 갈아 던지며 자못 낚시에 열중했다.

37센티 벵어돔과 42센티 감성돔을 연거푸 끌어내자, 청장이 슬그머니 재우 옆으로 다가왔다. 손 과장이 옆구리를 쿡 찌르며 눈짓을 하는 시늉이 포인트를 양보하라는 뜻이었다.

청장의 포인트에 문제가 있었던 것은 아니다. 채비가 조류와 물밑 사정을 읽지 못한 탓이었다. 바다낚시를 하는 사람 대부분 자신의 경험만 신뢰하는 고집불통이었다. 재우는 청장의 심기를 건드리지 않는 선에서 상황에 맞는 채비 선택을 이야기했다.

재우의 말을 따른 청장의 낚싯대에 즉각 감성돔이 붙었다. 이어 재우와 청장은 경쟁이라도 하듯 감성돔을 건져냈다.

아예 틀채를 들고 청장 옆에 대기하고 있던 손 과장이 이길성을 향해 고함을 쳤다.

"여봐! 잡지도 못하면서 낚싯대만 붙잡고 있지 말고, 가서 초장이나 만들어 오지."

"제가 다녀오죠."

재우는 낚싯대를 손 과장에게 넘기고 일어섰다.

아부가 하늘을 찌르는군, 하는 눈초리로 이길성이 쏘아보았다. 재우는 이길성에게 슬쩍 손을 들어 보이고는 빠르게 갯바위를 타고 올랐다. 창고에 갇힌 어머니가 목에 걸린 가시처럼 머릿속을 떠나지 않는 탓이었다.

그동안 어머니는 놀라우리만큼 달라졌다. 고집을 부리거나 해괴한 일을 저지르지도 않았다. 집요한 탐욕도 사라졌다. 이제부터는 선생님 말씀을 잘 듣겠어요, 라고 결심한 아이처럼 재우가 하자는 대로 따랐다. 특히, 어쩌다 툭툭 던지는 말은 정상적인 판단을 지닌 듯 여겨질 지경이었다. 형은 말하길, 어느 때는 정말 치매일까 하는 생각이 들 정도로 멀쩡하다고 했다. 지나친 과장일 테지만 어쨌든 어머니는 사뭇 안정적인 모습으로 변했다.

어머니가 바야흐로 구명도에, 그리고 재우에게 적응한 것일까. 대소변과 욕설은 여전히 골칫거리이긴 했다. 그래도 이런 상태만 계속 유지해 준다면 못 모실 까닭도 없다는 생각마저 들었다.

유류창고가 어렵사리 되찾은 안정을 무너뜨려 놓는 건 아닐까. 재우는 출입구에 가만히 귀를 댔다.

아무런 기척도 들리지 않았다. 잠이 든 걸까. 그랬으면 차라리 좋을 텐데……. 주머니에 열쇠가 있었지만 선뜻 문을 열어 엿보기가 망설여졌다. 문을 여는 순간 고함이라도 질러댄다면, 재차 떠밀어 놓고 문을 걸어 잠글 절차도 만만치 않을 것이다.

어두운 걸 못 견디는 어머니이긴 하지만 기껏 하룻밤이야. 밤새 무슨 일이야 있겠어.

재우는 속말을 중얼거리고, 본연의 임무를 수행하려는 듯 초장을 만들기 위해 창고를 벗어나 잰걸음을 놀렸다.

5.

명우야, 재우야, 미숙아!

어머니는 3남매의 이름을 번갈아 불렀다. 때로 하나씩, 때로 셋을 한몫에. 혼미한 정신을 붙잡으려는 안간힘으로 자식들의 이름에 안타까이 매달리고 있는지도 몰랐다.

재우는 물수건을 어머니의 이마에 올려놓았다.

"그러기에 이런 섬 구석까지 뭐하러 와요. 호강이라도 받을 참이었나요."

재우는 어머니에게 악을 써댔다. 정작 스스로에 대한 분노에 불과했다.

열은 좀처럼 떨어지지 않았다. 연신 차가운 물수건으로 갈아치우는 것 외에 달리 방법이 없었다. 좋든 싫든 노모를 모시면서 어째서 해열제 하나 마련해 둘 생각을 못했을까. 재우는 자신의 무관심과 뻔뻔함을 탓했지만 때늦은 후회였다.

유류창고에 지낸 하룻밤이 결국 화근이었다.

밤낚시에 매운탕으로 아침 해장까지 하고서야 청장 일행은 구명도를 떠났다. 행정선이 뱃머리를 돌리자 재우는 창고로 뛰어가 문을 열었다.

기름통이 채 차지하지 못한 한 평 남짓 공간에서 어머니는 새우처럼 허리를 접고 모로 누워 있었다. 재우가 어깨를 흔들어댔지만 어머니 입에서는 가느다란 신음만이 흘러나왔다.

6월이래도 한밤에는 바다 특유의 냉기가 있기에 담요를 넉넉히 넣어 두었다. 그러나 어머니는 담요를 걷어낸 채 콘크리트 바닥에 누워 있었다. 자신을 더럽고 습하고 어두운 곳에 처박아 둔 자식에 대한 항의와 분노의 표시인 듯 그렇게.

등대지기인 아들이 높으신 양반들 시중에 몰두해 있는 동안, 구조 조정을 피할 수 있다는 얄팍한 속셈으로 맹렬하게 꼬리를 쳐대는 한밤 내내, 어머니는 어둠과 냉기와 두려움 속에서 그 아들을 목 놓아 부르다 아무 데나 쓰러져 잠이 들었을 것이다.

"아무리 정신이 오락가락해도 춥고 더운 줄은 알 거 아녜요."

어머니에게 화가 치미는 것은, 오히려 자신에 대한 환멸을 달리 표현할 길이 없기 때문이었다.

"재우야!"

신음 섞인 부름이었다.

"여기 있어요."

고열이 빚어낸 단순한 헛말이었는지 대꾸가 없는 어머니였다.

알몸의 어머니는 삭풍이 몰아치는 벌판의 메마른 나무처럼 떨었다. 열을 떨어뜨리기 위해선 도리 없는 일이었지만, 재우는 솜이불로 이중 삼중 깡마른 어머니의 몸을 감싸고 싶었다.

"미안하다."

"뭐가 미안해요?"

어머니의 눈꺼풀이 힘겹게 열리는 듯하더니 다시 감겼다.

어떤 의미의 말인지 분명치 않았다. 지난날의 일들을 이야기하는 것인지, 병든 몸을 의탁하고 있음인지, 잠꼬대인지, 아니면 그냥저냥 넘겨야 할 헛말인지…….

재우는 냉동실에 넣어두었던 수건을 가져다 어머니의 목덜미와 어깨와 겨드랑이를 차례로 닦아냈다. 그러다 젖가슴 언저리에서 손길을 멈추었다. 절로 멈추었다는 편이 옳았다.

주름 투성이의 젖가슴을 재우는 바라보고 또 바라보았다. 한순간 울컥, 서러움이 복받쳐 올라 황급히 고개를 돌렸다.

저 젖으로 3남매를 키웠다.

저 젖가슴 하나로 배고픔과 투정으로 우는 아이들을 어르고 달랬다. 3남매는 자라 성인이 되었다. 그 사이 젖무덤은 주저앉아 온통 주름투성이의 마른 젖이 되고 말았다.

자식들의 배고픔과 투정을 감쌌던 저 젖을 3남매 누구도 바라보려 들지 않는다. 만지지 않는다. 입 대지 않는다. 그리워하지 않는다. 아무도 그리워하지 않는 젖은 지난날의 흔적을 추억하듯, 제 길로 흩어진 자식들에 대한 그리움의 표적처럼 시든 수세미 모양으로 매달려 있다.

한 자식은 어머니를 버리고 머나먼 나라로 날아갔다. 한 자식은 깡그리 잊은 듯 외면한다. 그리고 한 자식은 줄곧 어머니를 증오해왔고, 강제로 떠맡은 것을 억울해하고 있다.

그런데 어머니는 미안하다고 말한다. 잘못했다고 용서를 빈다.

재우는 밤새 어머니 머리맡을 지켰다.

이따금 바람이 부는 듯도 했다. 이따금 어린 갈매기들의 허기진 울음소리가 가까이서, 멀리서 들려왔다. 이따금 재우는 12초 간격으로 창을 넘어오는 등댓불을 물끄러미 바라보곤 했다.

서른두 살이었다. 재우는 자신의 나이에 남편을 떠나보낸 어머니의 삶을 떠올려보았다. 어린 두 자식을 곁에 두고, 나머지 자식을 태중에 간직한 채 시작한 고단한 인생길이었다.

"난 옛날부터 빨리 늙었으면 좋겠다고 생각했단다. 젊은 나이에 과부가 되었다는 소리가 죽기보다 싫었다. 빨리 마흔이 돼야지. 젊은 나이에 어린 자식을 셋씩이나 끼고 어찌 살아가누. 이런 소리는 더는 안 들어도 되겠거니 했다. 그런데 마흔이 되어도 똑같더라. 그래서 더 빨리 쉰 되고, 더 빨리 예순 되고 싶은 생각이었다. 너희들도 빨리빨리 자랄 테니까, 좀 좋으냐……."

그 말이 기억에 남아 있는 까닭은 어린 재우의 생각과 반대였기 때문이리라.

가뜩이나 늙어 보이는 어머니가 창피해 죽을 지경이었다. 발표회나 운동회 날 다른 어머니들은 젊고 예쁘기만 한데, 어머니는 꺼칠한 얼굴에 몸뻬 차림이었다. 그런 어머니는 더 늙고 싶어 안달이라니.

서른두 살이 되어서야, 당신의 원대로 폭삭 늙어버린 어머니의 머리맡에 쪼그리고 앉아 재우는 그 뜻을 헤아렸다.

세상 어느 여자가 빨리 늙고 싶을까. 서둘러 자신의 청춘을 떠나보내기 원하는 여자가 어머니 외에 또 누가 있을까.

어머니가 여자라는 사실조차 깨닫지 못했던 셈이다. 서른두 살의 청상과부로 겪어야 할 서러움에 대해 모른 척했다. 당신의 입장에서서 당신의 생각이 무엇이었는지 아예 생각하려들지 않았다.

재우는 창가에 어스름이 물러갈 즈음 하나의 결론에 도달했다.

어머니를 요양원으로 보내드리자. 그게 마땅하다.

어머니가 구명도에 온 이후, 재우는 철저히 자기 위주로 판단하고 결정을 내리려 했다. 혼돈과 갈등 역시 그랬다. 어머니로 인해 자신의 위치가 위협받는 게 싫었을 뿐이다. 어쩌다 양심의 가책을 느끼는 것조차 어머니의 입장을 고려한 때문은 아니었다. 어느 편이든 자기 편한 쪽의 생각이 우선이었고, 어머니를 위한 적절한 선택이 무엇인가를 염두에 두지 않았다.

더 이상의 혼돈과 갈등에 시달릴 필요는 없었다. 그렇다고 어머니를 평생 모시겠다는 마음이 새로이 생긴 건 아니었다. 기어이 그래야 한다면 억지를 부리진 않겠다는 뜻이었다. 하지만 어머니를 떠나보내는 편이 옳았다.

바다에 빠져 목숨을 잃을 뻔했던 사건, 윗사람 눈치에 유류창고에서 가뒀던 일, 고열과 오한 속에서도 해열제 하나 구하지 못해 쩔쩔매야 하는 당장의 현실까지 어머니에게는 적당치 않은 곳이었다. 계속 머문다는 것은 틀림없이 당신의 삶을 서둘러 마감하게 만드는 짓이었다.

6.

"자네 뜻이 정히 그렇다면 도리 없지만……."

정 소장은 한숨을 내쉬며 뒷말을 흐렸다. 영 내키지 않는 표정이었다. 예전처럼 대놓고 반대하지 않으니 그나마 다행이었다.

영산으로 가기 위해 정 소장에게 부탁을 했다. 구명도를 떠난 후 줄곧 침묵하던 정 소장은 영산에 등대호의 닻을 내려서야 흐려놓았던 뒷말을 이었다.

"구명도에서 지내는 게 결코 쉽지 않지. 게다가 이번 경우처럼 위급한 상황이라도 닥치면 대책이 없긴 해. 하지만 모친 입장은 어떠할까. 그 정도 불편을 감수하더라도 자네와 함께 있고 싶어 하리라는 생각은 못 해봤는가?"

어머니에게 생각이란 게 다 있을까? 과연 남아 있긴 할까? 어쩌다 깜짝 놀랄 말과 행동을 하긴 해도, 정상적인 사고의 기능을 거쳐 나온 바가 아니었다. 그러므로 몸이라도 편하고 안전해야 한다. 그게 바로 어머니의 입장을 헤아리는 결정이다. 요양원은 어머니를 위한 최선의 선택인 거다.

'이레요양원'까지 동행하겠다던 정 소장은 생각이 바뀐 듯 선착장에서 작별을 고했다. 짤막하게 인사말을 남긴 후 뒤도 안 돌아보고 선술집 골목으로 뚜벅뚜벅 걸어갔다. 재우는 정 소장의 뒷모습을 바라보며 속옛말을 중얼거렸다.

저라고 마음 편한 일이겠어요. 외딴섬 등대지기로 어머니 모시는 일조차 마음대로 못하는, 저도 괴롭습니다.

어머니는 선착장에 내리면서부터 불안한 기색이었다. 잔뜩 어깨를 움츠린 채 재우의 소매를 붙잡고 놓지 않았다. 재우의 태도가 당신을 버리고 도망이라도 칠 기세였던 모양이다.

재우는 어머니를 벤치에 앉게 했다.

"여기 가만히 계세요. 전화 걸고 곧 올께요."

"무서워."

"무섭긴 뭐가 무서워요."

어머니는 지나가는 사람들을 곁눈질해댔다. 두려움의 대상이 바로 사람인 셈이었다. 앞으로 구명도와는 달리 숱한 사람들과 섞여 지내야 할 어머니였다.

재우는 어머니를 달래 놓고 공중전화 박스로 향했다. '이레요양원'에서는 도착 시간을 미리 알고 싶어했다. 원장과 보호자의 상담 시간을 정해놓기 위함이었다.

통화하는 동안 어머니는 내내 재우에게서 눈을 떼지 않았다. 재우는 잠깐씩 어머니를 향해 손을 들어 보였다. 그때마다 어머니는 소녀처럼 수줍게 웃었다. 그 미소에 재우는 납덩이라도 매단 듯 가슴이 무거웠다.

버스 터미널로 가기 위해 택시를 기다리는데 어머니가 물었다.

"어디 가?"

"가까워요."

"같이 가?"

"같이 가요."

어머니는 고개를 끄덕이며 재우의 어깨가방을 어루만졌다. 무겁지 않느냐는 뜻일까. 그러지 않길 바라며 재우는 어깨를 바꿔 가방을 맸다.

차라리 욕설을 퍼붓고 억지를 부렸으면……. 뒤늦게 살가운 정을 표시한들 양편 다 상처일 뿐이었다.

"이거 가져가게."

선술집에 있을 줄 알았던 정 소장이 다가와 포장된 상자를 내밀었다. 뭡니까, 하고 재우는 상자와 정 소장을 교대로 쳐다보았다.

"카세트일세. 자네가 챙기지 못한 듯해 하나 샀네. 구명도에서 쓰던 거와 같으니까, 쉽게 다루실 걸세. 테이프는 자네가 마련하게나."

"기독교 단체에서 운영하는 요양원이라 찬송가는 언제든 들을 수 있어요."

정 소장이 표나게 혀를 찼다.

"당신이 따로 듣고 싶겠지."

재우가 어머니의 권리마저 싹 무시하고 있다는 뜻일까. 부인하고 싶었다. 그러나 정소장의 비난에서 결코 자유로울 수 없었다.

***

평일 오전의 대합실은 한산했다.

표를 끊어 돌아온 재우에게 어머니가 손가락으로 밖을 가리켰다. 대합실 입구에 한 노파가 삶은 옥수수를 팔고 있었다.

"먹고 싶어요?"

어머니는 냉큼 고개를 끄덕였다. 강원도 첩첩산중이 고향인 탓에 옥수수라면 신물이 난다던, 어릴 적 어머니의 말이 떠올랐다.

3남매는 옥수수를 좋아했다. 신물이 난다는 어머니 때문에 셋에게 돌아올 몫이 늘었다. 찐빵을 사온 날은 어머니가 또 말했다. 밀가루 음식은 통 소화가 안 돼. 어머니는 그렇게 하나씩 둘씩 변명을 꾸며대며 자식들 입에 더 넣어주길 원했다. 재우는 콧등이 시큰해져 헛기침을 했다.

"몇 개 살까요?"

어머니는 머뭇대다 엄지와 검지를 폈다. 재우는 바지주머니에서 지폐를 꺼내 어머니 손에 쥐어주었다.

"직접 사요."

금방 울음이라도 떠뜨릴 듯한 낯으로 지폐를 재우의 바지주머니에 넣었다.

자신이 없어 포기하겠다는 몸짓일까. 돈에 평생 시달려 이제는 넌덜머리가 난 탓일까. 혹은 재우의 돈을 아껴 주겠다는 의도일까. 어느 쪽이든 재우에게 쓰라린 과거의 한 단면을 보는 듯했다.

재우는 다시 지폐를 내밀었다.

"할 수 있어요. 여기서 보고 있을 거니까, 가서 사봐요."

어머니는 연신 뒤를 돌아보며 노파에게 다가갔다. 안쓰러웠지만 지켜볼 도리밖에 없었다.

이젠 이것저것 어머니 혼자서 할 수 있어야 돼요. 제대로 못 하면 구박도 받고, 싫은 소리도 듣게 되겠죠. 혼자서도 잘해서, 그런 일이 없었으면 좋겠네요.

어머니는 옥수수를 양 손에 나눠 들고 다가왔다.

"거 봐요, 할 수 있죠?"

어머니가 대답 대신 웃었다.

"앞으로도 잘할 수 있죠?"

이번에는 웃지 않았다.

어머니는 이쪽 저쪽을 살피더니 결정한 듯 큰 옥수수를 내밀었다. 뒤에 먹겠다고 해놓고 재우는 물었다.

"찬송가 좋아하죠?"

"좋아해."

"찬송가 테이프 사 올 테니까, 가만히 계세요. 할 수 있죠?"

어머니는 시무룩한 얼굴로 옥수수를 내려다보았다. 함께 다녀오는 것이 어떨까. 재우는 잠시 망설이다 포기했다. 몸살을 심하게 앓고 난 후 어머니의 움직임이 예전 같지 않았다. 게다가 1,2분이면 다녀올 거리였다.

어머니를 대합실 안쪽 나무의자에 앉혔다. 재우는 대합실 광장 우편에 늘어선 상점가를 손으로 가리켜 어머니를 안심시킨 후 말했다.

"금방 올 거예요."

"금방 와?"

"옥수수 드시고 계세요. 할 수 있죠?"

"있어."

재우는 어머니의 야윈 어깨를 서너 차례 토닥이고는 대합실을 나섰다.

7.

가슴이 새까맣게 타는 안타까움이란 이런 거였구나.

재우는 무릎 관절이 쑤시고 발목이 시큰거리고 발바닥에 물집이 잡혔지만 멈춰 설 수 없었다.

정오 무렵부터 새벽이 임박한 시각까지 거리를 헤매고 다니며 영산경찰서와 15군데의 파출소, 시립보호소까지 샅샅이 뒤졌다. 하지만 끝내 어머니의 모습은 보이지 않았다.

벌을 받는 거야. 그렇지 않고선 이럴 수가 없어.

재우는 중얼거리며 마지막 남은 파출소를 향해 들어갔다. 꽃봉오리 두 개의 견장을 단 순경이 꾸벅꾸벅 졸다가 고개를 들었다.

재우의 설명을 이미 익숙한 일인 양 심드렁한 낯으로 듣던 순경이 물었다.

"실종자 몸에 주소나 단서가 될 만한 게 있습니까?"

고개를 젓는 재우에게 순경 뒤편에서 지켜보던 경위가 딱하다는 듯이 혀를 찼다.

"노망든 노인네한테 주소 팔찌야 기본 아닙니까. 인상착의만 갖고 찾기란 만만치 않습니다. 노인네 인상이 거기서 거기고, 또 본인들이 누구인지 모르는 걸 어쩌겠어요. 여하튼 접수는 해놓겠습니다."

어디서나 비슷한 소리였다. 하루에도 치매 노인의 가출 신고가 수없이 접수된다고 했다. 그러나 실종된 노인이 가족의 품으로 돌아가는 일은 많지 않단다.

재우는 기나긴 한숨을 토해내고 말했다.

"물 한 잔 마실 수 있습니까?"

순경이 탁자 위에 내려놓은 한 잔의 물을 재우는 고개를 떨구고 바라보았다.

숯불을 삼킨 듯 기갈이 심했지만 선뜻 잔을 들 수가 없었다. 물 한 모금 마시는 것조차 파렴치한 짓을 저지르고 있는 기분이었다.

어머니는 지금도 어디선가 헤매고 있다. 목이 타도 나처럼 물 한 잔 청해 마실 줄도 모르면서, 갈라진 목소리로 마냥 아들의 이름을 부르고 있으리라. 아들은 이리저리 있을 만한 곳을 찾아보기라도 하지만 어머니는 속수무책 아들의 얼굴만 떠올리며 막막해할 것이다.

재우는 시큰거리는 발목을 손으로 몇 차례 꾹꾹 누른 뒤 파출소를 나왔다.

여명 속에서 안개가 밀려들고 있었다.

하루 낮과 밤을 꼬박 뛰다 걷다를 반복하였다. 어깨에 둘러 맸던 가방은 언제 어디서 없어졌을까. 땀으로 흠씬 젖은 상의에서 시큼한 냄새가 풍겼지만, 그 역시 상관할 바가 아니었다.

더 이상 찾아 나설 만한 곳도 없었다. 그래도 어디론가로 가야 했다.

새벽 안개가 내려앉은 거리 이쪽 저쪽을 재우는 눈에 핏발을 세우고 두리번거렸다. 그러나 햇살이 비치면 사라질 안개처럼 어머니를 만날 수 있다는 확신은 점차 옅어졌다. 때늦은 후회만이 족쇄처럼 재우를 옥죄였다.

대합실로 다시 돌아오기까지 걸린 시간은 고작 10분 남짓이었다.

10분은 짧은 시간이다. 하지만 어머니에겐 1시간, 혹은 2시간의 길이만큼 아득했을지도 모른다.

어째서 자기 기준으로밖에 생각하지 못했을까. 재우는 테이프만 사서 냉큼 달려오지 못한 자신을 꾸짖고 한탄했다.

레코드 가게 옆의 금은방이 눈에 띈 게 화근이었다. 그 흔한 반지 하나 목걸이 하나 갖지 못한 어머니를 떠올린 게 탈이었다. 요양원에 가면 비슷한 연배일 테고, 다들 금붙이 하나쯤 지녔으리라고 생각한 게 문제였다.

결국 재우는 금은방에서 몇 분을 지체했다. 딴에는 예쁜 걸로 고른답시고 고른 목걸이를 갖고 돌아왔을 때, 어머니의 모습은 보이지 않았다.

대합실 안을 부질없이 뒤지지 말고 곧바로 밖부터 살폈어야 옳았다.

저쪽으로 가더구먼. 옥수수를 파는 노파가 광장 우편의 상점가를 향해 턱짓을 했다. 어머니는 오지 않는 아들을 찾아나선 셈이었다.

재우는 터미널 쪽으로 방향을 잡았다.

이미 수십 차례 왕복했고, 어머니가 앉았던 자리는 딴 사람이 차지했거나 비어 있었다. 그럼에도 어머니가 거기 가만히 앉아 있을 듯해 자꾸만 발길을 되돌리게 했다.

터미널에 거의 도달했을 때였다.

길 건너편 골목으로 언뜻 사라진 노파가 어머니일지도 모른다는 생각이 들었다. 작고 깡마른 체형에 구부정한 허리, 잿빛 블라우스에 하얀 물방울무늬가 박힌 감색 치마……. 재우는 4차선 도로를 가로질러 뛰어갔다.

"어머니!"

성경을 가슴에 안은 노파가 흘끔 돌아보고는 골목 막다른 곳에 자리한 교회 안으로 들어갔다.

풀썩, 재우는 바닥에 주저앉았다. 더는 한 걸음도 떼어놓을 수 없을 만큼 맥이 풀려, 그저 멍하니 하늘을 올려다보았다. 안개 속에서 불 밝힌 십자가가 아슬아슬한 높이로 떠 있었다. 새벽 예배가 시작되었는지 교회 안에서 아련히 찬송가가 흘러나왔다.

온전치 못한 정신 속에서도 하나님을 찬양하는 곡만큼은 잘도 기억하던 어머니. 어머니에 대한 반발로, 오래 전 하나님의 존재를 마음속에서 걷어낸 재우.

새벽이면 주섬주섬 옷을 차려 입고 단칸방을 나서던 어머니의 모습이 떠올랐다.

어머니는 고단한 노동 속에서도 하루의 시작을 교회에서 시작했다. 절대 빠지는 일 없이 악착같이 참석했다.

무엇을 그리 간절히 기도했을까. 그 기도 속에 재우의 미래도 포함되었을까. 그 기도 속에 어머니 자신의 소망도 얼마쯤은 담겨 있었을까.

재우는 불 밝힌 십자가를 노려보았다.

믿음이 없는 건, 믿어지지 않기 때문이 아니다. 믿음이 들어설 자리를 아예 마련하고 싶지 않기 때문이다.

재우에게 어머니는 그런 존재였고, 어머니를 향한 마음도 딱 그 수준이었다.

주르르, 눈물이 흘러내렸다. 시작이었다. 등대지기는 울지 않는다는, 맹세의 격문과도 같은 각오도 잊은 채 콧물까지 훌쩍이며 울었다.

세상에 자신의 힘으로 되지 않는 일이 얼마든지 있다. 안다, 잘 알고 있다. 어머니를 찾는 일 역시 그러할지도 모른다는 생각에 재우는 울었다. 어머니에 대한 빗나간 믿음을 회복할 기회조차 사라졌다는 생각에 울고 또 울었다.

***

이대로 포기할 수 없었다.

그러나 난감하고도 참담했다.

재우는 정 소장에게 전화를 했다. 정 소장이라고 달리 방법이 있을까마는 하다못해 푸념이라도 늘어놓을 셈이었다. 그러나 차물도에도, 구멍도에도 정 소장은 없었다. 영산에서 하룻밤을 묵은 뒤 돌아가고 있거나 아직 선착장에 정박 중이라는 의미였다.

재우는 서둘지 않았다. 제아무리 서둔대도 퉁퉁 부어오른 발이 따라주지 못했다.

여객선 터미널을 지나쳐 어선들이 정박한 부두로 향하다 재우는 우뚝 멈춰 섰다.

어머니가 소녀처럼 수줍게 웃던 그 벤치, 아, 거기에 어머니는 앉아 있었다. 거기에 앉아 재우가 잠깐씩 손을 들어주던 공중전화 박스를 쳐다보고 있었다. 어머니는 처음 자리로 돌아가 있었다.

재우는 물에 빠진 사람처럼 허우적대면서 달렸다. 거푸 헛발을 딛어 넘어지고 무릎이 깨졌지만 달리고 또 달렸다.

"엄마……."

어머니 아냐, 엄마야! 진작에 정정해 주었음에도 단 한 차례도 입 밖에 내지 못했던 그 말이 저절로 튀어나왔다.

어머니가 반쯤 입을 벌린 채 재우를 바라보다 흑흑, 울음을 토해 냈다.

"나쁜 놈!"

재우는 와락 어머니의 어깨를 안았다. 눈물이 볼을 타고 흘러내렸고, 또다시 시작이었다. 재우는 어머니의 깡마른 어깨에 얼굴을 묻고 흐느꼈다.

여기까지 무슨 수로 왔는지, 조바심과 근심으로 얼마나 많이 마음이 상했는지, 어디를 헤매 다녔는지, 밤을 어떻게 지새웠는지. 그건 전혀 중요하지 않았다. 장한 어머니였다. 이렇게 품에 안을 수 있다는 사실 하나로 눈물겨운 고마움이었고, 가슴 벅찬 감격이었다.

어머니가 치마를 걷어 올려 재우의 눈물을 닦아냈다. 노상에서 울먹이는 서른두 살의 사내도, 벌건 대낮에 홀렁 치마를 걷어 올린 예순네 살의 어머니에게도 부끄러움은 없었다.

"아드님 되시는가?"

재우는 등 뒤에서 들려오는 소리에 고개를 돌렸다. 족히 일흔은 넘어 보이는 노인이 출항 준비라도 하는 듯 한 쪽 어깨에 그물을 둘러메고 서 있었다.

"어제 저녁부터 내내 그러고 있었다오. 노망기가 뵈던데, 난 또 어떤 못된 자식이 내다버린 줄 알았지."

세상에 어미 없이 태어난 자식이 있나. 노인은 돌아서 혼잣말처럼 중얼거리며 멀어져 갔다.

"먹어."

어머니가 불쑥 옥수수를 내밀었다. 재우는 비로소 어머니 두 손에 옥수수가 그대로 들려 있는 것을 알아챘다.

꼬박 세 끼를 굶은 어머니였다. 그런데 어쩌자고, 어쩌자고 옥수수를 마냥 들고만 있었단 말인가. 어디에 있는지도 모르는 자식 때문에 당신의 허기쯤은 아무래도 좋았단 말인가.

"먹어."

재우는 옥수수를 받아들었다. 차마 입에 댈 수 없었다. 재차 채근을 받고서 재우는 한입 베어 물었다. 그제야 어머니도 당신 몫의 옥수수를 먹기 시작했다.

목이 메였다. 그러거나 말거나 재우는 우거우걱 옥수수를 씹었다.

손때가 묻고 땀이 배어들어 시큼한 냄새마저 나는 옥수수였다. 하지만 지상에서 가장 맛있는 옥수수를 지금 먹는 중이라고, 지상에서 가장 맛있는 옥수수를 먹고 있는 지금 이 순간만큼은 자신이 가장 행복한 사내일 거라고 생각했다.

재우는 어머니의 손을 잡았다. 그 손을 자신의 가슴에 갖다 대며 속말을 중얼거렸다.

어머니를 요양원에 보내지 않겠다. 어머니를 위한 일일지라도 이젠 그러고 싶지 않다. 엄마에게 내가 필요한 게 아니다. 오히려 지금처럼 내 손을 잡아줄 엄마가 나에게 필요하다.

"구명도로 돌아가요."

어머니가 재우의 얼굴을 유심히 들여다봤다. 생각이 바뀐 이유를 묻는 듯한 눈빛이었다. 어머니에게 요양원에 대해 말하지 않았다. 당신 편에서 이미 알고 받아들였다는 생각이 들었다.

"구명도, 좋죠?"

"할 수 있어."

뭘 할 수 있다는 말인가? 엉뚱한 대답에 담긴 뜻을 헤아리다 재우는 고개를 가로저었다.

할 수 있어요, 없어요? 그런 식으로 재우는 자주 묻곤 했다. 아니 강요했다.

죄송해요.

재우는 웅얼거리다 결국 밖으로 꺼내지 못했다.

그동안 어머니에게 미안했던 적은 있던가. 없었다. 당연히 미안함을 말로 시인해 보지도 않았다. 오히려 미안해야 할 쪽을 고른다면 어머니라고 생각했다.

재우는 손을 뻗어 어머니 입 주위에 묻은 옥수수 알갱이를 떼어냈다. 어머니가 어색한 듯 고개를 숙였다.

"처음부터 다시 시작하고 싶어요."

툭, 의도치 않은 말이 튀어나왔다.

어쩌면 오랜 세월 가슴 깊이 애써 숨겨 온 갈망이었고, 그걸 지금 확인하고 있을지도 몰랐다.

재우 편에서 선택한 기회가 아니었다. 어머니는 어쩌면 당신을 증오하는 자식에게 다시 한 번 기회를 주고 싶었던 것은 아닐까. 그래서 병든 몸을 이끌고 구명도까지 오게 된 것이리라.

재우는 어머니의 손을 잡고 벤치에서 일어났다.

해야 할 일들이 산더미처럼 쌓인 기분이었다. 어차피 떠나보낼 어머니라고 여긴 탓에 그동안 부족해도 넘겨버린 것들이 숱하게 많았다. 바야흐로 어머니와 아들의 삶을 빈틈없이 준비해야 할 때였다.

재우는 공중전화 박스를 지나쳤다 곧 되돌아섰다. 난희에게 전화를 걸기 위해서였다.

갈등과 혼란은 끝났다. 난희에게 무엇을 말해야 할지 분명했다.

제 6 장. 등대지기

1.

바다는 고요했다.

태양은 수평선 아래로 가라앉으며 마지막 잔광을 펼쳐놓고 있었다. 하루의 일과를 마친 고깃배들이 황혼의 바다 위를 미끄러져 가고, 건듯 부는 가수알바람 속에서 대여섯 마리의 갈매기들이 한가로이 노닐었다.

훌쩍 한 달이 흘러갔다.

한 달 내내, 맑은 시냇물 속에 가라앉은 조약돌처럼 재우의 마음은 고요했다. 한때 어머니로 인해 분주했던 생활이 오히려 어머니가 곁에 있어 평화로워진 느낌이었다.

재우 편에서 먼저 변하기로 했다. 어머니의 행동을 이해하려들지 말자. 그냥 그대로 받아들이기로 했다. 어머니가 어떤 기이한 행동을 해도 윽박지르고 악을 쓰거나 신경질을 내지 않기로 마음먹었다.

어머니의 상태는 기대 이상으로 좋아졌다. 치매는 개선될 여지가 없다는 의학적 소견을 따르자면, 악화의 속도에서 벗어나 안정을 유지하고 있는 셈이었다.

재우는 어머니 방의 자물쇠부터 걷어냈다. 어머니와 한방에서 생활했다. 함께 잠들고 깨어났고, 한상에 둘러앉았다. 어머니의 언어와 사고 능력이 크게 달라진 것은 아니었지만, 가능한 많은 이야기를 건네려 애썼다.

어느덧 수다쟁이가 되어버린 재우였다. 어머니가 얼마나 알아듣는지는 중요하지 않았다. 8년 전, 아니 더 오래 전부터 재우는 어머니에게 긴 이야기를 해 본 기억이 없었다. 속내를 터놓는다는 게 아예 불가능한 일처럼 여겨졌다.

이제 재우는 무엇이든 이야기 할 수 있었다. 때로 어머니는 고개를 끄덕였고, 때로 엉뚱한 대꾸를 하곤 했다. 그러나 어머니가 곁에 있다는 사실이, 그래서 꾸미고 가릴 필요 없이 이런저런 이야기를 할 수 있다는 점이 가슴 벅찼다.

어머니 역시 하루 종일 재우 곁을 떠나지 않았다.

작업을 할 때도, 사무실에서 서류를 꾸밀 때도, 관사 주방에서 식사를 준비할 때도, 어머니는 언제나 재우의 손이나 옷자락을 잡고 놓지 않았다. 지난번 길을 잃었을 때의 충격 때문만은 아닌 듯했다. 재우가 어머니를 향해 마음의 문을 열어놓았듯이, 어머니 역시 둘째 아들의 존재를 인정하고 당신을 기꺼이 맡긴 듯했다.

그러나 모든 것이 순조롭지는 않았다.

어머니가 정신적으로 안정을 되찾은 반면 눈에 띄게 쇠약한 모습으로 변해 가고 있었다.

구명도로 들어오기 전 건강 진단을 받았다. 치매를 체크하기 위한 조치였다. 그러나 뜻밖의 사실이 밝혀졌다. 어머니는 오랜 세월 협심증을 앓아왔고, 진행 상태로 미루어 환자 자신도 모르지 않았으리라는 것이 담당의의 견해였다.

서른두 살에 남편을 떠나보내고 어린 자식 셋을 거두는 동안 어머니의 심장은 만신창이가 되었다. 누구도 그 사실을 알아채지 못했다. 만신창이가 된 심장을 껴안은 채 어머니는 제 갈 길로 흩어진 자식들을 위해 홀로 눈물 뿌리며 기도했을 것이다.

부디 건강해라. 부디 행복해라.

심장으로 혈액을 공급하는 관상 동맥이 전체적으로 가늘어져 있었고, 협착도 세 군데나 발견되었다. 담당의는 외과적 수술보다는 약물치료를 권했다. 어머니가 근원적 치료인 수술을 감당할 만한 정신적, 육체적 상태가 아니라고 했다. 정기적으로 영산의 병원을 찾아 검사를 받고 약을 받아오는 정도였다.

재우는 어머니와 함께 관사를 나섰다.

어머니의 팔을 부축해 비탈길을 한껏 천천히 올랐다. 벤치에 이르자 어머니는 거친 숨을 몰아쉬며 밭은기침을 토했다. 재우는 한 손으로는 어머니의 가슴을 문지르며, 다른 손으로는 등을 가볍게 두드렸다.

어머니의 상태가 약물 치료로는 감당치 못할 지경에 도달한 듯했다. 수술의 위험성을 모르는 바 아니었지만 마냥 지켜볼 수도 없었다.

거친 숨과 밭은기침이 가라앉았다. 어머니는 벤치에 앉아 두 손을 무릎 위에 가지런히 올려놓은 채 먼바다를 바라보았다. 재우는 어머니 이마를 덮은 머리카락을 쓸어 넘겼다.

"다음 달 휴가 받으면 서울에 가요. 제일 좋은 병원, 제일 실력 좋은 의사한테 수술해 달라고 할 거예요."

어머니가 근심스런 얼굴로 재우를 바라보았다.

"돈이라면 걱정하지 마세요. 돈 많아요."

"부자?"

"그럼요."

잠시 환해지는 듯하던 어머니의 얼굴에서 다시 근심의 빛이 감돌았다.

"부자야?"

"그럼요. 아주 큰 부자가 됐어요."

"부자야?"

"왜요, 아닌 것 같아요?"

어머니는 대꾸하지 않고 재우의 손등을 어루만졌다.

부자는 부자를 낳는다. 가난뱅이는 또 다른 가난뱅이를 양산한다. 가난은 늪과 같아서 한 번 빠져들면 좀처럼 헤어날 수 없다.

어머니는 알고 있었을 것이다. 3남매에게 유산처럼 대물림해 줄 가난이 두려웠고, 그래서 아버지의 역할까지 맡아야 했으리라.

2.

뜻밖에도, 니체가 말했다. 손은 제2의 뇌다.

치매는 오븐에 너무 오래 넣어둔 요리처럼 뇌의 부피가 줄어들면서 나타난다. 뇌세포가 정상적인 생성을 포기하거나 게으름을 부려 공백이 생긴다. 긴 세월 방치된 우물 같다. 그냥 고인 채로 남아 있다. 새로운 물을 얻기 위해선 부지런히 길어 올려야 한다.

손을 움직이는 것은 뇌를 깨우는 행위이며, 뇌세포의 생성을 돕는 방법이다. 재우는 긴긴 겨울밤 뜨개질로 3남매의 스웨터를 장만하던 어머니를 떠올렸다.

용케 뜨개질 방법을 기억하고 있었다. 물론 예전 솜씨는 사라져 스웨터를 얻어 입기는 틀렸다. 그럼에도 어머니는 열심히 뜨개질에 매달렸다.

재우는 어머니의 뜨개질 손놀림을 바라보다 창밖으로 시선을 옮겼다.

등실의 유리창 교체는 좀처럼 이뤄지지 않고 있었다.

재우는 등탑에 올라 유리창의 구멍을 바라볼 때마다 온몸을 프레스기에 집어넣고 옥죄는 기분이었다. 불안감이 지나쳐 불길한 예감마저 들었다.

수차례 손 과장에게 전화를 걸었다. 매번 손 과장은 심드렁한 반응이었고, 기껏해야 예산 타령이었다.

재우는 고개를 돌렸다. 이길성이 의자에 앉아 두 다리를 책상에 올려놓은 채 손톱을 깎고 있었다.

"유리창 교체 말이야, 이 형이 전화를 해보는 게 어때? 내 말은 통 씨가 안 먹혀."

"거참, 정말 심하게 집착하네."

"집착이라니?"

"시월이면 어차피 전면적인 개보수에 들어가잖아. 그때 어련히 교체할 텐데, 뭘 그리 성화야."

등대 시스템 자체가 자동화로 바뀔 것이다. 따라서 유리창 교체는 덧없는 노파심으로 여길 만했다. 그렇다고 얼렁뚱땅 넘어갈 문제가 아니다. 등대를 떠나는 그날까지는 등대지기인 것처럼, 내일 당장 폐쇄될 운명의 등대라 해도 밤새 불을 밝혀야 할 오늘이 남아 있다.

"사실 유리창보다 시급한 건 타이머라고."

이길성은 등댓불의 소등과 점등을 자동으로 조절해 주는 타이머 교체 건을 말하고 싶은 모양이었다. 타이머는 지난 봄 수리가 불가능할 정도로 파손되었다. 교체를 신청해 두었지만 역시 계속 미뤄지고 있었다.

재우는 타이머 교체 지연에 대해선 신경을 곤두세우지 않았다. 딱히 아쉬움도 불편함도 느끼지 못했다. 물론 정해준 시간에 따라 소등과 점등이 자동적으로 이뤄지니 편리하긴 했다. 그러나 하루의 일기라는 것이 상황에 따라 변하기 마련이었다. 구름이 짙게 깔린 저녁에는 평소보다 서둘러 등댓불을 밝혀선 했고, 비라도 흩뿌리는 아침에는 소등 시간을 늦춰야 마땅했다. 한낮이라도 등댓불을 밝힐 지경이면 서슴없이 등롱을 가동시켰다. 타이머가 등대원의 판단보다 우선일 수는 없었다.

타이머가 정상적으로 작동될 때도 재우는 가능한 직접 점등과 소등을 해왔다. 등대지기가 존재하는 가장 큰 이유를 타이머에게 맥없이 양도한 듯한 느낌이 영 마뜩치 않았다.

재우는 수화기를 집어들었다.

"과장님과 통화할 생각이면 좀 기다려봐. 오후에 오시면 기회를 봐서 말해볼 테니까."

이길성이 손톱깎기를 접으며 덧붙였다.

"청장님까지 오시니, 우리도 슬슬 대비 좀 하자고."

휴가중인 이길성이 낚싯배까지 대절해 서둘러 돌아온 이유를 알 만했다. 청장 일행이 낚시를 목적으로 또 구명도를 방문하는 탓이었다.

"공식적인 업무도 아닌데 대비는 무슨 대비? 낚시나 하다 돌아가고 말겠지."

재우의 말에 이길성은 피식 웃었다.

"유 형이나 나나 똑같은 처지야. 간당간당한 목숨을 무슨 수를 쓰든 간수해야 되잖아. 윗사람에게 밉보여 득이 될 게 뭐가 있겠어. 허긴 유 형은 이미 청장님께 눈도장을 찍어놨으니까, 나와는 처지가 다르긴 하겠네."

이길성이 청소함에서 대걸레를 가져와 재우에게 건넸다. 사무실 한구석 의자에 앉아 얌전히 뜨개질을 하던 어머니가 벌떡 몸을 일으키며 소리쳤다.

"잡상맞은 놈아, 네가 해!"

이길성은 싸늘한 시선으로 재우를 쏘아보더니 말했다.

"사무실 안까지 들어오시게 하는 건 너무하잖아?"

그 정도는 이해해 줄 수 있는 거 아냐? 되묻고 싶었지만 재우는 어머니의 손을 잡고 사무실을 나왔다. 이길성의 목소리가 등을 넘어왔다.

"과장님께서 유 형한테 전해달라고 하시더군. 지난번처럼 유 형 어머니를 조치해 달라고."

"조치라니, 뭘 조치하라는 거지?"

이길성은 유류창고 쪽을 턱짓으로 가리켰다.

***

갈치를 구워 막 상에 올려놓는 순간, 노크 없이 현관문이 열렸다. 손 과장이 문가에 서서 재우를 노려보았다.

"도대체 유재우 씨 저의가 뭐야?"

지난번 낚시에서 쏠쏠하게 재미를 본 탓인지, 청장은 스무 명 남짓 자신의 낚시 동호회 회원까지 대동하고 구명도에 왔다. 왁자지껄 소란을 떠는 그들을 향해 어머니가 관사 창문을 열고 냅다 욕설을 퍼부었다. 청장은 쓴웃음을 짓고 말았지만 손 과장의 얼굴은 새파랗게 질렸다.

"사람을 말이야, 개망신을 줘도 유분수지. 나한테 불만이 있으면 직접 대놓고 해. 치사하게 굴지 말고."

손 과장은 분을 삭이지 못한 듯 막말을 퍼부었다. 일일이 해명하는 것도 우스운 노릇이었고, 달리 대꾸하고 싶지도 않기에 재우는 잠자코 있었다.

지난 일까지 들춰내며 울화통을 터뜨리던 손 과장을 어머니가 가만히 지켜볼 리 없었다. 어머니는 철저히 재우 편이었고, 어느 순간부터 재우는 어머니의 적개심이 모성 본능에 가깝다는 것을 알아차렸다.

어머니는 갈치를 집어 손 과장을 향해 내던졌다. 하필이면 뜨거운 갈치가 손 과장의 얼굴에 정통으로 맞았다.

재우는 어머니를 나무랄 생각이 손톱만치도 없었다. 단지 어머니의 허약한 심장이 염려되어 손 과장을 이끌고 관사를 나왔다.

몇 차례 사과의 말을 건네고 나서야 손 과장은 마지못한 듯 목소리를 누그러뜨렸다.

"청장님이 찾으시네."

이길성과 송철용이 청장 곁에서 시중을 들고 있었다. 그럼에도 재우를 찾는 이유는 낚시질이 신통치 않은 모양이었다.

"그리고 지금이라도 모친을 딴 곳에 모시게."

"관사 밖으로 나오지 않도록 하겠습니다."

"사람 참 말귀를 못 알아듣는군. 오신 손님들 잠자리는 마련해 드려야 할 거 아닌가?"

"곤란합니다."

"곤란하다니?"

"지난번처럼 어머니를 냄새나는 유류창고에 감금할 수 없습니다."

"유재우 씨!"

불러놓고, 손 과장은 어처구니없다는 표정으로 서너 차례 도리질을 쳤다.

"뭔가 단단히 착각을 하고 있는 모양인데, 내 충고 하나 하지. 오늘 하룻밤을 어떻게 처신하느냐에 따라 당신의 운명이 바뀔 수 있어."

"못하겠습니다. 두 번 다시 그 짓은 못합니다."

"진심인가?"

입장을 바꿔 놓고 생각해 보라는 말이 목구멍을 넘어왔다. 잘 참아냈고, 억지웃음으로 대답을 대신했다.

"듣기론 어쩔 수 없이 모친을 떠맡고 있는 처지라고 하던데, 그 때문에 앞길까지 망쳐서야 되겠어?"

"전 등대원입니다. 미끼나 갈아 끼워 주고 시중이나 드는 접대부가 아닙니다. 또 관사가 등대원과 그 가족을 위한 곳이지 낚시꾼을 위한 휴식처는……."

송과장이 성마르게 끼어들어 재우의 뒷말을 가로챘다.

"단순한 낚시꾼이 아니라 자네의 상사인 청장님이란 말이야, 이 사람아!"

"구명도를 방문한 목적이 낚시인 이상 등대의 일을 접어두고 청장님 수발이나 들 수 없습니다."

"정말 답답한 사람이네. 하여튼 알았어. 멋대로 해 보라고."

손 과장은 표나게 가래침을 돋궈 바닥에 뱉더니 비탈길을 내려가기 시작했다. 그러나 곧 되돌아왔다.

"하나만 묻겠네. 모친이 자네 곁을 한시도 떨어지지 않는다고 하던데?"

"사실입니다."

"그래서야 업무를 제대로 수행할 수 있겠어?"

"문제 없습니다."

"그건 자네 생각이고 변명이지. 노망든 노인네 돌보는 일이 여간 힘들지 않다는 거 모르는 사람 있나. 업무에 막대한 지장을 준다는 게 내 판단이야. 그래서 하는 말인데, 등대원을 계속하고 싶으면 모종의 결단을 내려야 할 걸세."

지방 신문에 기사가 실렸을 때, 손 과장은 자신의 입으로 분명히 말했다. 등대원뿐만 아니라 공직 사회 전체의 귀감이라고. 그런데 이제 와서 결격 사유로 꼽았다. 다시 말해 구조 조정 대상에 재우를 포함시킬 만하다는 논리였다.

"협박입니까?"

"협박? 말 조심해! 내가 뭐가 아쉬워서 자네한테 협박을 해."

손 과장이 입꼬리에 비웃음을 매달며 뒤돌아섰다.

불의에 가담하느니, 차라리 불의에 당하는 편이 낫다.

속말을 중얼거리며 손 과장을 쏘아봤다. 그러나 손 과장의 어깨 사이로 유류창고가 눈에 들어오자, 한순간의 유혹이 뱀의 혀처럼 재우를 휘감았다.

마지막으로 딱 한 번 어머니를 가둘 수도 있는 거 아닌가. 등대원 아들의 미래가 걸린 문제라면 어머니도 불편을 감수해 주리라.

재우는 고개를 돌려 어머니를 바라보았다.

어머니도 아시죠? 전 정말 등대를 사랑해요.

재우는 불쑥 손 과장의 소매에 매달리고 싶었다. 그게 가능한 일이라면 무릎 꿇고 사정이라도 하고 싶었다.

재우는 손 과장을 불러 세웠다. 짧게 한숨을 토해낸 후 입을 열었다.

"등탑 유리창 교체는 언제 해줄 겁니까?"

"볼펜 뚜껑만한 구멍 따위에 신경 쓰지 말고, 자네 일이나 걱정하라고."

"제발 서둘러 주십시오."

"내 조만간 풍선껌 두 통을 보내지. 모조리 씹어서 그걸로 틀어막으라고."

3.

어머니의 고른 숨소리를 확인한 후, 재우는 슬며시 몸을 일으켜 관사를 빠져 나왔다.

하늘에는 무수한 별들이 반짝였다. 남쪽 수평선을 거슬러 올라 하늘 한복판까지 기다란 띠 모양으로 은하수가 펼쳐졌다.

재우는 천천히 등탑을 향해 걸음을 옮겼다.

선잠을 깬 해피가 게으름을 부리며 뒤를 따라왔다. 얼핏 들여다 본 사무실 안에는 당직인 송철용이 꾸벅꾸벅 졸고 있었다.

수천, 수만 번 오르고 또 오른 길이었다. 눈을 감아도 훤히 보이는 마음속의 길이었다. 그럼에도 자칫 허방다리를 짚을 것을 염려하는 양 재우는 줄곧 고개를 숙인 채 발걸음을 옮겼다. 길섶의 풀한 포기, 흩어진 돌멩이 하나까지 낱낱이 기억에 새겨놓고 싶은 까닭인지도 몰랐다.

저물녘 구조 조정 명단이 팩스를 통해 구명도로 날아들었다.

구명도 항로표지소 유재우, 장기포 항로표지소 박명환.

몇 통의 위로 전화. 이어 임용 동기이자 동반 해고자가 된 박명환으로부터 연락이 왔다.

끝까지 싸우겠다고 했다. 소청 심사위원회에 청원을 하고, 그도 여의치 않다면 행정 소송을 하겠다며 재우의 동참을 종용했다. 구조 조정의 틀 안에서 이뤄진 일이므로 청원도 소송도 무익한 수고일 뿐이다. 박명환 역시 모르지 않을 터였다. 다만 등대지기의 삶이 무력하고, 그간의 수고가 덧없어진 듯한 느낌 때문이리라.

장기근속자는 예우의 차원에서, 경력이 일천한 등대원은 구조 조정의 본래 취지에 적당치 않다는 이유로, 5년 이상 10년 미만의 경력자 중에서 선정하였단다. 11명의 등대원 중 3명이 대상이었고, 이길성만 살아남은 셈이었다.

어떠한 선정이든 이유야 얼마든지 만들어낼 수 있었을 것이다. 결국 손 과장과의 갈등이 박명환을 애꿎은 희생자로 만든 느낌마저 들었다. 그 갈등이 어머니 문제로부터 야기되었다는 생각에 잠시 어머니가 원망스러웠다.

청장의 방문 이후, 손 과장은 앙갚음을 하려는 양 노골적으로 재우를 괴롭혔다. 느닷없이 교육 대상자로 재우를 지목했다. 기능직 등대원이 받아야 할 교육이 아니었으므로 손 과장의 의도를 능히 짐작할 만했다. 어머니를 남겨둔 채 서울까지 올라가 5박6일 일정의 교육을 받는 것은 사실상 불가능했다. 거기서 그치지 않았다. 재우의 처지에 감당하기 힘든 일만 골라 지시를 내려 업무 수행 불능자로 만들었다.

재우는 등탑 입구에 이르러서야 고개를 들었다. 반원을 그리며 다가왔다 멀어져 가는 등댓불을 바라보자 눈시울이 뜨거워졌다.

희망도 계획도 없이 아무렇게나 살다 아무 곳에나 쓰러져 죽어가길 원했던 사내가 있었다. 그 사내를 기꺼이 받아준 등대였다. 가족도 사랑했던 사람에게서도 버림받은 외로운 영혼, 그 영혼을 두 팔 벌려 감싼 등대였다. 사내는 그게 눈물겹도록 고마워 사랑에 빚진 심정으로 등대를 보듬어왔다.

8년이었다. 강풍과 폭우, 뙤약볕과 혹한 속을 함께 달려온 세월이었다. 그 세월 동안 등대는 사내에게 벗이었고 연인이었다. 살아가야 할 분명한 이유였으며, 고단한 일상을 기댈 언덕이었다.

하지만, 떠나야 한단다.

재우는 등탑으로 들어가 계단을 오르기 시작했다. 한 계단씩 밟으며 자신에게 허락된 날을 헤아려 보았다.

9월 30일자로 해직이 통보되었다. 정확히 23일 남은 셈이었다. 그중 내일부터 시작되는 휴가를 계산에 넣는다면 실제 근무는 오늘이 마지막이었다. 등대에서의 마지막 밤이었다.

재우는 등탑 발판에 주저앉아 어둠에 잠긴 바다를 바라보았다.

재우는 외딴섬에서 비로소 세상 사랑하는 법을 배웠다. 어두운 밤바다의 길잡이인 등댓불을 바라보며, 주목하는 이 없어도 고요히 빛을 던지는 등대의 의미를 가슴 깊이 받아들였다.

그리고 등대를 통해 재우는 인연의 끈을 다시 잡았다. 정 소장을 마음속 아버지인 양 받아들였고, 동료들을 만났다. 마지막으로 어머니와 다시 시작할 기회를 얻었다.

절망의 나락에서 허덕이는 사내에게 손을 내민 등대. 재우는 등대에게 빚진 자였고, 등대지기를 천직으로 여기며 한눈 팔지 않고 살아왔다.

이제, 등대를 떠나야 한단다. 병든 노모와 늙은 개 한 마리를 껴안고 어디로든 가야 한단다.

"선배님!"

어느 결에 올라왔을까, 송철용이 쫓기는 사람처럼 담배 한 대를 서둘러 피운 후 말했다.

"사표를 쓸까 해요."

"무슨 소리야?"

"중요한 건 감원이니까, 제가 사표를 쓰면 선배님께서 그만두지 않아도 되잖아요."

두 달 전쯤 바로 이 자리에서였다. 송철용은 재우가 구조 조정 대상에 끼면 가만있지 않겠다고 선언했었다. 그 이야기를 다시 하고픈 듯했다.

"고마워."

재우는 멀어졌다 다가오고, 또 멀어지는 등댓불을 바라보았다.

등대지기는 등대를 사랑한다. 의도치 않아도, 따로 애쓰지 않아도 사랑하게 된다. 그러므로 자신만이 등대를 지켜야 한다는 것은 독선이고 억지다.

"때가 되었다는 느낌이 들었어. 무인등대 전환이 확정되면서, 내 임무도 여기까지로구나 하는 생각을 했어. 내가 정말 가슴 아픈 건 그만둬야 한다는 사실이 아냐. 그래, 나 말고도 등대를 사랑하는 등대지기는 얼마든지 있으니까. 하지만……."

재우는 눈을 감았다. 감긴 눈 너머 어른거리는 등댓불을 쫓으며 덧붙였다.

"무인등대가 될 이곳이 마음에 걸려. 등대지기의 숨결이, 등대지기의 영혼이 깃들지 못한 구멍도 등대가 어떤 꼴일지 상상이 돼. 그게 참 견디기 힘들어."

등대는 밤바다의 길잡이로서만 존재하는 것이 아니다. 누군가는 등대의 불빛 속에서 묵묵히 불을 밝히는 등대지기의 마음까지 읽어내며 따듯함과 용기를 얻기도 하는 것이다. 그러나 등대지기가 없는, 단순한 기계적 불빛에 불과하다면 무슨 소용이겠는가.

"이런 식으로 선배님을 떠나보낼 수가 없어요."

송철용이 눈물을 글썽였다. 재우는 송철용의 어깨를 가만히 토닥였다.

"지난번 내 말을 그냥 흘려들었던 모양이지? 송철용 씨는 타고난 등대지기야. 그래서 마음이 놓여."

"농담하지 마세요."

"타고난 등대지기. 예전에 정 소장님이 내게 해준 말이야. 처음에는 듣기 싫었지. 평생을 외딴섬에서 갇혀 지내라는 소리처럼 들렸거든. 그런데 시간이 지날수록 그 말이 참 고마웠어. 등대지기는 외롭고 고달픈 직업이야. 하지만 누군가는 이 자리를 지켜야 하고, 그게 바로 나라는 사실이 가슴 벅차게 다가올 때가 있어. 철용 씨도 분명 그러리라고 믿어."

"전 아직 멀었어요."

"타고난 등대지기, 맞아. 내가 등대지기를 마치는 그날까지, 혹시 이 말을 전해 줄 후배가 없으면 어쩌나 걱정했었어."

재우는 자리에서 일어섰다.

"내일은 일찌감치 배수로 정비를 해야 할 테니까, 그만 자야겠어."

"휴가잖아요? 그리고 어머니 수술 때문에 서울 가신다고……."

"열흘하고 여섯 날밖에 안 남았어. 거기까지야. 그 뒤론 등대지기가 아냐. 그러니 수술은 좀 미뤄도 되지 않겠어?"

4.

오후로 접어들자 바다가 거칠어졌다.

기상 예보에 의하면 필리핀 북쪽 해상에 머물던 태풍이 어제부터 북진을 시작했다. 점차 세력이 커지고 있으며, 진행 방향으로 미뤄 내일 오후쯤 한반도는 간접적인 영향권에 들어갈 것이라고 했다.

9월도 이미 중순을 넘어서고 있었다. 이번 태풍이 지나간 후 성큼 가을이 깊어지겠지. 그리고 구명도와 작별을 고해야 하리라. 소중한 시간은 서둘러 흘러가는 법이라던가, 재우는 시간 위에 못질이라도 하고픈 심정이었다.

정 소장과 어머니는 벤치에 앉아 있었고, 재우는 선 채로 그들을 바라보았다. 한 살 차이임에도 어머니는 정 소장보다 10년쯤 연상으로 보였다.

나날이 기력이 쇠잔해지고 있는 어머니였다. 식사량이 현저하게 줄어들었고, 협심증의 증세가 깊어진 탓인지 조금만 걸어도 가쁜 숨을 몰아쉬며 식은땀을 흘렸다.

처음 구명도에 왔을 때만 해도 어머니의 건강을 염려하지 않았다. 관심조차 없었다고 하는 편이 옳았다. 그저 하루라도 빨리 어머니의 굴레에서 벗어나고 싶었다. 그 냉대와 푸대접이 불과 6개월 만에 어머니를 폭삭 늙게 만들었다는 생각에 재우는 가슴이 쓰렸다.

정 소장이 사무실 쪽으로 시선을 넘겼다.

"왜 이리 기척이 없어?"

"철용이는 제 휴가를 대신 쓰라고 어제 뭍으로 보냈습니다."

"이길성은?"

"집안에 일이 있다며 아침에 나갔습니다. 내일 오전 중으로는 돌아올 겁니다."

"그래서 자네 혼자란 말이야?"

재우가 고개를 끄덕이자 정 소장이 얼굴을 붉혔다.

"그 친구, 정말 너무하는군."

낚싯배가 선착장에 도착해서야 뒤늦게, 이길성은 부친의 병환이 예사롭지 않다며 재우에게 양해를 구했다. 적어도 하루 전에 낚싯배를 예약했을 터이므로 빤히 속이 들여다보이는 변명이었다.

이길성은 추석을 뭍에서 보내려 작심해 둔 모양이었다. 송철용이 당연히 자리를 지킬 것으로 예상했고 재우 역시 휴가를 포기해 놓은 상태였으니, 나름 잔꾀를 부린 셈이었다.

하루에 감당할 업무량은 그렇다 치더라도 만일의 사태에 대비하려면 반드시 두 명 이상이 지켜야 하는 등대였다. 아무 일도 없을 거라며, 이길성은 호기를 부렸다.

호기, 혹은 요행에 기댈 일이 아니었다. 재우의 반대에도 불구하고 이길성이 한 번만 봐달라며 애걸을 했다. 내일 아침까지 돌아와야 한다는 약속을 받아놓는 것 외에 재우로선 더는 막지 못했다. 임시 소장이라는 딱지가 붙긴 했어도 구명도 등대의 업무를 주관하는 쪽은 이길성이었다.

정 소장이 절레절레 머리를 흔들었다.

"나라도 남아 있어야겠군."

"안 됩니다."

정 소장으로선 42년만에 제대로 맞이하는 추석이었다. 진작 큰댁을 방문할 계획을 세워놓았고, 모처럼 사람 구실을 하게 되었노라며 즐거워했다. 그런 정 소장을 구명도에 머물게 할 수 없는 노릇이었다.

한동안 실랑이를 벌이던 정 소장이 말했다.

"등대가 걱정이 돼 이러는 거지, 자네 때문은 아닐세."

"등탑이 무너져 내리지 않는 한 등댓불은 돌아가야 한다. 이 말씀을 귀에 못이 박히도록 들었습니다. 별일이야 없겠지만, 혹시 일이 생긴대도 안심하십시오. 소장님 밑에서 팔 년을 생활했습니다. 목숨을 내놓는 한이 있어도 등댓불을 꺼뜨리는 일은 없습니다."

근심하지 말라고 건넨 말에 정 소장이 정색을 했다.

"목숨까지 걸라고 한 적은 없네."

재우는 고개를 들어 등탑을 바라보았다.

등대를 떠나야 한다는 사실을 통절히 받아들이면서도, 정작 그

뒤의 일을 생각해 보지 못했다. 홀몸도 아니었다. 달리 가야할 곳이 정해진 바도 없었다. 그럼에도 이상하리만큼 담담했다. 예기치 않은 일이 자신을 기다리고 있어 등대지기의 삶이 계속 이어지리라는, 근거 없는 기대 때문이었다.

"저 등대 떠나면 소장님께서 책임져 주시렵니까?"

"허허, 내가 무슨 힘이 있다고."

"소장님께서는 선장, 전 부선장을 하면 되죠."

"손바닥만한 고깃배에 부선장이라니, 일없네. 자네와는 너무 오래 함께 지냈어. 나이 든 사람 곁에 있으면 덩달아 빨리 늙는 법일세."

재우와 정 소장의 대화를 가만히 듣고 있던 어머니가 말했다.

"빨리 늙어."

정 소장은 재우를 건너다보았다.

"홀아비 사는 꼴을 구경하고 싶다면 서너 달쯤은 참아줄 수 있지."

"홀아비 살림살이는 전혀 궁금하지 않습니다. 누구처럼 구명도 등대를 먼발치에서나마 바라보고 싶어서죠."

정 소장도 재우도 소리내어 웃었다. 하지만 웃음 끝자락은 메마른 우물 속으로 떨어지는 조약돌 하나처럼 공허했다.

"저물기 전에 영산에 도착하려면 그만 일어나시죠."

재우는 어머니를 업고 정 소장을 배웅키 위해 선착장으로 향했다.

깃털처럼 가벼운 어머니가 두 손으로 재우의 목을 감쌌다. 어머니의 메마른 젖가슴 너머 미약한 심장의 고동이 전해져 왔다. 재우는 비탈길을 더디게 내려가며 어머니에게 속말을 중얼거렸다.

아프지 마세요. 8년을 남남처럼 담쌓고 지냈어요. 그러니까 적어도 8년은 둘째아들과 살아줘야 맞잖아요.

등대호에 오르기 전 정 소장은 재우에게 손을 내밀었다.

이틀에 한 번 꼴로 다녀가는 정 소장이었다. 구태여 이별의 절차가 필요한 사이도 아니었다. 그런데 난데없이 웬 악수람. 재우는 한동안 정 소장의 손을 내려다보았고, 어머니가 대신 정 소장의 손을 잡았다.

"가지 마아……."

"추석 잘 쇠세요. 아드님과 오붓하게 송편도 빚어보시고요."

재우는 뱃전에 올라선 정 소장을 다급하게 불렀다.

"오래 전부터 묻고 싶은 게 있었어요. 등대지기는 울지 않는다. 정말 가능한 일인가요?"

"물끄러미 등탑을 바라보다 까닭 없이 세 번쯤 통곡하고 나서야 진짜 등대지기가 되는 걸세."

"그렇다면 저는 아직 멀었네요. 등대를 사랑할 이유가 아직은 더 남은 거네요."

정 소장은 자못 심각한 눈빛으로 재우를 바라보았다. 차마 말로 전하지 못할 무엇이 있다는 듯이.

등대호가 부두를 벗어나기 직전 정 소장이 말했다.

"등대지기의 눈물은 말일세……."

툴툴거리는 엔진음이, 갯바위에 부딪히는 파도가, 꽹이갈매기의 아우성이 정 소장의 뒷말을 삼켰다.

등대호가 멀어지고 멀어져 수평선 위에 한 점으로 남을 때까지, 재우는 스스로에게 물었다.

등대지기의 눈물이 어쨌다는 것인가. 그 눈물에는 특별한 무엇이라도 담겨 있단 말인가.

5.

바다는 시간이 흐를수록 거칠게 일어섰다.

불어오는 남서풍에는 비의 냄새가 담겼고, 인근의 배들은 뱃머리를 돌려 귀항을 서둘렀다. 갈매기들마저 제 둥지에 틀어박힌 채 삐쭉 고개를 내밀어 수상쩍은 눈초리로 바다를 두리번거렸다.

기상청의 통보에 의하면 오후 2시를 기해 남해 전역에 주의보가 내려졌다.

이길성은 돌아오지 않았다. 대신 전화로 사정을 알렸다.

— 아버님의 병환이 생각보다 위중해서 말이야, 내일은 꼭 들어가지. 본청에서 날 찾거든 유 형이 알아서 적당히 둘러대줘.

내일도 오지 않을, 아니 오지 못할 것이다. 주의보는 경보로 바뀔 가능성이 높다. 다행히 태풍의 경로에서 멀리 벗어난다 해도 바다의 기세가 누그러들 때까지 시간이 필요하다. 적어도 사나흘은 홀로 등대를 지켜야 한다.

재우는 종일 사무실, 발전실, 유류창고, 무신호실, 등탑을 종종걸음치며 작업에 매달렸다. 숱하게 반복해온 일이건만 돌아서면 이내 미진한 느낌이었다. 혼자라는 사실 때문이리라.

발전실 점등 스위치를 올려 등명기가 환한 빛을 뿌리는 것을 확인하고 나서야, 재우는 긴 안도의 숨을 내쉬었다. 여름은 진작 끝이 났건만 온몸이 땀으로 흥건히 젖었다.

현관 앞에 쪼그리고 앉아 분주히 움직이는 재우를 지켜보던 어머니가 말했다.

"더워?"

"힘든 하루네요."

어머니는 재우 이마에 맺힌 땀방울을 야윈 손으로 닦아주었다. 재우의 등에 업혀 이곳저곳 옮겨다닌 탓인지, 어머니의 몸에도 땀냄새가 배어 있었다.

"우리 같이 목욕할까요?"

목욕할 때마다 질색하던 어머니이기에 당연히 도리질을 칠 줄 알았다. 웬걸, 선뜻 고개를 끄덕였다.

주저하는 쪽은 오히려 재우였다. 서른두 살의 사내가 어머니 앞에서 알몸을 보이다니, 당치도 않은 일이었다. 그럼에도 어머니와 함께 욕조 안에 들어가고 싶었다. 다시는 기회가 없을지도 모른다는 생각이 강하게 재우를 사로잡은 까닭이었다.

어린 시절 형을 따라 목욕탕을 다녔다. 두 살 터울인 형이 재우의 몸을 제대로 닦아줄 리 없었고, 둘은 실컷 장난만 치다 돌아오기 일쑤였다.

그러나 어느 순간부터 재우는 형을 따라가지 못했다. 너희는 왜 매번 둘이서만 오냐? 아버지가 안 계시니? 목욕탕 주인의 물음이 형을 창피하게 만든 탓이었다.

재우는 부엌에서 목욕을 했다. 때를 벗기는 어머니의 손길은 매웠고, 몸부림이라도 칠라치면 어머니는 손바닥으로 등판을 내려쳤다.

재우는 어머니에게 등을 맡겼다. 그러나 때를 미는 것이 아니라 미는 시늉에 가까웠다. 그 옛날 어머니의 손길이 사무치도록 그리웠다.

"아파?"

"아프니까 천천히 밀어요."

재우가 짐짓 몸부림을 치자 어머니는 재우의 등판을 찰싹 때렸다. 한동안 어머니의 손길이 움직이지 않았다.

"힘들면 그만해요."

재우는 몸을 돌려 어머니를 바라보았다.

어머니가 뚝뚝 눈물을 떨어뜨리며 재우의 왼쪽 허리춤을 어루만졌다. 화상의 흉터가 남아 있는 곳이었다. 다림질하던 어머니가 잠시 자리를 비운 사이, 백일이 지난 어린 재우가 달궈진 다리미 쪽으로 굴러가 데인 상처라고 했다.

"커졌어."

"괜찮아요."

"커졌어."

"아무렇지 않아요."

어머니는 혼잣말처럼 같은 말을 되풀이했다. 강산이 세 번이나 바뀔 만한 세월이 흘러갔건만, 상처마저 희미한 흔적이 되었건만 어머니의 가슴에는 여전히 지워지지 않는 흉터로 남아 있는 모양이었다.

어머니는 처음부터 그 자리에 있었다. 멀어지고 벗어나려 발버둥을 친 쪽은 재우 자신이었다. 재우는 어머니를 품에 안았다. 어머니의 체온이 재우의 알몸에 고스란히 전해졌다.

아, 이런 어머니를 어떻게 미워했을까. 무슨 자격으로 이런 어머니를 원망하고 버리려 했을까.

재우는 어머니 몸에 비누질을 하며 물었다.

"엄마, 아들이 몇 명예요?"

"둘."

"둘 중에 누가 더 좋아요?"

"몰라."

"왜 재우한테만 못된 엄마였어요?"

"똑같아."

"누구랑요?"

"아버지."

"재우가 아버지를 닮은 게 싫었어요?"

"무서워."

"닮은 게 왜 무서워요?"

어머니는 더이상 대꾸하지 않았다. 그러나 재우는 어머니의 속말을 들을 수 있었다.

넌 아버지를 꼭 빼닮았다. 네가 아버지처럼 포기할까 봐, 아버지처럼 약해빠져서 독한 데라곤 없어서 아버지처럼 될까 봐, 이 어미는 무서웠다.

"미리 말을 했어야죠. 아버지처럼 되선 안 된다고. 강하게 살아야한다고. 귀띔이라도 해주지 그랬어요?"

그게 말해서 될 일인가. 가르치고 타이른다고 될 성싶지 않기에, 어머니는 스스로 모질고 엄하게 굴자고 각오했을 것이다.

그래서 이제껏 버틸 수 있었구나. 불쑥 눈시울이 뜨거워져 재우는 연신 헛기침을 토했다.

스스로 세상을 버리려고 마음 먹은 적이 있었다. 마지막 순간 뒷덜미를 강하게 낚아채는 힘을 느끼곤 했다. 그게 어머니의 간절한바람이 아니었을까.

6.

추석이었다.

8년만에 어머니와 함께 맞이하는 명절이었다. 그러나 또다시 무정한 아들이 되고 말 듯했다. 태풍의 접근으로 세 명의 등대원 모두가 근무해도 손이 부족할 비상 사태였다.

모든 창문에 나무로 덧문을 달아 가렸고, 침수를 막기 위해 문턱마다 모래주머니를 쌓아올렸다. 유류창고가 높은 파도에 유실이 될경우를 대비해 지게질로 등유를 옮겨놓았다.

태풍의 예상 경로는 아직 불투명했다. 한반도 남해안을 관통할수도, 일본 쪽으로 우회할 수도 있었다.

그러나 구명도는 이미 영향권에 들어선 모양이었다. 아침부터 시작된 비는 엄청난 양을 쏟아부었고, 천둥과 번개가 끊임없이 하늘을 찢어댔으며, 몸을 제대로 가누기 힘들 지경으로 강풍이 불었다.

재우는 2년 전 겪었던 태풍의 위력을 떠올렸다.

등대 생활을 시작한 이래 가장 참혹했던 일기였다. 주먹 크기의돌멩이가 사람이 손으로 던진 것처럼 수평으로 휙휙 날아다녔다. 건물마다 모든 유리창이 깨지고 유류창고는 통째로 유실되었다. 바람에 맞선 등탑이 흔들리는 게 눈에 보일 정도였고, 남쪽 직벽을 타고 올라온 파도가 등탑에까지 다다랐다.

특히 끔찍한 것은 등탑 주위에 파란 불꽃이 일으키는 복귀 뇌격이라고 불리는 방전 현상이었다. 일반적으로 목격할 수 있는 것은 하늘로부터 떨어지는 선도 뇌격이다. 반대로 복귀 뇌격은 지상에서 구름을 향해 상승하면서 발생한다. 선도 뇌격과 복귀 뇌격은 지상 50미터 지점에서 만나 낙뢰가 된다.

2년 전과 비슷한 위력의 태풍이 다가오고 있는 듯했다. 과연 혼자 힘으로 등대를 무사히 지켜낼지 의문이었다. 제발 비켜 가길 바랄 도리밖에 없었다.

어머니는 천둥과 번개가 무섭다며 이불을 뒤집어쓴 채 이따금 고개를 내밀었다. 재우의 존재를 확인하기 위해서였다.

오후 4시였다. 그러나 적난운으로 뒤덮인 하늘은 초저녁처럼 어둑신했다. 평소보다 서둘러 등댓불을 점등시켜야겠다고 생각하며, 재우는 자리에서 일어섰다.

재우의 기척을 알아차린 어머니가 재깍 따라나설 기색이었다.

"금방 돌아올 테니 가만히 있어요."

"가지 마, 가지 마."

"발전실에 가서 스위치만 올리고 올 거예요."

재우가 방을 나서려는 순간이었다.

"재우야!"

소리쳐 놓고 어머니가 간절한 눈빛으로 재우를 바라보았다.

"비가 너무 많이 내려요. 그래서 같이 갈 수가 없어요."

그러나 신발을 신을 때 다시 어머니의 목소리가 들려왔다.

"재우야, 안 돼!"

"왜 걱정돼요?"

어머니가 냉큼, 그리고 크게 고개를 끄덕였다. 재우는 어머니를 향해 활짝 미소를 지어 보이며 말했다.

"등대지기는요, 비바람 정도로 넘어지지 않아요. 아무 걱정 말아요."

현관문을 열고 나가려는 찰라, 이번에는 고함에 가까운 큰 목소리로 재우를 불렀다. 세 번씩이나 연속으로, 그것도 정확하게 재우의 이름을 불러준 적은 없었다. 그런 어머니가 새삼 고마워 돌아서 꾸벅 인사라도 하고 싶은 심정이었다. 하지만 내처 걸음을 옮겼다.

재우는 빗속을 내달려 발전실로 들어갔다.

연료 탱크 가득 등유를 주입해 놓은 후, 발전기에서 등명기로 연결된 전원 스위치를 올렸다. 당연히 힘차게 가동되어야 할 발전기가 잠시 우웅 소리를 내더니 툭 멈췄다. 몇 차례 스위치를 내렸다 올려 보았지만 작동될 기미는 없었다.

어디가 잘못된 것일까. 불길한 예감이 빠르게 온몸을 관통하며 지났다.

발전기가 작동되면 곧바로 등댓불에 점등이 되고, 등댓불을 소등하면 자동적으로 발전기의 동작도 멈췄다. 잠시나마 작동이 되었기에 발전기의 이상은 아니었다. 등명기 자체의 고장이거나, 발전기와 등명기 사이의 연결 전원에 문제가 생겼으리라 짐작되었다. 발전실 내부의 전원장치에는 이상이 없었다. 그렇다면 등명기를 점검해야 한다는 의미였다.

*＊＊

등탑을 바라보며 재우는 기나긴 한숨을 토해냈다.

두려웠다.

폭우와 광풍과 번개를 뚫고 올라야 할 등탑이었다. 뇌우를 동반한 악천후에는 등탑에 접근하지 말아야 했다. 더구나 등탑 꼭대기에 자리한 등실에 오르는 자체가 위험을 자초하는 무모한 행동이었다. 게다가 곁에서 거들 동료조차 없었다.

주의보가 내려진 지 이틀이었다.

바다는 텅 빈 채다. 어선은 물론 대형 선박들도 피항을 마쳤을 것이다. 과연 등댓불을 밝힐 필요가 있을까. 등댓불에게 항로를 물을 조각배 하나 남아 있지 않을 상황이다. 게다가 이미 해고 대상자로 결정된 상태가 아닌가.

재우는 망설이고 또 망설였다. 그러나 결국 공구 벨트를 허리에 두르고 폭풍우 속으로 뛰어들었다.

강풍에 휘청 다리가 꺾였다. 거센 빗줄기에 목덜미가 따가울 지경이었다. 망막을 하얗게 태워버릴 양 번개가 번쩍이자 고막을 찢어놓을 듯한 천둥소리가 뒤따랐다.

관사 앞을 지나며 재우는 다시 머뭇거렸다.

나 혼자의 몸이 아니다. 만일 무슨 일이라도 생기면 어머니는 어쩌란 말인가.

재우는 망설임을 떨쳐내려는 양 잰걸음으로 관사를 지나쳤다.

강풍과 폭우를 온몸으로 맞서며 겨우 등탑 입구에 도달했다. 번쩍, 우르르꽝. 곧이어 불과 20~30미터의 거리에서 파란 불빛이 폭죽처럼 일어났다. 복귀 뇌격이 발생하고 있었다.

"자칫 선 채로 통닭구이가 되겠군."

재우는 진저리를 치며 등탑으로 들어섰다. 우우웅. 강풍에 등탑 전체가 흔들리는 소리가 저음 악기의 둔중한 울림처럼 위로부터 들려왔다.

나선형 계단이 끝난 지점, 수직 사다리를 앞에 두고 재우는 다시 망설였다.

이제 두려움의 대상은 번개였다. 피뢰침이 있다고는 하지만 완벽한 안전장치는 못되었다.

2년 전 태풍 때 소리도 등대는 낙뢰로 등실의 지붕이 송두리째 날아갔다. 조사 결과 접지 부분에 문제가 있었던 것으로 밝혀졌다. 소리도 등대와 같은 일이 벌어지지 않으리라는 보장이 없었다.

재우는 세차게 머리를 좌우로 흔들어 방정맞은 생각을 몰아냈다. 사다리에 발을 올려놓으며 맹세의 격문을 외우듯 중얼거렸다.

"등대지기는 등댓불을 밝혀야 한다. 그러기 위해 존재하며, 그래야 진짜 등대지기인 거다."

등실 바닥은 물에 젖어 흥건했다. 유리창의 작은 구멍으로 비가 들이친 탓이었다. 기가 막혔고, 화가 치밀었다. 유리창의 교체를 집요하리만큼 요청했건만 번번이 묵살되었다. 결국 말썽의 원인이 된 셈이었다.

문제는 등명기 하단에 달린 전원 연결장치에 있었다. 등명기 작동에 이상이 발생하였을 경우 자동적으로 전원이 차단된다. 유리창 구멍으로 날아든 빗방울이 연결장치에 스며들었고, 누전으로 인해 퓨즈가 끊긴 거였다.

물기를 제거하고 퓨즈를 갈았다. 재우는 기도하는 심정으로 전원 스위치를 올렸다. 둔탁한 기계음과 함께 등명기가 움직였고, 등롱 안의 램프는 빛을 뿜어냈다.

해냈다. 재우는 환호성이라도 지르고 싶은 심정이었다.

그러나 마냥 즐거워할 수는 없었다. 근본적인 조치가 아니었다. 유리창의 구멍을 통해 빗방울은 여전히 날아들고 있었다. 손 과장 말대로 풍선껌이라도 씹어 틀어막아야 할 상황이었다.

당장은 도리가 없어. 그만 어머니에게로 돌아가자.

재우는 중얼거리며 유리창에서 몸을 돌리려는, 바로 그 순간이었다. 쩍, 소리와 함께 요란한 파열음이 뒤따랐다.

7.

끝 모를 깊이의 바다 속으로 맥없이 가라앉은 듯했다.

무중력의 막막한 우주 공간 속을 속절없이 떠돌고 있다는 기분도 들었다.

차가운 빗방울이 얼굴로 떨어지는 것이 느껴졌다. 그리고 한순간 뜨거운 불기둥이 자신을 관통해 지나갔다는 것을 알았다. 재우는 유리창의 구멍을 발견한 순간부터 끈질기게 시달렸던 불길함, 그 예감의 정체와 마주했다.

눈을 떴다. 동공을 하얀 천으로 가려놓은 듯 온통 흰빛이었다. 손가락을 들어보았다. 움직여졌다. 손, 팔꿈치 아래까지 힘겹긴 하지만 그럭저럭 움직일 수 있었다. 그러나 어깨는 수십 겹의 동아줄로 묶어놓은 듯했다. 허리 밑으로는 감각조차 느껴지지 않았다. 허리춤에 매달린 공구 벨트는 구워놓은 오징어처럼 오그라들었고 19미리 스패너는 엿가락인 양 휘어져 있었다.

재우는 눈을 부릅떴고 조금씩 주위의 형태가 시야에 들어왔다. 이어 등명기가 돌아가는 기계음에 섞여 불빛이 보였다.

아, 등대는 무사하다.

눈물이 고장난 수도꼭지처럼 쉼없이 흘러내렸다.

소리도의 경우처럼 등실의 지붕이 날아간 것도 아니었다. 그렇다면 번개는 일단 피뢰침에 떨어졌고 재우는 간접적으로 피해를 입은 것으로 짐작되었다. 등탑은 온전한데 어찌 번개가 재우의 몸을 꿰뚫고 지난 것일까. 번개는 결국 강력한 전기이다. 유리창의 구멍을 통해 내부로 날아들어 거대한 전도체인 등명기를 노렸을 테고, 그 앞에 서 있던 재우가 당했으리라.

등대원 발령 직전 낙뢰에 대한 교육을 받은 적이 있었다.

번개에 맞았다고 모두 즉사하는 것은 아니다. 응급조치를 받는다면 상당 수준까지 회복될 수 있다. 경우에 따라선 잠시 정신을 잃었다가 말짱하게 깨어나는 기적도 종종 있다. 미국의 한 삼림 감독원은 일곱 차례나 번개에 맞고도 살아났단다.

그러한 기적적인 소생이 자신에게 일어날지 재우는 의문이었다. 응급조치는커녕 당장 구조될 가능성마저 없었다.

상당 부분의 근육 조직이 무력해진 듯했다. 특히 허리에 두르고 있던 공구 벨트에 낙뢰가 유입되면서 중추신경계를 무너뜨렸는지 하반신을 아예 움직일 수 없었다.

그러나 외상보다 걱정스러운 것은 내상이었다.

호흡이 점점 가빠졌다. 누룩이 들어간 밀가루 반죽처럼 온몸이 빠르게 부풀어오르는 느낌이었다. 강력한 전기가 내부를 훑고 지나면서 장기가 화상을 입은 듯했고, 폐와 신장의 손상이 심각한 모양이었다.

얼마나 시간이 흐른 것일까.

유리창 너머는 짙은 어둠이 감싸고 있었다. 바람은 더 강하진 듯했고, 번개와 천둥이 여전히 기승을 부렸다.

아, 어머니.

재우는 두려움과 막막함 속에서 어머니를 떠올렸다. 그리고 어머니 역시 겁에 질린 채 재우를 부르고 있으리라는 생각에 미쳤다. 참으로 비통한 자각이었다.

사무치도록 어머니가 보고 싶었다. 오랫동안 어머니를 그리워하지 않았다고 생각했다. 틀렸다. 헤어져 있는 동안에도 줄곧 어머니를 그리워했고, 단지 원망의 가면으로 그리움을 가려왔을 뿐이었다.

겨우 가면을 걷어내고 어머니를 받아들였다. 그리우면 그립다고 말할 수 있게 되었다. 어머니의 남은 여생까지 내내 동행할 각오였다.

하지만 최악의 상태였다. 움직일 수 있는 데라곤 손 정도였고, 지상에서 아득한 높이인 등탑 꼭대기였다. 수직 사다리를 기어내려 갈 수도, 구조를 요청할 연락조차 할 수 없었다.

외딴섬에는 정신도 육체도 온전치 못한 어머니뿐이었다. 재우의 현재 상태를 누구도 알지 못할 것이었다.

받을 자가 없어서 탈이지 전화는 간혹 걸려오리라. 이길성은 구명도의 상황이 궁금할 것이다. 추석 연휴이긴 하지만 본청에서 연락을 취해올 가능성도 배제할 수 없다. 6시간에 한 번씩 구명도 인근의 기상을 보고하게 되어 있고, 보고를 받지 못한 기상청 담당자가 이상한 조짐을 느낄 수도 있다. 그러나…….

외딴섬 등대지기의 안녕을 묻기 위해 폭풍우의 바다를 건너올 자가 과연 있을까.

이렇게 죽어야 하는가.

홀로 남게 될 어머니는 어찌 되는가.

"엄마……."

재우는 뼈를 저미는 듯한 절망 속에서 어머니를 불렀다.

내려가야 한다. 어떡하든 여기서 내려가야 어머니의 손을 잡을 수 있다. 내려가서 어머니의 손을 잡으면 기필코 살아날 방도가 있으리라.

재우는 팔꿈치를 바닥에 대고 상체를 일으키려 안간힘을 썼다. 그러나 육중한 납덩어리를 어깨에 올려놓은 양 꿈쩍도 하지 않았다. 도리 없이 배밀이로 바닥을 기기 시작했다. 채 1미터도 안 될 사다리까지의 거리였다. 그럼에도 지구에서 달까지의 거리만큼이나 아득하기만 했다.

재우는 사다리에 턱을 기대고 밑을 내려다보았다.

까마득한 깊이의 어둠이 재우를 향해 죽음의 유혹인 양 손짓을 하고 있었다.

8.

알록달록 우리 아가 꼬까신
아장아장 어디어디 가느냐

서너 살배기 아이였다.

저만치 아이의 엄마가 두 손을 활짝 벌린 채 노래를 불렀다. 꼬까신의 아이는 넘어질 듯 뒤뚱거리며 엄마를 향해 다가갔다. 냉큼 품에 안길 듯하면 어느새 엄마는 저만치의 거리로 물러섰다. 아이는 그런 엄마가 야속해서 울었고, 엄마는 아이의 이름을 불렀다.

"재우야!"

사다리에 턱을 고인 채로 잠이 들었던 모양이다. 아니다. 재차 정신을 잃었고, 점차 혼미의 늪 속으로 빠져드는 재우를 어머니가 무의식 저편에서 흔들어 깨운 거였다.

재우는 시간을 확인하기 위해 왼손을 눈앞으로 힘겹게 이동했다. 4시 50분. 4시에 관사를 떠났으니 고작 50분이 흘렀을 뿐이라는 건가. 그러나 초침은 멈춘 상태였고, 재우가 낙뢰를 맞은 시점에서 시계는 고장이 난 셈이었다.

"재우야!"

환청이야. 관사를 나설 당시 어머니 목소리를 다시 듣고 있을 뿐이라고 재우는 생각했다.

어머니가 세 번씩이나 이름을 불러주었던 이유를 비로소 알 듯했다.

어머니는 자식에게 닥칠 위험을 본능적으로 알아차렸다. 하지만 등대지기 아들은 어머니의 간절한 만류를 뿌리쳤다.

매번 그런 식이었을지도 모른다. 스물네 살 무렵 집을 떠날 때에도 어머니의 속뜻을 아예 무시해버렸으리라.

"재우야!"

환청이 아니었다. 재우는 주위를 두리번대다 사다리 아래를 굽어보았다.

아, 거기 어머니가 있었다.

나선형 계단이 끝나고 수직 사다리가 시작되는 부분이었다. 어머니는 한껏 고개를 젖힌 채 재우를 애타게 부르고 있었다.

번연히 어머니를 보면서도 재우는 선뜻 당신의 존재를 믿을 수 없었다.

어머니가 무슨 수로 예까지 왔을까. 폭우와 강풍과 천둥 번개를 뚫고, 그 가파른 비탈길을 어떻게 올라왔을까. 겨우 서너 발짝 떼어놓고도 가쁜 숨을 몰아쉬던, 만신창이가 된 심장을 품고 있는 어머니가 아닌가.

쇠잔한 기력으로 백아흔아홉 계단을 어찌 다 밟았을까. 두려움과 외로움이 늙고 병든 어머니를 인도하는 힘이었을까. 아니, 아니다. 어머니는 사경을 헤매는 아들을 향해 이 악물고 다가온 것이었다.

"엄마……."

"나쁜 놈!"

어머니는 울기 시작했다. 두 손으로 사다리의 발판을 부여잡고 어린아이처럼 엉엉 소리내어 울었다. 등탑까지의 고통스러웠던 여정 때문에 우는 것이 아니었다. 어머니는 당신의 뜻을 거스른 자식을 그렇게 꾸짖는 것이리라.

재우는 복받쳐 오르는 설움을 참기 위해 입술을 깨물었다.

엄마, 나 많이 아파요. 엄마가 나를 좀 만져줬으면 좋겠어요. 하지만 우린 너무 가깝고, 또 너무 멀리 떨어져 있네요……. 마지막 순간까지 엄마를 못 보게 되면 어쩌나 했어요. 이렇게 얼굴을 보여줘서 고마워요. 이젠 됐어요.

"내려가요. 내려가 방에 가만히 있어요."

그러나 어머니는 오히려 사다리 철제 발판에 한 발을 올려놓았다.

"재우도 금방 내려갈 거예요. 어서요."

아, 어머니는 나머지 발도 사다리 철제 발판으로 옮겼다.

"안 돼요!"

재우는 소리쳤다. 쿨럭쿨럭 기침이 터져 나왔고, 진득진득한 핏덩이를 토해냈다. 안간힘을 쓰며, 밭은기침을 참아내며 재우는 다시 외쳤다.

"제발 그러지 마요! 엄마는 못 올라와요!"

"할 수 있어. 잘할 수 있어."

아니다. 어머니는 할 수 없다. 담력 센 사내들도 오금이 저려 오르지 못하던 곳이다.

어머니는 착각을 하고 있었다. 영산 버스터미널에서 옥수수를 사던 것처럼 간단한 일이 아니었다. 왜 어머니에게 터무니없는 자신감을 심어주었던가. 재우는 뒤늦은 후회로 몸을 떨었다.

어머니는 두 손으로 사다리의 발판을 잡고 재차 한 발을 옮겼다. 재우는 그런 어머니를 향해 손을 내저었다.

"내려가요, 제발."

어머니가 또다시 한 칸을 올라왔다. 이어 또 한 칸.

필사적으로, 필사적으로.

치매로 정신은 온전치 못하고 협심증으로 기력마저 쇠잔해진 어머니. 당신을 지탱하게 만드는 힘은 도대체 무엇일까. 무엇이 당신의 두려움을 몰아내는 것일까. 그 무엇이 죽음마저 뛰어넘어 아들을 향해 한 발 한 발 내딛게 하는가.

어머니의 얼굴은 어둠 속에서도 단박 눈에 띌 만큼 창백해져 있었다. 저러다가 협심증 발작이라도 일으킨다면, 결국 힘이 부쳐 사다리를 잡고 있는 손을 놓고 말리라. 수십 길 등탑 밑으로 추락하고 말 것이고…….

무사히 등실로 들어선다 해도 결코 반길 일이 아니었다.

재우는 자신의 처참한 꼴을 어머니에게 보이고 싶지 않았다. 치매의 어머니라도 자식이 죽어가고 있다는 것쯤은 알아차리리라. 자식을 앞세워 보낸 부모는 그 자식을 땅에 묻는 것이 아니라 가슴에 묻는다고 하지 않던가.

설사 올라온대도 내려가는 쪽이 한층 힘겨운 등탑의 사다리다. 굽어보는 것만으로도 겁에 질릴 만한 까마득한 깊이다. 어머니는 내려가지 못할 것이다.

구조의 손길이 다가올 시간조차 예측할 수 없는 난폭한 일기가 계속되고 있었다. 관사에 머무른다면 적어도 허기는 면할 테고, 죽음의 위협에서도 벗어날 수 있었다. 하지만 등실은 달랐다. 구조의 시간이 늦어진다면 어머니 역시 도리없이 삶의 끈을 놓게 되리라.

말려야 한다. 무슨 일이 있어도 더 이상 오르지 못하도록 막아야 한다.

재우는 공구 벨트를 더듬었다. 엿가락처럼 휘어진 스패너를 빼들어 밑을 향해 휘둘렀다. 손아귀의 힘이 풀리며 스패너를 놓쳤다.

악, 외마디 비명이 들렸다. 스패너가 어머니의 이마를 때린 모양이었다. 금세 선홍빛 핏발울이 이마에서 뺨을 타고 흘러내렸다.

재우는 서둘러 고개를 돌렸다. 한편 차라리 잘된 일이라는 생각이 들었다. 그만 단념하고 내려가리라.

그러나 어머니는 다시 오르기 시작했다.

악을 쓰고 애걸하는 것 외에 무엇을 할 수 있단 말인가. 차라리 질끈 눈을 감아버리는 편이 나을지도 몰랐다.

어머니는 스물여덟 칸 중 절반쯤 올라와 있었다. 사다리를 잡고 있는 어머니의 손이 사시나무처럼 떨고 있는 것이 보였다. 어머니는 연신 가쁜 숨을 몰아쉬면서도 재우를 향한 시선만은 거두지 않았다.

재우는 도리질을 치고 또 쳤다. 고함을 지를 힘조차 남아 있지 않았지만 눈물은 끊임없이 흘러내렸다.

* * *

추웠다.

폭염이 내리쬐는 사막 한가운데 버려진 느낌이건만 몸은 한정 없이 떨려왔다.

재우는 눈을 떴다.

어머니는 손 내밀면 닿을 듯 가까운 곳에 있었다. 어머니를 확인하자 희뿌연 안개에 휘감긴 듯하던 의식이 서서히 선명해졌다.

어머니의 손이 등실 바닥을 짚는 순간, 재우는 정신을 잃었다. 그 사이 얼마나 많은 시간이 흘러갔고 어떤 일이 있었는지 알지 못했다.

재우는 바닥에 누운 채 어머니 무릎을 베고 있었다. 어머니가 당신의 무릎 위에 재우의 머리를 올려놓았으리라.

"아파?"

어머니의 물음에 재우는 대뜸 소리쳤다.

"여긴 뭐하러, 어쩌자고 올라와요?"

"많이 아파?"

"내려가요, 당장."

"내가 살려줄께."

그때도 지금처럼 말했다. 종이 기저귀를 거부하는 어머니에게 힘들다고 푸념을 늘어놓았고, 어머니는 몸뻬 위에 종이 기저귀를 두르고 사무실에 나타나 똑같이 말했다.

동료들은 낄낄댔고, 재우는 민망했다. 그리고 지금 저린 가슴을 어쩌지 못한 채 어머니에게서 고개를 돌렸다.

"아프지 마. 내가 살려줄께."

어머니가 잠투정하는 아이를 어르듯 재우의 가슴을 토닥토닥 두드렸다. 맨바닥의 한기로 몸은 떨면서도 가슴만은 모닥불이라도 지펴놓은 양 뜨거웠다.

재우는 다시 눈을 감았다. 어머니의 얼굴을 똑바로 바라볼 자신이 없었다.

아, 이게 어머니의 사랑이구나. 이렇게 어머니는 날 사랑해왔구나.

왜 이제 겨우 알게 되었을까. 왜 죽음의 그림자가 덮쳐오는 지금 이 순간에야 절감하고 있을까. 그게 억울하고도 서러웠다.

재우는 어머니를 향해 손을 내밀었다.

"엄마, 날 좀 안아줘요."

어머니의 야윈 젖가슴에 얼굴을 묻었다. 짐승의 외마디 비명 같은 울음이 터져나왔다. 손을 뻗어 어머니 이마에 난 상처를 어루만지며 재우는 울고 또 울었다.

어둠이 물러가고 날이 밝았다.

천둥과 번개는 주춤해졌다. 그러나 폭우와 강풍은 더욱 거세지고 있었다. 태풍이 구명도를 비껴간 것이 아니라 관통하고 있는 느낌이었다.

어머니는 빗물이 흥건한 등실 바닥에 모로 누운 채 잠이 들었다. 깊은 잠일 리 없었다. 강풍이 몰아쳐 등탑이 몸부림을 칠 적마다 깨어났고, 그때마다 어김없이 물었다.

"아파?"

묻고 나서 어김없이 이어지는 말.

"내가 살려줄께."

"그럼요. 엄마는 재우를 살려줄 수 있어요."

재우는 눈물을 들키지 않으려 등명기를 바라보았다.

등댓불을 소등할 시간이었다. 전원 연결장치까지 1미터를 기어가야 한다. 그러나 몸을 움직일 만한 힘이 남아 있지 않았다.

등대지기가 죽어가고 있다. 더 이상 등대에 불을 밝히고 끄는 것이 뭐 그리 대단한 일이겠는가. 재우는 등명기를 외면하려는 양 눈을 감았지만 잠시뿐이었다.

만일 소등을 하지 않는다면, 험악한 일기가 계속 이어진다면……

발전기 연료탱크로 등명기를 돌릴 수 있는 시간은 24시간. 오후 4시가 되면 연료탱크가 아닌 비상용 배터리로 가동을 해야 할 것이다. 배터리로는 12시간이 고작이다. 내일 저녁부터 구명도 등대는 불을 밝힐 수 없게 된다.

다행히 바다가 가라앉고 이길성이 나타난다면, 근심할 일이 아니다. 그러나 등대지기는 섣부른 낙관을 하지 않는다. 언제나 최악의 경우를 대비해야 한다.

폭풍이 물러간다 해도, 이틀 정도는 거센 파도가 뱃길을 가로막을 것이다. 하루라도 더 등댓불을 밝히기 위해선 당장 소등해야 마땅하다.

그러나 재우는 망설였다. 몸의 상태가 빠르게 나빠졌고, 이런 몸으로 다시 점등할 기회가 있을지 의문이었다.

아직은 등대지기다. 등대지기가 존재하는 이유는 오직 등댓불을 밝히기 위해서다. 내일 죽음이 찾아와도 오늘의 몫으로 등대를 사랑하면 된다.

재우는 어머니를 불러 손가락으로 전원장치 부분을 가리켰다.

"날 저리로 데려다줘요."

9.

"밥 줘!"

재우는 자꾸만 감기는 눈꺼풀을 힘겹게 들어올렸다.

"배고파, 밥 줘!"

아들을 향한 어머니의 간절한 몸부림은 끝이 났다. 오락가락, 시소를 타듯 감정의 요동을 겪긴 했지만 원래의 치매 상태로 돌아간 듯했다.

"밥줘, 썩어 자빠질 놈아!"

단순한 투정이나 억지가 아니었다. 어제 저녁부터 꼬박 굶은 셈이니 허기질 만도 했다. 인정하면서도 화가 났다. 안타까움과 서러움이 뒤섞인 분노였다.

"그러니까 어서 내려가란 말예요."

하지만 엉덩이를 밀어 등실의 입구에서 멀어지는 어머니였다.

"방에 가서 냉장고를 열어보면 송편도 있고 산적도 있어요. 엄마가 좋아하는 부침개도 있고요."

추석맞이하라며 정 소장이 가져온 음식들이 고스란히 남아 있었다. 어머니 혼자 사나흘은 족히 버틸 양이었다.

달래도 윽박질러도 소용 없었다. 욕설을 퍼부을 뿐이었다.

어머니를 탓할 이유도, 그럴 자격도 없었다. 어머니를 맥없이 사지로 끌어들였다. 맹렬히 비난받고, 죄값을 혹독하게 치러야 할 쪽은 재우였다.

"너만 배불리 처먹고 지랄이야. 굶겨 죽여라, 개잡놈아!"

재우는 힘겹게 손을 뻗어 어머니의 얼굴을 어루만졌다.

"나도 내려가고 싶어요. 그런데 힘들어요. 엄마가 날 도와줘요. 내려가서 냉장고에 있는 음식 좀 갖다줘요."

내려보낼 수 있다면, 거짓말쯤이야 얼마든지 하겠다. 내려만 간다면 더는 올라올 기력이 남지 않을 것이다.

어머니는 재우의 심중을 정확히 파악한 양 배고프다는 투정도, 마구 퍼붓던 욕설도 그쳤다.

빗방울이 다소 성글어지는 듯했다.

지금이 기회였다. 어머니의 얼굴이 창백하게 변해가고 있었다. 더 지체한다면 어머니는 쇠잔한 기력조차 모두 잃고 말 것이었다.

"엄마, 그만 내려가요."

"같이 가."

"엄마 먼저 내려가시면 재우도 갈 거예요."

"싫어."

"자꾸 이러면 화낼 거예요."

어머니는 재우의 말을 그대로 옮겼다.

"자꾸 이러면 화낼 거야."

그 말에 담긴 어머니의 뜻을 모르지 않았다. 하지만……

재우는 눈물을 뿌리며 애걸을 했다. 어머니는 단호히 고개를 젓고는 처음으로 돌아간 듯 말했다.

"배 고파. 밥 줘!"

재우는 눈을 감았다. 아니, 눈꺼풀이 제 힘을 견디지 못해 내려앉은 느낌이었다. 잠이 밀려드는 건지, 간신히 붙잡은 의식의 끈을 스르르 놓치는 중인지 알 수 없었다.

신음이 절로 입 밖으로 튀어나왔다. 숨쉬기가 곤란할 만큼 가슴에 통증이 심했고, 현기증 때문에 눈앞이 졸지에 암흑으로 변했고, 몸은 걷잡을 수 없을 지경으로 떨렸다.

* * *

유리창 너머 먹구름에 뒤덮인 하늘에서 끊임없이 장대비가 쏟아졌다.

볼펜 뚜껑 크기였던 유리창 구멍은 머리를 들이밀 수 있을 만큼 뚫렸다. 그 틈으로 강풍이 빗방울을 몰고 밀려들었다.

재우는 등명기 하단에 머리를 비스듬히 기댄 채 누워 있었다. 전원장치 부분이 비에 젖는 것을 막기 위해서였다. 그러나 빗방울은 재우의 얼굴까지 미치지 못했다. 어머니가 무릎을 세우고 앉아 온몸으로 빗방울을 막아주고 있었다. 재우가 수없이 만류했지만 어머니는 내내 고집을 부렸다.

재우는 등대를 지키고, 어머니는 등대지기인 아들을 지키고 있었다.

재우는 그런 어머니를 보며 옛 생각을 떠올렸다.

초등학교 저학년 때였다. 비가 오는 날이면 어머니는 어김없이 교문 앞에 우산을 들고 서 있었다. 난희의 노란 우산, 형 몫의 이단으로 접는 우산. 재우의 우산은 언제나 비닐우산이었다. 재우는 그게 불만이었다.

미처 그때는 몰랐다. 정작 어머니 몫의 우산은 없었다. 쏟아지는 비를 맞으며 뛰어가던 어머니를 당연하게 여겼고, 비닐우산밖에 건네주지 않는 어머니를 원망했으며, 비닐우산을 함부로 다루며 투덜거렸다.

창백하다 못해 투명한 어머니의 입술을 바라보며 재우는 고개를 떨구었다. 벌을 받아야 할 쪽은 재우인데, 어머니는 아들의 죄값을 대신하려는 양 고통을 감내하고 있었다.

살고 싶었다. 이 곤경에서 헤어나고 싶었다. 살아남아 어머니에게 받은 게 열이라면 그 하나라도 제대로 갚아보고 싶었다.

"명우야!"

어머니가 형의 이름으로 자신을 부르고 있다고, 재우는 생각했다. 그러나 어머니의 눈길은 재우 반대편을 향해 있었다.

"얼마나 보고 싶었는데, 이제 오면 어떡해……. 엄마다. 이리 와라, 명우야."

어머니는 헛걸 보고 있었다. 헛것을 향해 손사래를 쳤다.

한동안 허상의 큰아들과 이야기를 나누던 어머니가 모로 쓰러졌다. 물에 젖은 자루처럼 스스륵.

생존의 한계점에 도달한 어머니였다. 재우 역시 멀지 않았다. 차라리 혼절이라도 할 것이지. 무너진 육체와 달리 정신은 여전히 또렷해 어머니의 한계를 낱낱이 헤아리고 있었다.

10.

차가운 감촉에 재우는 힘겹게 눈을 떴다.

어머니가 두 손으로 빗방울을 모아 재우의 입으로 흘려보내고 있었다.

재우는 입을 벌린 채 목젖을 움직여 빗방울을 넘겼다. 타오르는 숯불을 삼킨 듯한 고통이 사라졌다. 어머니가 갈라지고 터진 재우의 입술을 젖은 손가락으로 어루만졌다.

아직은 살아 있다. 어머니가 곁에 있기에 가능했다. 홀로 남겨졌다면 번개에 의한 내상이 아니라 갈증으로 먼저 죽고 말았으리라.

"물, 물⋯⋯."

어머니가 손바닥을 오목하게 만들어 담은 물을 재우의 입 안에 넣어줬다.

"됐어요, 이젠."

비로소 자신의 갈증을 달래야겠다는 생각에 미쳤을까. 어머니는 고인 물을 핥으려는 양 입술을 바닥에 댔다.

치매와 모성본능. 어머니는 그 둘의 세계를 오가고 있었다. 재우가 위급할 때면 어김없이 본능의 지시에 따라 아들을 향해 손을 뻗었다.

재우는 무엇인가 하체에서 빠져나가는 느낌이었다.

오줌이었다. 자신의 의지와 무관하게 오줌을 싸고 말았다. 생리적인 현상조차 처리할 능력을 상실했다는 참담함과 자괴감…….

아, 어머니는 이런 기분을 수도 없이 느꼈겠구나.

그런 당신을 탓하고 윽박지르던 재우였다. 수치심을 안기고 모욕했던 아들이었다.

"나, 오줌 쌌어요."

무심결에 툭 튀어나온 말이었다. 차라리 통쾌했다. 수치심이든 모욕이든 받아들일 준비가 됐다. 어머니는 더디게 눈을 떴다 감았고, 끝이었다.

재우는 고개를 돌려 바닥에 흘러가는 오줌을 바라보았다. 붉은 빛이 선명했다. 퉁퉁 부어오른 전신, 그리고 피오줌. 급성 신부전의 증세라고 짐작되었다. 마지막 순간이 빠르게 다가오고 있었다.

어둠이 밀려들었다.

어둠이 내리면서 다시 빗방울은 거세졌고, 등탑은 여전히 강풍에 시달리고 있었다.

재우는 손을 뻗어 전원장치의 스위치를 올렸다.

등명기가 돌아가고 등댓불이 12초 주기로 폭풍의 밤바다 위에 빛을 뿌리기 시작했다. 여전히 바다는 텅 빈 채일 테고, 재우와 어머니 외에 아무도 지켜보지 않을 등댓불이었다. 그러나 반드시 슬퍼할 일만은 아니라고 재우는 생각했다.

"재우가 등대지기인 거 알아요?"

어머니가 고개를 끄덕였다.

"아들이 등대지기면 엄마도 등대지기인 거예요. 그러니까 엄마도 이 노래는 알고 있어야 돼요."

얼어붙은 달 그림자

물 위에 비추면

한 겨울에 거센 파도

머무는 작은 섬

생각하라 저 등대를

지키는 사람의

거룩하고 아름다운

사랑의 마음을

예사로이 불러대는 노래였다.

기타를 막 배우기 시작한 소년의 어설픈 흥얼거림이거나, 깜박이는 등댓불을 바라보며 한순간 감상에 빠져든 청춘이거나, 하다못해 노래방에서 밑천이 떨어진 술꾼들의 합창이거나…….

정작 등대지기들은 좀처럼 부르지 않는 노래였다.

누구는 노래로 풀어내기에는 삶의 무게가 지나치게 무겁기 때문일 것이고, 누구는 처연한 가락으로 옮기며 속울음을 삼키는 것이 마땅치 않을 테고, 또 누구는 품고 감싸두었다가 어느 날 자신의 전부를 한 소절의 노래 위에 몽땅 실을 수 있기를 소망하리라.

다시는 부를 수도 듣지도 못할 노래라는 것을, 재우는 알고 있었다.

이제 무엇이 남았을까. 돌아본 자신의 인생이 과연 노랫말처럼 거룩했을까. 아니 적어도 아름다운 적은 있었을까.

모르겠다. 모르겠어.

다만 한 소절 노래 위에 한 사내의 전 생애를 실을 수 있으면, 됐다.

외딴섬 등대지기로 지내다 등탑에서 삶의 마침표를 찍는다는 것이 반드시 서글픈 결말은 아니리라.

* * *

몇 번은 깜박 잠에 빠진 듯했다.

또 몇 번은 아예 정신의 끈을 놓쳐버린 듯했다.

그렇게 밤은 가고 아침이 찾아왔다. 세 번째 밤이 끝났고, 네 번째 낮이 시작된 셈이었다.

비는 그쳤다. 등탑을 뒤흔들던 강풍도 사뭇 기세가 꺾였다. 바다는 여전히 거칠게 일렁였지만 집채만한 파도로 들끓던 때에 비하면 차라리 고요한 호수였다.

엄청난 위력의 태풍이 구명도를 관통해 등대지기를 거꾸러뜨렸다. 그러나 등대만큼은 온전했다.

재우는 손을 내밀어 밤새 불을 밝혔던 등명기의 전원장치를 차단하지 않았다. 재우의 계산대로라면 두어 시간 안에 배터리는 완전 방전이 될 것이고, 결국 밤이 찾아와도 불을 밝히지 못할 것이었다.

두어 시간이라도 아끼기 위해선 소등을 해둬야 옳았다. 하지만 겨우 손가락만 움직여질 정도로 근육이 굳어져 전원장치까지 손을 뻗을 수 없었다.

그리고 어머니의 손을 맞잡은 채였다. 손을 빼내면 다시는 어머니의 손을 잡을 기회가 찾아올 성싶지 않았다. 과욕일까. 그쯤은 어머니와 자신을 위해 욕심을 부려도 좋으리라.

죽음은 이제 발치까지 도달해 있었다. 밤이 다가올 때까지 버텨낼 수 없다는 사실을, 재우는 직감했다. 어머니 역시 그랬다. 아니, 재우보다 빨리 죽음의 경계를 넘어서고 있는 듯했다.

어머니는 빈번하게 헛것을 보았고, 수시로 정신을 잃곤 했다. 허기와 탈진이 어머니를 빠르게 마지막 순간으로 몰아가고 있었다.

컹컹!

해피의 울음이 등탑 아래에서 들려왔다. 평소의 우렁찬 울음이 아니었다. 폭우와 강풍으로 듣지 못했을 뿐이지, 해피는 진작부터 주인을 향해 기나긴 울음을 토해냈던 모양이다. 목이 쉬어버릴 지경으로.

해피의 울음을 들었을까, 어머니의 눈꺼풀이 더디게 열렸다.

태풍이 끝났어요. 조금만 더 참아요. 그러면…….

재우는 한마디의 말도 입 밖으로 끄집어내지 못했다. 목구멍에 날을 세운 유리조각이 무수히 박힌 듯한 통증 때문이었다.

어머니 또한 말을 할 수 없는지 조물조물 입술만 움직였다. 그럼에도 재우는 알아차렸다.

물, 물, 물…….

어머니는 물을 찾고 있었다. 재우로선 어쩔 수 없었다. 마음은 간절해도 몸이 따라주지 않았다.

어머니의 소망에 제대로 응답해 본 적이 있었던가. 사실 어머니는 변변한 요구조차 하지 않았다. 그럼에도 재우 멋대로 짐작하고 엇나가기 일쑤였다.

어머니가 누운 채로 부들부들 떨리는 손으로 속옷을 벗으려 들었다. 말리고 싶었다. 임종을 앞둔 노인네들은 하루에도 여러 번 속옷을 갈아입는다는데 어쩌자고 벗으려는지 모를 일이었다.

어머니는 끝내 속옷을 벗었다. 바닥에 고인 빗물을 속옷에 적셨다. 빗물을 담은 속옷을 재우의 입가에 댔다.

육체적 아픔과는 차원이 다른, 무시무시한 통증에 재우는 진저리를 쳤다.

살고 싶었다. 어머니의 애절한 소망대로 살아남고 싶었다. 아니, 살아야 한다. 반드시 살아서 어머니의 소망을 덧없게 만들지 말아야 한다.

재우는 터지고 갈라진 혀를 내밀어 속옷을 핥았다. 어머니의 젖을 탐하는 허기진 아이처럼 젖은 속옷을 빨았다.

재우는 생각했다. 육체적 기갈이 아닌, 영혼의 오랜 갈증을 씻어내고 있는 중이라고.

속옷을 통해 흘러든 물로 새까맣게 협착이 되어버린 듯한 성대가 열렸다. 재우는 경련으로 씰룩거리는 입술을 더듬거리며 말했다.

"이제, 엄마 차례예요."

그러나 어머니는 속옷을 당신의 입술로 가져가지 않았다. 기력이 부치는지 속옷 쥔 손을 바닥으로 떨어뜨렸다.

어머니의 눈꺼풀이 힘없이 닫혔다. 눈꼬리에 눈물 한 방울이 매달렸다. 어머니의 허리가 허공을 향해 솟구쳤다. 어깨가 들썩일 정도로 떨더니 한순간 뚝 멈췄다.

"엄마!"

재우의 다급한 외침에도 어머니는 눈을 뜨지 못했다.

끝.

끝, 한없이 가슴 저미는 그런 끝.

어머니는 자신의 목숨으로 아들을 살리고 싶었으리라.

이젠 눈물조차 말라버렸다.

재우는 어머니의 손을 쥔 채 생각했다.

더는 어머니를 미워하지 않게 되었다. 미워하다니?

"엄마……. 엄마가 날 어떻게 사랑했는지, 이젠 알아요."

착각이었을까, 어머니의 손이 미세하게 움직인 듯했다.

"엄마……. 사랑해요."

서른두 살이 되서야 말해본 처음 고백이었다.

어머니의 얼굴에 잔잔한 미소가 어리었다. 옅어지지도, 더 깊어
지지도 않은 채로.

반짝, 어머니의 얼굴 위로 구름을 벗어난 태양이 햇살을 드리웠다.

에필로그

구명도는 머나먼 섬이다.

남도의 항구 도시인 영산에서 꼬박 3시간 난바다를 헤쳐나가야 닿을 수 있다. 구명도는 무인도가 아니다.

세 명의 남자들이 등댓불을 밝히며 살고 있다. 원래는 네 명이어야 마땅했고, 그 마지막 자리를 채우기 위해 재우는 구명도에 발을 내딛을 채비를 했다.

등대호가 부두에 닿자 해피가 뛰어내렸다. 앞발을 경중경중 들어올리며, 기세 좋게 꼬리를 흔들며 비탈길을 달렸다.

"좋겠지. 평생을 살던 곳으로 돌아왔으니, 당연히 좋겠지."

해피를 눈으로 쫓으며 정필곤 소장이 말했다.

재우는 한껏 게으름을 부리듯 걸음을 옮겼다. 주위에는 안부를 묻고 확인해야 할 것들로 가득했다. 아니다. 재우 편에서 먼저 자신의 안녕을 알려야 옳았다.

살아서 떠나지 못하리라 생각했다. 그러나 죽지 않았다. 살아서 돌아왔다.

그날 해경의 헬기가 구명도 상공으로 날아왔을 때 어머니는 이미 세상을 떠난 뒤였다. 재우는 마지막 숨을 헐떡거렸다.

담당의사는 두 차례의 기적을 입에 올렸다. 번개에 즉사하지 않은 것이 첫째였고, 장기의 상당 부분이 손상을 입은 상태에서 나흘을 견뎠으니 두 번째 기적이라고 했다.

"의지가 참 강하십니다."

의사의 말을 부인하고 싶었지만 재우는 침묵을 택했다.

그걸 어찌 설명할 수 있을까. 어머니가 마지막 순간까지 빗물을 적신 속옷으로 재우를 살리려 안간힘을 썼던 걸, 도대체 무슨 낯으로 고백한단 말인가.

재우는 꼬박 6개월 입원해 있었다. 세 차례 수술을 받았고, 회복과 재활 치료가 이어졌다.

그 사이 구명도 등대에는 반가운 변화가 있었다. 최신식 등명기로 교체됐으며 기계 설비도 재정비되었다. 등탑의 내부구조도 변경되었다. 입구에서 등실까지 안전을 고려해 새로이 계단을 설치했다.

새로운 모습만이 변화가 아니었다. 본래의 모습으로 되찾는 것도 변화였다. 무인등대 정책이 철회되었고, 구조 조정 역시 무효가 되었다.

재우와 어머니가 폭풍 속에서 겪은 과정을 상부에서는 예사로이 여기지 않았다. 원인을 파악했고, 만약의 사태를 시뮬레이션하며 분석했다. 결국 무인등대 정책이 간과한 점을 인정했다.

소식을 알려온 이는, 재우와 함께 구조 조정 대상이던 장기포 등대의 박명환이었다.

"등대지기 때려치고 팔자 고쳐볼까 했는데, 재우야, 네가 망쳐놓았다. 책임져라."

말해놓고 박명환은 울먹였다.

등대지기는 등대를 사랑한다. 그 사랑을 계속 간직할 수 있게 되었다면, 그래서 책임져야 한다면 재우가 아니라 바로 어머니였다.

비탈길을 올라선 재우는 내처 구릉지로 향했다.

벤치가 눈에 들어왔다. 색이 바래고 군데군데 칠이 벗겨졌던 벤치였다. 최근 페인트 칠을 새로 했는지 말끔한 모습이었다. 송철용이 수고했을 터이고, 재우의 복귀를 그렇게 환영하고 싶었으리라.

난희를 위해 만들었건만 정작 본인은 제대로 앉아보지 못했다. 난희는 지난 달 결혼했다. 난희로선 초혼이었고, 은행나무 사랑이라던 피디는 재혼이었다.

큰 파도를 겪은 뱃사람은 작은 파도를 근심하지 않는 법일까. 재우는 오랜 세월 자신을 옭아맸던 애착의 끈이 마침내 끊어진 느낌으로 난희를 떠나보냈다.

"육 개월만에 복귀했으면 당장 등탑부터 올라가야지."

말해놓고 정 소장이 재우의 옆에 앉았다. 재우는 천천히 고개를 돌렸다. 시리도록 하얀 빛의 등탑이 눈에 들어왔다. 험난한 일기 속에서 곡예에 가까운 몸짓으로 돌봐왔던 등탑이었다. 염려와 조바심 속에서 숱한 밤들을 불면으로 지새며 지켰던 등탑이었다.

그리고 어머니를 떠나보낸 곳이었다.

그 순간의 기억이 재우에겐 고통이었다. 두려웠다. 염치없었고,

죄를 지었다는 느낌을 어쩌지 못했다. 적어도 어제까지.

구명도에 발을 내딛는, 재우의 마음은 고요해졌다. 갈등과 혼란, 죄책감과 연민의 감정은 마침내 끝이 난 듯했다. 어머니가 그러길 바라고 있다는 생각이 들었다.

정 소장이 벤치 밑의 흙을 걷어내 항아리를 꺼냈다.

"모친과 자네가 벤치에 앉아 있는 모습이 참 보기 좋았지. 그래서 임시로 여기에 모셨네. 이제 보내드리게."

재우는 유골 항아리 뚜껑을 열었다.

"자네한테는 어떻게 들릴지 모르겠네만……. 어머니의 모습이 마치 꽃 같았네. 세상에 이런 마지막 모습도 있구나. 바로 그 느낌이었다네."

손바닥을 펴자 한 줌의 어머니가 풀풀풀 흩어졌다. 홀씨를 날리는 민들레처럼, 고단했던 어머니의 인생이 그렇게 아들을 떠나고 있다는 생각에 재우는 재깍 손을 오무렸다.

"먼저 등탑에 올라가겠네."

재우는 일어서려는 정 소장의 팔을 당겨 다시 앉혔다. 정 소장이 등탑을 향해 고개를 돌렸다. 재우를 외면하려는, 정확히 말해 붉어진 눈시울을 들키고 싶지 않은 모양이었다.

"등대지기는 울지 않는다. 소장님은 등대지기가 아니라 맘대로 우는 거예요, 지금?"

"울긴 누가 울었다고 그래?"

"등대지기는 울면 안 되는 이유가 뭐죠?"

"울어야 될 이유들이, 울고 싶은 때가 너무 많아. 그게 바로 등대지기의 삶이니까."

정 소장이 벤치에서 몸을 일으켰다. 등탑을 향해 구릉지를 벗어나는 순간, 소리쳤다.

"하지만 울어도 좋을 때가 있다네. 등대를 지키는 일이라면 얼마든지……"

재우는 빙긋이 웃었다. 정 소장의 말 때문이 아니었다. 정 소장 어깨 너머 등탑이 눈에 들어온 탓이었다.

등대지기는 눈물로 등대를 지켰다. 어머니는 죽음으로 등대지기 아들을 살렸고, 계속 등대지기로 살아갈 길을 마련해주었다.

재우는 유골 항아리의 뚜껑을 닫았다. 어머니를 맥없이 떠나보내고 싶지 않았다. 당신 역시 원치 않을 거였다. 벤치 밑 구덩이에 항아리를 내려놓았다.

"아들이 등대지기면 엄마도 등대지기예요."

재우는 벤치에서 일어났다. 어느 결에 어머니가 다가와 슬며시 재우의 손을 잡아주는 듯했다.

"엄마, 이젠 알겠어요."

재우는 눈을 감았다. 마음에 새겨진, 어머니가 보여주는 길을 따라 등탑을 향해 걷기 시작했다.

"처음부터 엄마는 재우의 등대지기였어요."

작가 후기

'문학은 자기 구원의 행위'라는 니체의 말을 그다지 신뢰치 않습니다. 앞으로도 내내 그러할 듯합니다. 문학은 궁극적으로 작가보다 독자를 향해 열려 있어야 한다는 믿음 때문입니다.

'자기 구원의 행위'가 -그런 게 있다면 말입니다- 문학의 품격을 가늠하는 기준이라면, 제 글은 처음부터 엇나간 셈입니다.

저는 엄숙한 사람이 아닙니다. 어깨에 힘주고, 구두끈 조이고, 눈에 핏발 세운 채 자기 탐색에 열중하는 부류가 못됩니다. 어떤 기자가 평한, "작가라는 인상보다는 비디오 대여점 주인 같다"는 말이 참으로 마음에 듭니다.

그렇습니다. 헐렁헐렁 살고 싶습니다. 빈틈없이 무장된 사람보다 듬성듬성 허점이 있는 사람들과 사귀고 싶고, 그들의 시선으로 세상을 바라보고 싶습니다.

〈가시고기〉를 통해 세상에 빚진 바가 많습니다. 〈등대지기〉를 쓰면서 분에 넘치는 사랑도 때로 짐이란 것을 새삼 알았습니다.

집필 내내 빚 갚음하기를 소망했습니다. 그러나 막상 〈등대지기〉의 출간을 앞두고 부끄러움만 확대시킨 느낌입니다. 가고, 또 가다 보면 어디쯤에선 부끄러움도 가실 줄 믿습니다.

… 조창인

등대지기 (개정증보판)

2021년 2월 10일 1판 1쇄 발행

지은이 조창인
펴낸이 조금현
펴낸곳 도서출판 산지
주소 서울시 서초구 방배중앙로83, 302
전화 02-6954-1272
팩스 0504-134-1294
이메일 sanjibook@hanmail.net
등록번호 제018-000148호